C. A.

LAS MUJERES DEL TÍO SAM

Pilar Triviño Argüello es Comunicadora Social y Periodista egresada de la Universidad de La Sabana, con enfoque en Comunicación Organizacional y Responsabilidad Social Empresarial; no obstante, nunca dejó de lado la escritura, pues su verdadera pasión es la investigación de temas sociológicos de actualidad.

Las mujeres del Tío Sam narra las relaciones amorosas de mujeres colombianas, algunas de prestigiosas Universidades, con militares Estadounidenses. La novela es el resultado de entrevistas y testimonios de historias amorosas recogidas durante los últimos cinco años.

LAS MUJERES DEL TÍO SAM

UNA NOVELA

Pilar Triviño Argüello

PRESS

C. A. PRESS
Penguin Group (USA)

C. A. PRESS

Published by the Penguin Group
Penguin Group (USA) Inc., 375 Hudson Street, New York, New York 10014, U.S.A.
Penguin Group (Canada), 90 Eglinton Avenue East, Suite 700, Toronto, Ontario,
Canada M4P 2Y3 (a division of Pearson Penguin Canada Inc.)
Penguin Books Ltd, 80 Strand, London WC2R 0RL, England
Penguin Ireland, 25 St Stephen's Green, Dublin 2, Ireland
(a division of Penguin Books Ltd)
Penguin Group (Australia), 250 Camberwell Road, Camberwell, Victoria 3124, Australia
(a division of Pearson Australia Group Pty Ltd)
Penguin Books India Pvt Ltd, 11 Community Centre, Panchsheel Park,
New Delhi – 110 017, India
Penguin Group (NZ), 67 Apollo Drive, Rosedale, Auckland 0632, New Zealand
(a division of Pearson New Zealand Ltd)
Penguin Books (South Africa) (Pty) Ltd, 24 Sturdee Avenue, Rosebank,
Johannesburg 2196, South Africa

Penguin Books Ltd, Registered Offices:
80 Strand, London WC2R 0RL, England

First published in Colombia by Editorial La Oveja Negra Ltda., 2011
First published in the United States of America by C. A. Press,
a member of Penguin Group (USA) Inc., 2012

10 9 8 7 6 5 4 3 2 1

PUBLISHER'S NOTE
This is a work of fiction. Names, characters, places, and incidents either are the product of
the author's imagination or are used fictitiously, and any resemblance to actual persons,
living or dead, businesses, companies, events, or locales is entirely coincidental.

LIBRARY OF CONGRESS CATALOGING-IN-PUBLICATION DATA
Triviño Argüello, Pilar.
Las mujeres del Tío Sam : una novela / Pilar Triviño Argüello.
p.   cm.
Novel.
ISBN 978-0-14-242693-7
I. Title.
PQ8180.43.R58M85 2012
863'.7—dc23   2012025685

Printed in the United States of America

While the author has made every effort to provide accurate telephone numbers and Internet
addresses at the time of publication, neither the publisher nor the author assumes any
responsibility for errors or for changes that occur after publication. Further, publisher does
not have any control over and does not assume any responsibility for author or third-party
Web sites or their content.

ALWAYS LEARNING   PEARSON

Contenido

PARTE VI

PARTE VII

Parte I

1

Cuatro inseparables amigas

Aquel viernes no fue la excepción. Valeria y sus amigas se habían citado en Contrapuerta para tomar un trago y hablar de lo que les había sucedido durante la semana. Desde la primera vez que acudieron a ese bar, habían tomado la decisión de no cambiarlo, de hacerlo su lugar de encuentro. El ambiente era juvenil pero sobrio y elegante. Les gustaba ubicarse en la terraza para ver pasar a la gente. La música rock iba subiendo de tono a medida que las horas iban pasando, hasta que se iniciaba la rumba.

No siempre asistían las mismas amigas. A algunas, en ocasiones, les surgían compromisos que no podían eludir. Pero Valeria nunca faltaba. Era su único momento de relacionarse, de dejar a un lado la rutina y abandonar sus preocupaciones por un tiempo.

—Lamento llegar tarde, pero mi jefe me pidió algo de última hora —le dijo Eva a Valeria, a modo de saludo.

—No te preocupes, querida. Si vieras cómo me he divertido rechazando lo que me ofrecen de otras mesas —le respondió Valeria con cierto sarcasmo.

Valeria siempre llegaba primero que todas porque su oficina quedaba a una cuadra de Contrapuerta, en plena zona rosa de Bogotá.

—Valeria, disfruta. A veces eres tan rígida… Es únicamente diversión —alegó Eva en un tono pícaro.

—Ya lo sé. Pero es que me aburre que los hombres sean tan presumidos e irrespetuosos. ¡La mayoría tiene argolla!

Al rato llegaron Mariana y Fernanda. Entonces ordenaron lo de siempre: una margarita para Eva, un whisky para Mariana, un long island para Fernanda y un vino tinto para Valeria. Aunque las meseras ya las conocían, no lograban que les prepararan generosamente los tragos.

Cuando, como aquel día, coincidían las cuatro, lo pasaban mejor. Las otras del grupo eran casadas o muy ligadas a un novio, y los temas de conversación siempre giraban alrededor de ellos, sobre el amor que se profesaban o las dudas que comenzaban a empañar aquellas relaciones. En cambio, Valeria, Eva, Fernanda y Mariana estaban al otro lado de la historia amorosa y aún se sentían completamente libres.

La reunión duraba lo que el trago: una o dos horas. Valeria, de todos modos, debía salir pronto para su casa, en Zipaquirá. Parecía la Cenicienta. Si no partía antes de las diez de la noche, su calabaza, o sea, el bus intermunicipal, la dejaba. Cuando la hermana de Fernanda no estaba con ella, en ocasiones se quedaba con su amiga en su apartamento y a la mañana siguiente emprendía el camino de regreso, ya con más calma. El día en que la bisabuela de Valeria, por razones de rojos y azules en la feroz rivalidad política, quedó viuda, decidió trasladarse de la localidad santandereana de Socorro a Zipaquirá. Y, desde entonces, toda su familia se asentó allí.

Parte de la prevención de Valeria ante los hombres se fundamentaba en que la distancia deterioraba las relaciones. Llevarla a su casa era un gasto adicional y considerable. Esto, si el acompañante de turno tenía carro, porque si no… Aún así, al principio sí accedían de mil amores, mostrándose lo más galantes, pero la emoción no duraba más de unas cuantas semanas y luego llegaban las excusas. Ella, con una actitud orgullosa, pensaba que era mejor esperar a tener más facilidades económicas antes que una relación o un enamoramiento y así no depender de nadie. En aquel tiempo, no se le había ocurrido rentar un apartamento en Bogotá. No dejaría a su mamá sola, asumiendo responsablemente el rol de hija única y respetando la gran característica familiar: su bisabuela sacó adelante a cuatro hijas; su abuela, a dos, porque el abuelo un día salió de la casa y no volvió; su tía, a sus dos niñas y a una nieta, y Sol María su mamá, a ella. Todo un matriarcado.

Julio, su padre, siempre había sido una figura ausente, pero Valeria mantenía una buena relación, de la que disfrutaba las pocas y esporádicas ocasiones en las que se encontraba con él. Nunca lo vio como a un padre, sino más bien como a una especie de amigo. Se creía de diez años menos de los que tenía, y en ocasiones hasta le coqueteaba a sus amigas de la universidad y pregonaba que Valeria era la hermana menor y no su hija. Así mismo era su responsabilidad económica con ella. Sol María se ocupaba de todos sus gastos y Valeria nunca había obtenido ni un regalo de cumpleaños de su parte. De todos modos, no entendió jamás el porqué de su lejanía, pero para entonces ya era algo que tampoco la importaba demasiado. Siempre se regocijó en que necesitara de ella cuando tenía alguna reunión y debía presentar a un familiar, ya que lo piropeaban por tener una hija educada y bonita, aunque eso fuera el resultado del abnegado trabajo de la mamá.

La figura varonil de padre, de hermano, de primo o de tío no existía en la vida de Valeria. Aquella ausencia de masculinidad era una seña de identidad familiar. Tal vez por eso, su mamá soñaba con una vida y una familia normales para ella: un esposo, unos hijos y hasta un perro que compusieran el bonito cuadro al más puro estilo del *Hogar, dulce hogar* y así romper con la maldición de mujeres cabeza de hogar que había acompañado a la familia desde los tiempos de su bisabuela. Quizá por aquella razón, Valeria tenía una idea muy marcada de los hombres, del que podría ser su papel en su vida. Y por eso tampoco le prestaba mayor cuidado a cualquier pendejo que se le acercara en un bar, la mayoría de las veces con la única intención de ver si podía llevársela a la cama después de un par de tragos.

Si miraba al futuro, Valeria tampoco deseaba que sus hijas, si algún día las tuviera, miraran a los papás de sus compañeras como a una tienda de dulces cerrada, aplastando sus caritas y sus frustraciones contra la vitrina. Así le había ocurrido a ella y de ningún modo quería que la escena se repitiera.

A los veintidós años, sus principales objetivos eran cumplir con unas metas profesionales muy definidas y retribuir a su mamá todo el esfuerzo que había realizado para cubrirle las necesidades básicas, así como para procurarle una buena educación. Se acababa de graduar, no con laureles, pero sí con la alegría de hacerlo en una de las mejores universidades de Colombia en la profesión que había elegido, Periodismo. Eso le permitió acceder a un buen empleo en una empresa de renombre, al igual que sus amigas, aunque de momento el salario no le alcanzara para demasiadas cosas.

Ella y sus amigas: Mariana, Fernanda y Eva eran las solteras o no comprometidas del grupo, ávidas en la búsqueda del amor, pero del verdadero, del que es para toda la vida. No era una tarea fácil, porque las opciones que se les presentaban nunca eran las mejores, o, al menos, eso era lo que pensaban entonces. Nunca fueron de las chicas que llegaban a la universidad a ennoviarse o de las que terminaban un día con uno y al siguiente ya se paseaban de la mano con otro. No anhelaban intercambiar fluidos entre clase y clase.

Aquellas cuatro amigas se habían pasado toda la carrera esquivando compañeros artificiosos y sus invitaciones a rumbear y tomar, o a que las recogieran en el carro del papá y, si se daba la ocasión, les pusieran los cachos con alguna más play que ellas o con una más fácil de convencer para tener sexo.

En su primer trabajo, todas ellas en entidades prestantes —y era algo por lo que siempre daban las gracias a Dios—, pretendían conocer a personas interesantes, a algún hombre del que valiera la pena enamorarse para toda la vida. Se trataba de buscar otro perfil de posible pareja, de alejarse de los que las rondaban en la universidad o en la zona rosa. Sin decirlo, y sin mostrar una real preocupación por el tema, ese siempre era su objetivo: encontrar a alguien que las llenara de detalles, capaz de construirles un futuro y asegurarles una estabilidad, y que, además, no fuera un estúpido meloso y babeante de los que últimamente tanto abundaban a su alrededor.

Aquel viernes fue importante, porque Mariana les comentó que el hombre al que le puso el ojo en el trabajo la había invitado a salir el sábado. Era Camilo, el director de otra de las emisoras del canal donde trabajaba. Fernanda, por su parte, ya iba por el tercero de una serie en la que los anteriores no habían pasado de la segunda cita, quienes salían siempre con algo raro o decepcionante. Eva, la mejor amiga de Valeria desde el colegio, no tenía tiempo de nada, ya que estaba dividida entre el trabajo, la especialización y un curso de alemán. Y Valeria en el trabajo había hecho muy buenas amigas, aprovechando la circunstancia de que la política de la empresa era de contratar solo a mujeres.

Desde que Mariana había comenzado a salir con Camilo, se iba alejando cada vez más del grupo. Fernanda y Valeria la echaban de menos en las citas de los viernes en Contrapuerta, a las que ya era raro que acudiera, lo mismo que le sucedía a Eva, dedicada en cuerpo y alma a sus clases.

Hasta que un viernes, Mariana sorprendió a Fernanda y Valeria con su presencia, diciéndoles que Camilo le había propuesto matrimonio. Estaba muy contenta y decidida. Al día siguiente era su cumpleaños, y Camilo la había invitado a cenar a un romántico restaurante italiano que tenía fama de servir una comida exquisita, prometiéndole que después de la cena le daría una sorpresa. A ellas, después de haber salido un par de veces con aquel Camilo y sus amigos, no las convencía demasiado: él siempre miraba de una manera muy extraña a las mujeres, y les apretaba la mano, la cintura o algo más cuando bailaban.

A Mariana, sus amigas la acompañaron a comprar el atuendo perfecto, sexy pero elegante, incluyendo lencería, porque aquella noche se presumía lo más amorosa. Ese sábado, estuvieron juntas en el salón de belleza casi todo el día: corte, color, maquillaje, manicura, pedicura, depilación, hidratación. Terminaron justo a las seis, a la hora en la que Camilo había quedado para pasar a recogerla.

Mariana estaba más linda de lo normal, aunque nerviosa, porque "Mi adorado novio", como no dejaba de nombrarlo, no llegaba y eran ya las siete. Siguió pasando el tiempo… y nada.

Sus amigas trataron de aliviar la situación. Al ver que Camilo se había retrasado una hora más, le dijeron que tal vez ese era el plan, darle una sorpresa desde el comienzo. El ánimo volvió a encenderle su mirada.

A las nueve, esa teoría ya era insostenible. No había noticias de Camilo. Mariana lo llamó y contestó una mujer: la operadora del sistema de mensajería de voz. No dejó mensaje para no parecer intensa. Sobreponiéndose, comentó a sus amigas que esa no era la primera vez que su novio se perdía, que siempre pasaba algo, pero no se alarmaba, porque en todas las ocasiones había una verdadera y buena explicación. Era un hombre muy ocupado. Confiaba en él y no estaba preocupada.

A Fernanda y a Valeria, la curiosidad las llevó a llamar a Alejandro, el mejor e inseparable amigo de Camilo, quien desvió la llamada. Esperaron un momento y volvieron a intentarlo desde un teléfono que él no tuviera identificado. Y entonces contestó. No se oía muy bien por el sonido alto de la música y quizá por eso confundió la voz de Valeria con la de alguna de sus amigas.

—Nena, no te oigo. Está difícil salir… Esto está a reventar —apenas se le pudo escuchar a Alejandro.

—Dime la dirección, dime la dirección —le replicó Valeria, tratando de cambiar la voz para que no la reconociera.

—Calle 84 con 11. Si te parece, encontrémonos en veinte minutos. Salgo a esa esquina por ti. Un beso.

Sin pensarlo, Fernanda y Valeria se retocaron y luego le comunicaron a su amiga su intención de acudir al lugar que había indicado Alejandro. Mariana no estaba muy convencida de lo que estaban haciendo sus amigas. Pensaba que tal vez debía esperar por una serenata, que esa sería la razón de la demora. Pero finalmente accedió. Había tiempo para ir y volver antes de la media noche.

Alejandro salió y esperó unos minutos. Al no encontrar a nadie, hizo una llamada y se devolvió. Entonces, las tres amigas lo siguieron hasta un bar.

Aquel local estaba más que lleno porque, según se anunciaba en la puerta, lo inauguraban esa noche. En un principio, no las dejaron acceder, ya que no tenían invitación, pero luego de unas miradas coquetas y unas palabras amables, el tipo de seguridad las permitió seguir.

La oscuridad que reinaba en el bar, solo rota por algunas luces y flashes de colores, hacía que fuera muy difícil reconocer a alguien. La música sonaba a todo volumen, había muchísima gente y resultaba casi imposible moverse. Cuando estaban tratando de llegar al nivel más alto para poder ver con más claridad, a Mariana le llegó un mensaje de texto al celular: Mi amor, te amo. Tuve un inconveniente familiar, mi mamá no me avisó y hoy llegaba mi abuela. Estoy en el aeropuerto recibiéndola, no tengo batería. Perdóname, te llamo más tarde. Besos.

Mariana quería irse, se sentía muy mal por haber desconfiado de Camilo, y de repente se encontró con un enorme sofoco. Luego miró con dureza a sus amigas.

—En las que me meten; yo siempre he confiado en él —les reclamó, ofuscada.

No le contestaron nada. Camilo le había dicho a Mariana unos días antes que deseaba que la familia la conociera y su cumpleaños sería el momento ideal para hacerlo, así que, uniendo cabos, quizás había invitado a la abuela para así presentarle a toda la parentela.

Mientras Fernanda y Valeria escuchaban los regaños y se disculpaban por inventar historias perversas, Camilo pasó enfrente de ellas como un fantasma. Sí, el mismo que acababa de enviar el mensaje. No sabían si expresar sorpresa, rabia, desilusión o tristeza. Mariana se puso lívida, y por un momento parecía que se iba a desmayar.

Sin dejarse ver, el grupo de amigas se acercó cautelosamente y siguió a Camilo hasta una mesa. Estaba acompañado de Alejandro y otros amigos, y también por Paula, la exnovia, a la que abrazó cuando se sentó junto a ella.

Paula lucía muy diferente a como alguna vez la habían visto en fotos en Facebook. Ahora se veía como las que se ponen treinta y seis de silicona, se hacen la liposucción, se respingan la nariz, se reducen un cachete y se aumentan el otro, dedican diez horas a la cámara de bronceo, y tienen la actitud desafiante de no pasar desapercibida con los cambios artificiales en su cuerpo.

Aunque Mariana era una mamacita con unos ojos como la miel, una cintura de princesa, un pompis de chocoana y más natural que el agua, nada pudo impedir que en aquel momento se sintiera la más fea del lugar. Valeria reaccionó de manera inmediata, sacándola a toda prisa de aquel bar. Luego, le propusieron ahogar las penas de amor en alcohol. Y ella se dejó llevar, sin más. Tenía la mirada perdida y los pensamientos en otro mundo.

2

El bar contrapuerta

Fernanda y Valeria decidieron que esa noche Contrapuerta les serviría de refugio. Al llegar al bar, todas las mesas estaban ocupadas, incluso las del interior. Pero una de las meseras se ofreció para hacerles un espacio en la barra.

Ordenaron tres guayas, ese coctel que trae siete licores blancos y que dejaban solo para determinadas ocasiones muy especiales. Hablaron sobre lo sucedido, pero siempre tratando de alentar a Mariana. Y comenzaron a pasar ese mal trago con otro peor, porque el coctel les supo a limonada. No estaba lo fuerte que deseaban. Hicieron el reclamo y el que para ellas parecía ser el nuevo administrador del local las atendió muy bien: recargó las copas con mucho más licor en medio de una bonita sonrisa y sus disculpas.

Fernanda y Valeria no sabían si continuar dándole vueltas al asunto de Camilo o hablar de algo totalmente diferente. Mariana seguía callada, aferrada a la gran copa del coctel sin despegar los labios del pitillo, como si la hubieran transportado a un lugar en el que había perdido la voluntad. Aunque conversaran sobre cualquier cosa, Fernanda y Valeria tenían la sensación de que ella no les prestaba la menor atención. Lo único que las reconfortaba de la situación era que no había entrado en un temido ataque de llanto.

En medio de aquel triste panorama, Valeria se dio cuenta de que el joven que había solucionado lo de las bebidas tenía la mirada clavada en ella. Le dio una especie de risa tonta, y pensó que por estar sentado en la caja sin hacer nada lo más posible era que lo despidieran. Pero en el fondo aquella atención la halagaba.

Ya era media noche cuando Fernanda, que estaba sentada ahora en un taburete con la vista fija en la entrada, observó algo que la hizo salir de su ensimismamiento. A Valeria le dio miedo voltear a mirar.

No sabía por qué, pero se imaginó que podía ser el descarado de Camilo.

A Contrapuerta habían llegado dos hombres altos, atléticos, de ojos claros y de facciones finas y atractivas. Las miradas entre ellos y las tres amigas se enlazaron, y hasta Mariana olvidó por un momento su tragedia y se le iluminó el rostro con una sonrisa pendeja, la misma que pusieron Fernanda y Valeria.

Se rindieron ante la presencia de aquellos hombres, con aspecto de ser extranjeros, y aunque no les agradase que se notara, era imposible no reparar en ellos. Todas ellas salivaron como unas niñas en una heladería. Y cuando los recién llegados se acercaron a la barra y respondieron a sus miradas, sintieron que las mejillas les comenzaban a quemar y temieron que en cualquier momento reventaran en mil pedazos.

Desde ese momento la situación cambió. Camilo había pasado a un plano secundario, hasta desaparecer, y los extranjeros acapararon el interés de las tres amigas. Mariana adoptó en los primeros instantes un aire un tanto indiferente, aunque luego, y al oído de Valeria, no tuvo más remedio que aceptar que eran muy atractivos. Les seguía la conversación a sus amigas, pero a veces volvía a quedar pensativa y hasta se le aguaban los ojos. De todos modos, también participó en los turnos que establecieron para ir de una en una al baño a polvearse la nariz y poner brillo en los labios. Sus posiciones gibadas y las caras de trompeta de antes ya habían desaparecido. Ahora estaban con la cabeza en alto, la sonrisa provocadora, metiendo estómago y apretando nalga.

—¿Sí ves los dos hombres de allá?; les mandan decir que si se toman un trago con ellos —murmuró al oído de Valeria el joven que ella pensaba que era el administrador del bar.

Valeria le respondió con una sonrisa, y luego le contestó que debía preguntar a sus amigas.

—Queridas, les tengo una pregunta: ¿quieren conocer a los dos tipos de allá? —les dijo, disimulando cualquier interés.

—¿Qué?; ¿cómo así? —prorrumpió Fernanda, mientras Mariana comenzó a reírse.

—Nos mandaron decir que se quieren tomar un trago con nosotras —les aclaró Valeria.

—Pero, qué miedo… Ay, no sé, aunque lo cierto es que están muy buenos. Pues por mí… acepta —le dijo Fernanda a Valeria, casi en un susurro, emocionada mientras los extranjeros no dejaban de mirarlas.

—Yo no sé, hagan lo que quieran. Igual no pongo problema, que ya tengo uno bien grande, así que búsquense el suyo propio —intervino Mariana con cierto desdén, aunque sin poder evitar una mirada a los hombres.

—Di que sí, di que sí —insistió Fernanda, que no podía disimular su satisfacción.

El joven del bar se acercó de nuevo, esperando que le dieran una respuesta. Valeria le dijo que aceptaban, siempre y cuando él estuviera pendiente de ellas. Eran unos desconocidos y no querían que aquella invitación pudiera terminar mal.

—Claro, monita, no hay ni que decirlo. Si necesitas algo, me avisas. Me llamo Erick. Y cuando se vayan, aquí hay taxis de confianza. Si quieres, luego les recomiendo alguno.

Aquella invitación tampoco resultaba una novedad. Era normal que no les faltara quién les mandara mensajes con las meseras, otro trago del que estuvieran tomando o la dedicatoria de una canción. Pero Valeria, y pasada la primera y agradable impresión, no estaba ya tan convencida de querer conocer a aquellos tipos, pero entonces ya no le parecía bien poner reparos u oponerse.

Las tres sintieron los nervios en el estómago cuando ellos se levantaron y se dirigieron hacia el lugar de la barra en donde estaban. Luego se quedaron inmóviles, casi petrificadas y sin saber cómo comportarse.

Se llamaban Tito y Thomas. O, al menos, así se presentaron. Eran gringos. Hablaban medianamente el español, pero ellas se defendían bien en inglés. Lo que no podían expresar con palabras lo hacían con la mímica o dibujando figuras en unas servilletas.

Al cabo de un rato, Fernanda, Mariana y Valeria se sentían en la gloria, felices y divirtiéndose. Aquellos hombres se veían mejor de cerca, y resultaban imponentes y muy seguros de sí mismos. Se entretuvieron enseñándoles cómo se pronunciaban correctamente sus nombres.

Ellos, después de probarlos, se asombraron de lo fuertes que eran los cocteles que estaban tomando. Tito y Thomas bebían cerveza. Los tipos de la mesa de atrás y los de los taburetes próximos en la barra las miraron muy mal, porque antes de estar con sus guapos acompañantes se les habían acercado a invitarlas a bailar, recibiendo una negativa por respuesta. Estos extranjeros eran diferentes, y estaban dichosas de contar con su compañía, sobre todo Fernanda y Mariana, aunque al principio esta última tratara de disimularlo.

Tito estaba vestido con chaqueta y zapatos de cuero negro, camisa blanca y un blue jeans. El pantalón delineaba muy bien sus glúteos y piernas, pero no se veía gay. Valeria adivinó rápidamente que se trataba de un hombre bien dotado, porque había cosas que no se podían ocultar, aunque los blue jeans no fueran demasiado ajustados. Mostraba una piel perfecta, sin siquiera una peca o un grano, y un espectacular bronceado lo hacía parecer el novio de Barbie. No tenía un pelo en desorden y seguramente tenía diseño estético dental, pues cada vez que sonreía se dejaba ver el brillo de una estrella que parecía esconderse más allá de sus labios. Y contaba con una mirada llena de una magia especial, casi hipnótica, con la que logró atraparlas.

Thomas parecía un poco más relajado, también con chaqueta de cuero y blue jeans, pero con tenis y una camiseta medio ajustada que dejaba ver sus músculos marcados, seguro que el excelente resultado de un concienzudo trabajo en el gimnasio. Tenía la misma estatura de Tito, casi 1,90 metros. Los ojos eran de un verde aceituna precioso, y se veía más blanco y menos perfecto, pero igual de atractivo que Tito. Parte de un tatuaje le salía por el cuello y bajaba por su espalda, y se lo mostró muy orgulloso a las tres amigas: era un dragón oriental.

Valeria pensó que cuando una mujer muestra algo de piel, se critica a los hombres por no quitar la mirada de ella; pero cuando es al contrario, pasa lo mismo. Aquella reflexión le pareció divertida. Y también recordó que tenía amigas a quienes les encantaban los flaquitos, ya casi que huesudos, con cara de tontos, tímidos y desarreglados, de esos que parece como si estuvieran pidiendo que los adopten y consientan por pesar, con mirada de cachorritos abandonados en la calle; o los gorditos tiernos e indefensos. A ella le parecía que cuanto más feos, más apasionados eran en la intimidad, pero todas, incluyéndose ella, coincidían en que siempre el perfil de hombre alto, bronceado, con músculos definidos, presumiblemente bien dotado, cara bonita pero varonil y mirada conquistadora anulaba cualquier gusto personal y extraño que se tuviera.

Al cabo de un rato, Fernanda, Mariana y Valeria ya sentían la mirada celosa y sin reparos de las mujeres de las otras mesas de Contrapuerta. Y también la de los hombres, que se vieron eclipsados desde que Tito y Thomas habían entrado al bar.

Entre risas, con una nueva ronda de cocteles y cervezas servida en la barra, el grupo comenzó a tomarse fotos. Los gringos se divertían más que ellas con la sesión fotográfica. A Tito le gustaba posar y sugería tomas, justificándolas con el pretexto de que quería enviárselas a los amigos para que se animaran a venir a Colombia, o al menos se sintieran envidiosos. Ellas también tenían en mente la idea de mostrar esas instantáneas a todo el mundo para presumir de sus acompañantes, además de poder verlas al día siguiente y comprobar que lo que estaban disfrutando no habían sido alucinaciones por el efecto del alcohol.

No paraban de hablar, de reírse, y de vez en cuando Tito y Thomas les preguntaban detalles sobre Bogotá, dónde podrían comer, tomar unos buenos tragos, caminar. Les había gustado mucho la música y el ambiente de Contrapuerta, y también habían decidido convertirlo en uno de sus lugares favoritos.

Fernanda estaba muy empeñada en enseñarles algunos pasos de baile, pero ellos se negaron, aunque prometieron que en una próxima oportunidad sí lo intentarían. Ninguno de los dos, según confesaron, se sentía capaz de dar unos pasos medianamente aceptables y declinaron la idea de poder hacer el ridículo.

Tito y Thomas ordenaron la picada más grande de la carta, pero al final solo comieron ellas. Valeria llegó a creer que tal vez lo habían hecho con la idea de amortiguar la fuerza de los cocteles, y pensó que seguro que otros acompañantes les habrían insistido en tomar más licor con la esperanza de verlas bailar para ellos como unos gusanos próximos a morir, y quizá de obtener uno que otro beso, para después, ante una más que probable negativa a la invitación de tomar otro trago en sus apartamentos, no llevarlas a casa y no intercambiar números de teléfono.

Pero lo que a Valeria la hacía más feliz era ver a Mariana distraída y sonriendo. Suponía que resultaba muy difícil llevar al mismo tiempo un anillo de compromiso, que miraba frecuentemente, y una decepción tan grande como la que había tenido con Camilo. Por ello, se convenció de que habían tomado una buena decisión al salir de aquel bar que estaban inaugurando, pero no regresar al apartamento a reincidir en el asunto de la infidelidad de Camilo.

Hasta entonces, a Valeria nunca le habían gustado los gringos. Siempre pensó que eran unos troncos bailando, aburridos, raros y hasta un tanto psicópatas. Creía que el choque de culturas afectaba a las relaciones sentimentales, que las diferencias de gustos y de costumbres eran insalvables y que, al final, no había comprensión y todo intento de enamoramiento se iba al traste. De todos modos, no tenía la experiencia de haberse relacionado con ningún extranjero. En la lista de sus amores solo se encontraban los tópicos: el amor del colegio, el maduro, el que anda con dos novias más al mismo tiempo y, por último, algún amigovio que ni era lo uno ni lo otro, pero al que se concedían ciertos derechos. No sabría cómo comportarse con un extranjero más que un científico con un ratón, simplemente por experimentar o para comprobar qué dicen o qué hacen diferente.

Esa noche se generó una situación que le recordó a Valeria una clase de historia en la que el profesor dijo enfáticamente que "No somos el patio trasero de esta casa llamada América". Sin embargo, se sentía bien por haberles enseñado una palabra nueva y muy difícil de pronunciar para ellos, aún más que chicharrón: norteamericanos.

—Ustedes comen muy básico, a los americanos nos gusta la comida más rica en sabores, con especias, picantes, aderezos, salsas —afirmó Tito, después de probar algo de la picada.

—¡Eso es mentira! A mí no me gusta lo muy condimentado —le respondió Valeria con una sonrisa.

Él no entendía, y al comienzo, tal vez, pensó que era un error de lenguaje.

—A nosotros… es decir, a los americanos —le replicó Tito mientras se ponía la mano en el pecho, riéndose también.

—Yo también soy americana, ¿no?

—Okey, okey. Desde ese punto de vista, estoy de acuerdo contigo —aceptó el argumento después de unos momentos de vacilación.

De ahí en adelante siempre que iban a decir "Nosotros, los americanos", se detenían y decían con esfuerzo: "Northamericans".

Pese a que no podía negar que aquellos gringos estaban muy bien, que resultaba muy agradable su compañía, Valeria comenzó a distanciarse un poco del grupo, participando menos de la conversación y de las bromas. Había algo que la hacía alejarse, tomar ciertas precauciones. A partir de entonces se dedicó a jugar con los palitos que sostenían las cerezas de los cocteles y también a construir barquitos con las servilletas. Se dejaba ir en sus pensamientos, en recordar, sin saber el porqué, aquel primer beso con lengua que le dio su primer amor en un cine, aprovechando la oscuridad de la sala. Hasta que una mano que dejaba una servilleta doblada junto a su flota de barcos de papel la regresó al presente.

Solo se fijó en la servilleta, que desdobló. En su interior decía: ¿Te dolió? Era de Erick, que se mantenía expectante ante su reacción. En un principio, le pareció una frase sin sentido. Dolida, ¿de qué?, se dijo. Le entró mal genio, pero un gesto de Erick la hizo mover la servilleta y comprobar que tenía algo más escrito: ¿Te dolió cuando te caíste del cielo? La estaba mirando con fijeza, esbozando una media sonrisa que enmarcaba una mirada limpia. Aquello sí le pareció tierno y sonrió cuando él le preguntó el motivo de parecer tan aburrida.

—¿No te dicen nada por coquetearle a las clientas y no hacer nada más en toda la noche? —le respondió Valeria.

—Mi jefe me acolita muchas cosas. Aparte de ser muy buena gente, es inteligente, guapo, divertido y no te digo más porque querrás conocerlo —le dijo en un tono que le pareció de lo más encantador.

Valeria reconoció entonces que se había equivocado: Erick no era el administrador sino el nuevo dueño de Contrapuerta. Él le mencionó en un tono irónico que no era frecuente que se sacrificara, pero al ver su nivel de tedio, y como propietario del lugar, no podía permitir que alguien se aburriera, argumentando que daba mala imagen a un establecimiento de diversión. Después, la invitó a bailar un merengue que comenzaba a sonar.

A las dos y media de la madrugada, Tito y Thomas se ofrecieron a llevar al grupo de amigas a sus casas, pero Valeria ya le había aceptado a Erick que lo hiciera él. Tras intercambiar números telefónicos, los gringos se marcharon al hotel en el que se hospedaban, prometiéndoles que las llamarían muy pronto.

Erick las llevó al apartamento de Fernanda, ya que esa noche se quedaban allí las tres amigas. Su simpatía le hizo romper reglas a Valeria, y también cambió con él los números de los celulares.

Mariana, Valeria y Fernanda se acomodaron en la cama de la hermana de esta última, aprovechando que no estaba. Era una cama grande, sobrada de espacio para ellas y para una madrugada de chismorreo. Hasta que amaneció, los temas de conversación fueron Tito, Thomas, Erick y Camilo, en ese orden de importancia por el tiempo empleado en cada uno de ellos.

Lo más comentado de Camilo fue que a Mariana le parecía imposible que le estuviera pasando eso porque siempre fue una buena novia, y todo el mundo se lo hacía saber. Camilo era la envidia entre sus amigos. Ella pensaba, hasta entonces, que lo más preciado de la relación era la confianza que se tenían. Además, él estaba en sus treinta y algo, y se esperaba que fuera sincero, o, al menos, más maduro, y que respondiera con sensatez en el momento en que algo inesperado ocurriese. Algo como encender las cenizas de una vieja relación.

Ahora para Mariana había una cuestión trascendental en la que pensar: perdonar o no a Camilo. Mientras tanto, ¿cómo disimular esa rabia, esa decepción y esa aversión? ¿Cómo fingir que ella no sabía nada? ¿De qué manera podría decirle a todo el mundo que ya no habría boda? ¿Qué tal que a él le hubiera gustado tanto la nueva Paula que ni volviera a llamar, al menos para inventar otra excusa? Aquello era como un laberinto de extrañas sensaciones, de sentimientos encontrados y un futuro poblado de incertidumbres en el que era muy complicado encontrar una salida.

Sus amigas le plantearon a Mariana dos caminos: uno, esperar a que él diera el primer paso y la relación se resolviera, teniendo en cuenta que el tiempo y el destino siempre saben arreglar sus asuntos; otro, llegar a su casa con un regalo de bienvenida para la abuelita y dejar que todo fluyera como si nada hubiese ocurrido.

Por otra parte, las tres amigas se habían alegrado de aceptar la invitación de los gringos. Las habían ayudado a despejar la mente de la pesadilla vivida momentos antes de conocerlos. De no ser por ellos, habrían tenido que ver derramar algunas lágrimas a Mariana, exprimir su dolor en público, o, quizá, terminar muy ebrias y amanecer peor de lo que se acostaron. La compañía de Tito y Thomas fue agradable, algo diferente. Pero aunque eran muy atractivos e inspiraban el deseo de tener sexo con ellos desde que atravesaron el umbral de Contrapuerta, había sido únicamente eso, un momento interesante. La experiencia había estado bien, pero nada más. Sobre todo para Valeria.

Los gringos no dejaban de resultarles unos seres extraños y distintos. Mariana no opinaba nada sobre ellos pero sí agradecía de cierta manera el acercamiento porque le había servido de mucho. Fernanda quedó encantada, miraba las fotos de la cámara y volvía a regodearse una y otra vez.

Valeria era la menos emocionada. Esa noche le habría gustado bailar, aunque no insistió en hacerlo como Fernanda. Pero ellos no sabían, y por eso también había agradecido el detalle de Erick cuando la invitó a bailar un merengue. Además, todo había que repetirlo tres veces para que lo entendieran, no se reían de sus bromas y le tocaba explicarlas hasta que perdían la espontaneidad y la gracia. Creía que solo eran un estuche, y que lo que sí sería una suerte era encontrarse uno así pero con la personalidad de un paisa hablador, recursivo y dicharachero. Ni de riesgos se veía teniendo algo con alguno de esos gringos que comenzaban a dejarse ver desde hacía unos meses por la ciudad. Tanto que prefirió ser condescendiente y permisiva con Erick, dejando que Tito y Thomas se emparejaran con sus amigas, que, y aunque luego la molestaron por eso, sabían que no pasaría de ahí, así que no lo comentaron mucho. Sin embargo, cuando Valeria se rendía al sueño, ya con las primeras luces del día, lo hizo pensando en él, en Erick, en cómo serían sus caricias, en lo bonita que le había parecido aquella frase escrita en la servilleta. ¿Te dolió cuando te caíste del cielo? Sí, había algo en Erick que le resultaba atractivo.

3

Los Americanos: Tito y Thomas

Camilo no apareció, no llamó ni envió mensajes. Mariana ya se notaba más tranquila. Al menos así lo reflejaba la expresión de su rostro. Ella siempre fue muy fuerte, y no se dejó llevar por la pena. No hubo ataque de llanto ni lamentaciones. Fue muy madura y antepuso toda la fortaleza que tenía ante una situación tan penosa. Su reacción fue más de meditación y reflexión que de pataleta y amargura. Desde luego que existía un gran dolor, al que lo engrandecía el engaño, pero si algo las identificaba como amigas era no pensar en el problema sino en la solución. Además, ese sufrimiento estaba en el ego, no en el corazón.

De no existir un compromiso de boda, ella habría hecho uso del derecho a llorar, enrabietarse y protagonizar el show de la mujer desconsolada. Pero con los ataques y presiones de la sociedad, y de la famosa frase "La dejaron vestida en el altar", le tocaba ser como una roca y hacer valer la dignidad que aún le quedaba, mostrando toda su entereza y madurez.

Mariana recordó que Alejandro y otros amigotes de Camilo siempre decían que según las leyendas de cambio de milenio, ese año no era el indicado para casarse por ser el cero cero. Era una broma con segunda intención.

Durante el desayuno, y mientras la tres amigas continuaban con la conversación sobre cómo debía actuar Mariana frente a Camilo, timbró el celular de Fernanda. Era Tito. No lo podían creer, y ella por poco convulsionó de la emoción. Luego se quedó estática, casi sin poder respirar. A Valeria le tocó quitarle el celular y contestar mientras Fernanda se recuperaba y tomaba aliento de nuevo.

Tito y Thomas las invitaban a almorzar. No le vieron problema y aceptaron. Estaban realmente sorprendidas por la llamada, aunque se dijeron que ellos ya lo habían prometido. Les dieron la dirección para que las recogieran, aunque retrasaron la hora propuesta por los gringos para que les diera tiempo a arreglarse.

Cuando salieron a la calle, el portero del edificio las miró con cierta curiosidad, y también a los norteamericanos. Una de las vecinas hizo amague con unas bolsas del mercado para ver quiénes eran los monos y quiénes las afortunadas que salían a encontrarse con ellos.

Bogotá no era como Ciudad de Panamá, Buenos Aires, México D.F. u otras ciudades donde resultaba muy frecuente encontrar a extranjeros que paseaban por sus calles. Incluso La Paz tenía por aquel tiempo más registro de entrada de extranjeros que la capital colombiana. Solo llevaba firmado unos meses el acuerdo de ayuda de Estados Unidos, y los gringos que se veían eran turistas, siempre circulando por el centro histórico o lugares típicos o antiguos y con cámara en mano y morral al hombro pero no por sectores residenciales.

Tito, muy galante, les abrió la puerta del taxi. Las tres amigas se sentían raras por el hecho de que varias personas se detuvieran a mirarlas sin el menor recato. Pero Valeria notó que a los gringos les gustaba esa reacción de la gente y de cómo llamaban la atención. No se veían incómodos, y, al contrario, parecían disfrutar la curiosidad que despertaban.

Les dejaron a ellas la elección del restaurante. Cuando se bajaron del vehículo, Thomas dio una más que generosa propina, lo que les pareció un detalle de ingenuidad, ya que el conductor había cobrado más de lo debido, aprovechándose de su condición de extranjeros.

Los llevaron a la zona rosa para que la conocieran de día, vieran diferentes opciones y entre todos eligiesen. Para ellas era emocionante convertirse en guías y mostrarles las cosas más bonitas e interesantes de Bogotá. No era un secreto que la mayoría de los extranjeros se imaginaba a Colombia como un lugar terrible, inseguro, y que solo Dios sabía cómo viven sus habitantes entre tanto temor y tanta miseria. Al pasar por el centro comercial Andino, Valeria se sorprendió con algunas de sus actitudes y comentarios, como aquel "Mira, Tom: aquí hay Speedo, ¡vaya!" de un asombrado Tito. Ni idea de lo que pasaría por sus mentes antes de venir a Colombia, de qué clase de país esperarían encontrar. Seguro que no hacían esos comentarios con ánimo de ofender, pero al final lo lograban. A Fernanda y a Mariana no parecía importarles demasiado aquellas intervenciones, pero Valeria se resentía en su orgullo de colombiana.

Aunque las personas de las principales ciudades colombianas no vivían tan directamente el conflicto, Valeria y sus amigas sí eran conocedoras de las consecuencias que conllevaba, del dolor que se respiraba en muchas poblaciones. Pero los enfrentamientos, los campos minados, los familiares muertos, las calles ensangrentadas no estaban en su rutina, les parecían problemas muy lejanos que casi no las afectaban. Sentían que era un deber el cambiar esa imagen de Colombia, mostrándoles la otra cara de la moneda, la realidad del día a día de sus vidas, muy similar a las de otras mujeres de su edad en cualquier rincón del mundo: el trabajo, la diversión, el amor.

Escogieron un restaurante colombiano y les preguntaron si habían probado comidas típicas. Respondieron que no. Además, después de la limonada ultra cargada de la noche anterior, consideraron que la mejor selección sería un recorrido gastronómico por los mejores platos tradicionales de la cocina del país. Les pareció una excelente idea, ya que querían probar esas sopas de las que tanto y tan bien les habían hablado.

Trataron de ceñirse a lo más típico. Para comenzar, pidieron un refajo con cerveza, gaseosa Colombiana, Pony Malta y aguardiente, pues resistía y combinaba a la perfección con la grasa y los condimentos. Les aconsejaron entre bromas y risas que cuando se fueran de parranda y bebiesen aguardiente, al otro día lo mejor era un refajo porque, además de hidratar, mantenía en el cuerpo una dosis básica de alcohol mientras el malestar se iba.

Les resultaba divertido ver la cara que ponían Tito y Thomas ante cada una de las explicaciones que les daban, aunque en algún momento pensaron que se estaban haciendo los sorprendidos y que en realidad ya conocían muchas de las cosas que les estaban mostrando. Ordenaron distintos platos para que probaran de todo: una bandeja paisa, un ajiaco, un mondongo, patacón con hogao y una sobrebarriga en salsa criolla.

Aquellos gringos, y pese a las preguntas de Fernanda, siempre más insistente que sus amigas, no contaron mucho sobre lo que venían a hacer a Colombia, y solo relataron de poca gana que eran parte de la ayuda de su gobierno. Entendieron que manejaran cierta reserva, y no los agobiaron más sobre ese asunto, así que hablaron de ellas, de sus empleos, del país, de la comida y de sus costumbres.

Valeria, aunque a ratos disfrutara como Fernanda y Mariana de la compañía de Tito y Thomas, tenía también sus pensamientos en Erick. Esa mañana, y antes de que los gringos las llamaran, había abrigado la esperanza de que el dueño de Contrapuerta Le marcase a su celular. Pero estaba claro que él no era una excepción al comportamiento de los hombres, de todos por igual. Pensó que si no hubo por su parte un acercamiento la noche anterior, si no intentó quedarse con ella, no existía razón alguna para creer que lo haría al día siguiente, y menos siendo domingo. Seguramente sería uno de esos hombres que se las daban de interesantes e importantes y no hacían la llamada sino hasta el siguiente fin de semana. A Valeria le incomodó un poco el resultado de la comparación entre los gringos y Erick: ellos mostraban el interés y el otro se hacía el interesante.

Era la primera visita de Tito y Thomas a Colombia y hacía solo cuatro días que habían llegado. Ya más confiados, y sin tantas reticencias para hablar algo sobre ellos, les dijeron que asistían a una inducción muy intensa que terminarían en unos días, necesaria para desempeñar su labor, y que hasta la noche anterior no habían tenido tiempo de salir a conocer Bogotá. De todos modos, tenían restricciones: no podían ir a ciertas zonas, utilizar algunas formas de transporte, debían andar en grupo y ser muy cuidadosos en general. ¿Les prohibirían salir con mujeres?, se preguntó Valeria. En el fondo, ella reconocía que ese era uno de los anzuelos perfectos para que un extranjero fuera víctima de un robo, de un secuestro o de algo peor.

En las miradas de Tito y Thomas vieron fascinación, pero también notaron que querían disimular el asombro por algunas de las cosas con las que se tropezaban cuando después de almorzar los llevaron a dar un paseo. Miraban cada detalle, de repente les había entrado la necesidad de saber más del país, preguntaban el porqué de todo. Se habían imaginado una Bogotá completamente diferente. Solo habían leído cosas de la guerrilla, de las bombas, de los secuestros, de los narcos —lo que no es mentira—, y se encontraron a primera vista con una ciudad organizada, con una gran variedad de comercios, todas las marcas en las vitrinas y muchos lugares para disfrutar de una excelente comida o tomar una copa. En su mente tenían las escenas de películas de acción sobre narcotráfico, esas que teóricamente se localizan en Colombia pero que, sin embargo, fueron filmadas en otros países. Valeria les aclaró que se podían distinguir que no estaban rodadas en su país porque los rasgos de los rostros colombianos son más finos que los de los habitantes de los países vecinos.

Tito y Thomas no controlaban sus miradas, especialmente cuando pasaba alguna mujer, y no era porque ellos no tuvieran mujeres hermosas en su país, sino porque, según les explicaron, la diferencia estaba en su elegancia, cuidado, vanidad y calidez. Así fue más fácil entender un poco más por qué la competencia es dura. En Colombia las mujeres son muy llamativas, sin importar que sean gorditas, bajas, con o sin exuberantes curvas. Hay un culto a la belleza femenina, y es válido cualquier tratamiento, cualquier intervención quirúrgica que sirva para lograrla.

Cuando estaban tomando café en la terraza de un Juan Valdez, Mariana recibió una llamada inesperada que le produjo cierto malestar: era la suegra, que preguntaba qué había ocurrido, por qué su Camilito no le respondía a sus llamadas.

Mariana no sabía qué decir. Notó que la señora estaba muy preocupada y acertó en callar, ya que no era el mejor momento para decirle la verdad.

—Gilma, no se preocupe, todo está bien. Cuando Camilo llegue, le explicará la demora —le contestó.

La mamá de Camilo lo mimaba mucho, vivía muy pendiente de él. Aún habitaban bajo el mismo techo. Para caerle medianamente bien a su suegra, Mariana leía libros de tácticas y estrategias en la guerra. La señora era una pesadilla: Freddy Krueger era un Teletubie frente a ella.

—No señora, no está conmigo —le respondió ante su insistencia—, pero si hablo con él, le sugiero que la llame tan pronto sea posible. Ya, ya entiendo… Sí, sí, claro… No se preocupe, Gilma, que si logro comunicarme con Camilo lo primero que le digo es que se ponga en contacto con usted.

Después de terminar aquella llamada, Mariana le susurró a Valeria en un aparte que la madre de Camilo le había dicho que necesitaba que su hijo la llevara a Chinauta a visitar a la abuela, que estaba muy mal de salud, y que se encontraba angustiada porque a la pobre anciana no podía llevarla a Bogotá, ya que el frío le sentaba fatal para sus maltrechas articulaciones.

Aquello resultó todo un fiasco para Mariana. Camilo ni siquiera había sido capaz de construir una buena coartada. Y es que no existía nada oculto bajo el cielo. Además, todo llegaba en su momento justo y ya la mamá le acababa de dar la herramienta para desmentirlo. Solo tenía que seguir esperando, porque aunque esa llamada resolvía un poco la situación, y ya estaba confirmada la mentira, ahora únicamente faltaba justificar y hacerle saber que lo había visto con Paula en el bar.

Por un momento, Mariana hizo el amago de abandonar a sus amigas, pero luego reaccionó y decidió seguir en su compañía porque le irritaba la idea de llegar a su casa y responder quién sabe cómo a las insistentes preguntas de sus hermanos y su mamá sobre la famosa noche romántica con Camilo. A los pocos minutos, las mentiras de su novio eran otra vez un mal recuerdo que deseaba borrar de su mente y comenzó de nuevo a divertirse con las bromas que se gastaban Tito y Thomas. Decidió que lo mejor era tomarse su tiempo para estar serena en el momento de enfrentarse a Camilo y a las situaciones en torno al asunto del engaño.

En todo el día no respondió el celular, y solo envió un mensaje de texto a su mamá, diciéndole que iban a celebrar su cumpleaños las tres. Luego de almorzar, caminar, hablar, reír y mostrarles algunos lugares a los nuevos amigos, Mariana ya ni miraba el anillo, quizá lo único valioso que le quedaría de la relación con Camilo. De alguna manera, ayudó que Thomas se dedicara a servirla y a atenderla durante todo el tiempo, como si se hubiese dado cuenta de que necesitaba eso: que la consintieran. Porque no había nada que afectara más un rompimiento que a la autoestima. Y la forma más sencilla y fácil de subirla era que alguien lo hiciera por ella.

4

La rubia, la castaña y la pelinegra

Fernanda era la más morena de todo el grupo de amigas. Tenía el pelo negro, unos cautivadores ojos verdes, las curvas muy bien definidas, una cara angelical y la sonrisa muy tierna. Había nacido en la encantadora Villa de Leyva, rodeada de la historia que rezuman sus calles y de su gente sencilla, educada y trabajadora. Tenía muy buenos valores, que le habían inculcado en su hogar desde muy pequeña. Era la menor de tres hermanas, muy estudiosa, responsable y de buen humor —aunque a veces pecara de irónica—, lo que la convertía en un ser adorable.

Mariana se veía siempre bronceada, con unos ojos del color de la miel, el cabello café y un cuerpo atlético. Era la hermana de cuatro hombres, y de ahí su fuerza de carácter, pero siempre de finos modales y suaves movimientos. Tenía la habilidad de saber cómo comportarse en cada situación, y siempre le habían gustado los hombres guapos y que manejaran algún tipo de poder o característica que los hiciera diferentes al resto. Con ella compartían casi todas sus amigas la afición por el gimnasio y algunos deportes al aire libre.

Valeria era la rubia del grupo, de ojos azules, sin ninguna señal que destacara en un cuerpo bien proporcionado. Era hija única, un poco consentida y caprichosa, algo soñadora, pero nunca ingenua, que se había acostumbrado a tomar lo mejor de lo que la vida le brindaba, sin entrar en demasiadas complicaciones.

Desde la noche en que se conocieron, se notó cierto feeling entre Fernanda y Tito. Una atracción que quedó más patente en el almuerzo: él no había dejado de mirarla, y ella de coquetearle disimuladamente y de acercarle con su tenedor la comida a la boca. Mariana también había congeniado con Thomas, sin parar de hablar ni un momento, quizá para no pensar en su ya exnovio.

Valeria estaba convencida de que su tipo no sería muy del agrado de aquellos gringos. Pensaba que ellos ya tendrían todas las mujeres monas y de ojos azules que quisieran en su país, y que en Colombia buscarían a morenas de grandes curvas, ojos negros y labios carnosos y prometedores. Tampoco ella se moría por salir con algún extranjero, puesto que tenía muy clara su intención de quedarse para siempre en su tierra y al lado de los suyos. De todos modos, y aunque no se los imaginaba como pareja, debía admitir que físicamente no les podía quitar los ojos de encima a aquellos dos hombres. En su opinión, existían gringos feos, blancos, dientones, desabridos, insípidos y desarreglados, pero es que definitivamente habían tenido la fortuna de conocer a una excelente representación, puede que a la mejor.

Tito y Thomas estaban ya en los treinta años. Según pudo sonsacarles Fernanda, ambos coincidían con su primera misión fuera de Estados Unidos, se encontraban ávidos de nuevas experiencias y con ese cuerpo seguro que las iban a tener.

Se acabó la tarde y los gringos las llevaron de vuelta al apartamento de Fernanda. Después de que ellas agradecieran el almuerzo, y ellos la compañía, se despidieron de beso. Casi sin tiempo para comentarse lo bien que lo habían pasado, Mariana y Valeria dejaron el apartamento de Fernanda y regresaron a sus casas.

Por la noche, Mariana llamó a Valeria para contarle que por fin había aparecido Camilo. Las dos amigas supusieron que, de no trabajar juntos, él no se habría comunicado. Pero resultaba inevitable un encuentro entre ambos a la mañana siguiente. Mariana comentó que después de un frío "Hola", los dos guardaron silencio por un largo tiempo, hasta que Camilo le dijo en un tono que sonaba apesadumbrado que no deseaba decirle más mentiras, que la pedía perdón porque no se merecía lo que estaba sucediendo. "No, no me lo merezco, pero quiero escucharte", le había respondido Mariana. "Mira, mi abuela no venía, ni vendrá", le dijo él. "Eso ya lo sé; si quieres ver a tu abuelita te toca ir allá, porque no soporta el frío; tu mamá, sin darse cuenta, me lo dijo todo, pero lo que sí me gustaría conocer es qué hiciste anoche", le añadió, sin descomponerse, porque también quería saber las razones de su comportamiento y solo él podía dárselas. "Te dije que no más mentiras… Te dije lo de mi abuela porque antes de recogerte me aterrorizó la idea del matrimonio. No quiero defraudarte, deseo que seas feliz… No sé qué me pasó, así que llamé a Alejandro y a unos amigos para que nos tomáramos unos tragos. Nos la pasamos bebiendo toda la noche en el apartamento de Alejo, hablando de ti, de mí, de los dos, y llegué a la conclusión de que tú eres la mujer de mi vida, de que yo no puedo dejar de aprovechar cada momento contigo. Y me arrepiento de no haber estado contigo anoche, de no haberte cumplido… ¿Qué dices, mi vida? Olvidémoslo y continuemos". Por unos instantes, Mariana le confesó a Valeria que tuvo que respirar hondo y calmarse, para luego responderle con mucha serenidad: "Camilo, yo te considero una buena persona, un excelente hombre, y en este tiempo de novios llegué a amarte y a imaginar un futuro juntos, pero creo que lo más sano para los dos es darnos un tiempo. No deseo que te dé otro de esos momentos de pánico. Quiero a alguien cerca de mí que me inspire seguridad y confianza. Y, por favor, prefiero ser yo quien te llame, abstente de hacerlo tú, dame ese espacio".

Mariana prefirió decirle aquello para no tener que entrar en la penosa tarea de explicarle que conocía la verdad. Por respeto a la relación y a los sentimientos que aún tenía por él, eligió la posibilidad de manejar la situación a su manera: de una forma diplomática, y con eso no se podía competir.

Camilo nunca supo que Mariana lo había visto con Paula, y fue mejor así. Hablando en términos de venganza, ese fue su peor castigo. Ella quedó como una princesa y él con la culpa.

5

Erick tras Valeria

Desde que se conocieron en Contrapuerta, Tito no había dejado pasar un solo día sin telefonear a Fernanda. Ese interés la halagaba mucho, y aunque tampoco a ella, como era el caso de Valeria, le convencía demasiado la idea de enredarse con un norteamericano, la atracción física era tan extrema que permanente estaba atenta a su celular, esperando la llamada. Tito tenía además otra ventaja: era muy ocurrente y la hacía reír todo el tiempo.

Mariana, por su parte, también recibía llamadas de Thomas, pero más esporádicas. Después de un mes de aquella primera noche en Contrapuerta, a veces aún sentía un cierto dolor cuando recordaba su ruptura con Camilo. La herida todavía no estaba cerrada del todo y por eso no quería involucrarse con alguien tan pronto. Fue muy sincera con Thomas, explicándole su situación, y él dijo "Okey", y añadió que la entendía y que tampoco buscaba con desespero algo más. Tras aquella conversación, el sexo quedaba aplazado de mutuo acuerdo.

Thomas también llamaba a Valeria, que interpretaba esas comunicaciones solo en un tono de amistad. Desde el primer momento, tal y como se lo confesó a ella, vio similitud en sus rasgos con los de su hermana Helena, y eso la convertía en alguien más cercano. Según él, en lo único que tenía una gran diferencia con Helena era en la estatura. La decía "Hermanita" en un español cada vez mejor pronunciado, aunque se lamentaba porque todavía no lo hablaba a la perfección; siempre quiso aprender el idioma, pero nunca le había dedicado ni tiempo ni atención.

Fernanda, Mariana, Valeria y los dos gringos habían formado un quinteto de amigos muy unido y procuraban salir casi todas las noches a cenar en restaurantes o a tomar un trago en el agradable bar Tirana de la Zona T. Pese a que Valeria era la chica suelta, la no emparejada, estaba encantada con esas salidas, ya que le resultaban muy agradables. Y también porque sus viernes se vieron afectados por conocer a Erick, que después de casi un mes desde el mensaje en la servilleta no se había dignado llamarla. Ahora no podía ir a Contrapuerta porque existía la posibilidad de ver a Erick, de cruzar con él alguna mirada y de que pareciera que lo estaba persiguiendo.

Tito y Thomas habían aceptado de buena gana el probar la comida colombiana, pero luego, pasado un tiempo, comenzaron a proponer cierta alternancia con restaurantes de cocina italiana, francesa, mexicana y americana, tratando de descubrir cada noche un nuevo establecimiento. También les gustaba ir a los bares tipo europeo a beber cerveza. En esos locales se encontraban con más amigos, y hablaban de todo pero nunca de detalles específicos de su trabajo como tal, continuando con su hermetismo habitual.

Valeria era la encargada de organizar los planes culturales del grupo e ideó algunas excursiones a Monserrate, al barrio de la Candelaria, al chorro de Quevedo y al Museo del Oro. Creía que existían muchas cosas hermosas que mostrar, pero con aquellos paseos los gringos no se animaban del mismo modo que cuando se trataba de ir a rumbear. Solo se los vio con un cierto interés en una visita a un museo en el que se detuvieron en una sala llena de armas antiguas y en otro en el que la guía era una jovencita muy linda.

Por fin, una mañana Erick llamó a Valeria. Ella no sabía si contestar, ya que la tardanza en esa primera llamada decía muy poco de su interés. Pero se decidió a hacerlo, al tiempo que el estómago parecía llenársele de mariposas revoloteando.

Erick le contó que esa noche, después de dejarlas, recibió una llamada de su madre para decirle que su padre acababa de morir. Desde hacía tiempo, venía arrastrando una larga enfermedad que estaba pasando en su casa de Miami. Al día siguiente tomó el primer vuelo que le fue posible y a partir de ahí no tuvo tiempo para nada. A eso se sumó que el papeleo para trasladar el cuerpo a Colombia tardó más de lo esperado, y con la ceremonia, el duelo y la organización de todo lo correspondiente no tenía la cabeza para nada. Por eso no la había llamado y llevaba también un tiempo sin aparecer por Contrapuerta.

Se vieron aquella misma tarde. Entre abrazos, palabras de aliento y la emoción de verlo, Valeria no pudo reprimir su deseo de besarlo. Luego Erick la llevó a Zipaquirá. Sería la última vez, porque la hermana de Fernanda se iba a mudar y ella tendría la posibilidad de quedarse en el apartamento de su amiga siempre que lo deseara, ahorrándose el largo desplazamiento.

La mamá de Valeria siempre había respetado su espacio, y no objetó nada cuando le comentó que de viernes a domingo se alojaría con Fernanda, pues sabía que las opciones de diversión en Zipaquirá no podían colmar las expectativas de una chica de su edad. Gracias a la cercanía de Contrapuerta con su oficina, a Valeria y a Erick les quedaba muy fácil verse. Entre semana, almorzaban o cenaban con frecuencia, y se sentían muy bien juntos.

Valeria dejó de salir con sus amigas, porque aunque Thomas y Mariana no tuvieran nada formal, ya había decidido que era conveniente que cada una compartiera en pareja. Fernanda y Tito sí parecían dos tortolitos, y cada vez que podían se demostraban su aprecio, besuqueándose constantemente y en cualquier lugar.

Erick le gustaba más a Valeria cada día que pasaba, y no solo por sus dos ojos como diamantes negros que la atravesaban con su mirada, su pelo sedoso y brillante, o una fragancia muy particular, con la que parecía que acabara de salir de darse un baño, sino también por su forma de ser y actuar, siempre muy atento y cariñoso. Era una persona con espíritu emprendedor y con mucha fortuna en los negocios, que procedía de una familia clásica y cachaca, aunque su padre se hubiera afincado en Miami para disfrutar allí del buen clima y de los dividendos de sus inversiones en Colombia. Hacía cuatro años que comenzó como socio de un bar con cinco amigos más de la universidad y ahora ya se había convertido en el dueño de tres de los más nombrados de las exclusivas zonas de la ciudad.

Después de tratarlo, de intimar con él, de un sexo como hacía años que no lo gozaba, a Valeria le resultaba contradictorio que Erick se hubiera prestado aquella noche en Contrapuerta para ser el mensajero de la proposiciones de Tito y Thomas. Se pasaba el tiempo criticándolos, y también a Fernanda y a Mariana por estar con ellos, por convertirse en lo que él consideraba una especie de prepagos a su servicio.

Valeria le alegaba que tenía una idea muy equivocada de sus amigas, que si él pensaba así tendría que hacerlo del mismo modo con ella. Fue entonces cuando Erick le propuso organizar una reunión donde él les presentara a sus amigos, argumentando que en el fondo lo que ocurría es que le daba rabia que dos soldaduchos con la billetera llena pudieran embaucar con invitaciones y atenciones a unas chicas que reconocía que le habían caído muy bien desde el día en que las conoció.

Sin embargo, y pese a todos los esfuerzos de Valeria, que a veces también compartía ciertos temores con Erick acerca de aquello en lo que se estaban convirtiendo sus amigas, ni Fernanda ni Mariana vieron la necesidad de buscar algo más, aduciendo que se encontraban felices con sus nuevos acompañantes y que no estaban dispuestas a poner en riesgo su amistad.

Valeria se volvió una asidua de Contrapuerta, sobre todo los fines de semana. Se tomaba un trago y así acompañaba a Erick hasta que se cerraba el local. Pero pronto se empezó a dar cuenta de que aunque él resultaba maravilloso y de un carácter tranquilo, y, como hombre era atento y muy cariñoso, había cosas, detalles que la hacían entender que aquella relación no funcionaría.

Muchas mujeres andaban detrás de Erick porque era el dueño del bar, además de ser un tipo agradable y atractivo, y él no era indiferente a aquella realidad. Además, a Valeria le molestaba que nunca sucediera nada nuevo, que todo en esa relación comenzara a convertirse en una rutina. Siempre era lo mismo: llegaban al bar, comían algo de la carta, luego subían a la oficina, independiente del bar y que era como un apartaestudio, hacían el amor y luego él se iba a dar una ronda por los otros bares mientras Valeria lo esperaba tomándose algo en la barra. Cuando volvía, el lugar estaba más lleno y entonces tampoco tenía tiempo para ella.

Y aunque el sexo fuera muy bueno, le molestaba que en el antes y en el después se comportase como si hubiera estado con una amante. Tenía bajo llave un dispensador de condones como los que dan turnos de oficina pública, toallitas para limpiar, ambientador en espray para eliminar algún olor, y acomodaba todo muy minuciosamente. Valeria pensaba que no era en vano tener un acogedor nido de amor cerca a la trampa para mujeres de aquel bar, con la rumba, los malos tragos… Tal vez ya estaba acostumbrado a borrar la presencia de mujeres que solo se desahogaban, se equivocaban o se divertían en ese lugar con él.

Un fin de semana, Fernanda y Tito invitaron a Valeria a una discoteca. Estaban cerca de Contrapuerta cuando la llamaron. Erick estaba raro, nervioso, y llegó una jovencita a preguntarle algo de parte de una tal Flaquita. "¡Perfecto! —se dijo Valeria—, y entonces yo seré la Monita". Y añadió: "Seguramente también existe una Negrita, una Gordita y toda una retahíla de apelativos cariñosos terminados en ita". No quiso hacer ningún show o pasar un momento incómodo, así que le comentó a Erick que iba a saludar a Fernanda y a Tito y volvería en un rato.

Pero no regresó, porque cuando llegó a la discoteca le presentaron a Teddy, otro gringo, rubio, alto, acuerpado. Aquel tipo le pareció súper sexy, pero de forma diferente a la de su compañeros. Para ella, Tito era de mentiras, demasiado perfecto; en cambio, Teddy era varonil, sensual, creído, serio y no se estaba riendo siempre como Tito. Vestía una camiseta blanca básica, unos blue jeans normales y unas botas de campaña negras. Debía tener entre treinta seis y treinta ocho años.

Al principio, Teddy miró a Valeria como a un zancudo. Eso realmente hirió su orgullo, y a punto estuvo de regresar a Contrapuerta. No lo hizo, aunque no sabía si era porque le estaba atrayendo aquel gringo o porque deseaba darle una lección a Erick. Y desde ese instante, su propósito fue hacerlo arrepentir de esa mirada que había entendido como despectiva.

Valeria creyó que la estaba observando como a una pobre tercermundista, tal vez porque fue así o simplemente ella se acomplejó. Y entonces le afloró su sentimiento patrio. En ese momento, decidió que tenía que hacerlo sentir mal y ajeno al lugar. Lo sacó a bailar pese a sus protestas, casi arrastrándolo hasta la pista, y allí bailó y bailó de un modo desenfrenado, como nunca lo había hecho, como los gusanos moribundos. Hasta que él se sintió haciendo el oso y se retiró a la mesa.

A los pocos minutos llegaron unos ocho o diez compañeros de trabajo de Tito y Teddy, todos ellos mexicanos y puertorriqueños, pero, según le aclaró uno a Valeria, nacionalizados en Estados Unidos. Algunos la invitaron a bailar, pero no aceptó, excusándose por estar un tanto cansada y con un ligero dolor de cabeza. Únicamente quería a Teddy. Aunque aparentemente no prestaba la menor atención, él ya no le quitaba la mirada de encima, pese a que era parca en sus contestaciones a los intentos por entablar una conversación.

—¿Qué pasa, Valeria? ¿No gusta mi amigo? —le preguntó Tito.

—No, no me gusta ni un poquito. Es feo, tonto y muy creído… Sería bueno que al menos se integrara. Desde hace un rato ya no les habla ni a ustedes.

Valeria fue al baño, y al volver Tito y Teddy estaban conversando. Los mexicanos se habían dispersado para encontrar con quién bailar. Ellos eran menos tímidos, más lanzados y por lo menos tenían una ligera idea de llevar el paso al son de la música. Un punto a su favor era que una constante en la vida nocturna de Bogotá es que en cada grupo o mesa siempre hay más mujeres que hombres, y todas con ganas de conocer a alguien o de que las inviten a bailar. Luego se sentó y se sirvió un vaso de agua. Teddy la miró. Tras algún titubeo, el gringo se levantó de su silla y se arrellanó al lado de Valeria. Lo hizo como de un salto, logrando que ella diera un respingo y se asustara. Explicó que estaba molesto porque ese día había comprado botas nuevas y por equivocación le habían dado una medida menos, que lo disculpara por no hablar o bailar pero es que se sentía incómodo. Luego sonrió y esperó a que Valeria lo perdonara.

—¡Quítatelas!, ya todo el mundo está demasiado ebrio y no lo notarán. Además, no te apures, podemos quedarnos sentados y hablar —le dijo Valeria, esta vez con un tono más amable, que incluía la absolución.

Teddy la miró nuevamente y en silencio. Se quedó un rato pensativo y después, mientras se reía, se quitó las botas. Automáticamente la expresión del rostro le cambió, y entonces le recordó en sus rasgos a Mel Gibson. Era un hombre muy bien parecido.

Le contó que era médico de combate —o eso creyó entenderle—, que siempre en guerra cada grupo de militares debía llevar uno, y que venía a entrenar a profesionales colombianos en esa labor. La sorprendió. Era lo primero concreto que escuchaba por parte de aquellos gringos sobre su trabajo, y Teddy lo dijo sin misterio. Ni siquiera le había tenido que preguntar. A partir de ese momento de confidencias, le cayó muy bien, y empezó a encontrar en él a una persona madura, de un humor elegante y amistoso. La hizo olvidar por completo a Erick, al punto de no ponerle atención al celular, en el que después encontró sus llamadas perdidas.

De ahí salieron para el apartamento de Tito y Thomas. Mariana ya estaba allí. A su llegada a Bogotá, los habían alojado en un hotel, pero luego los ubicaron en un apartamento en el norte de la ciudad. La decoración del apartamento era muy clásica y elemental, muy al estilo de ellos.

Los gringos tenían la compañía de Olga, la joven que les ayudaba con las tareas domésticas y demás cosas que necesitaran. Había tres habitaciones. Cuando Teddy llegó a Bogotá, se ubicó allí temporalmente, porque luego partiría para otra región de Colombia.

Valeria se alegró mucho de ver a Mariana. No se encontraban desde hacia unas semanas. Descubrió que era otra desde la última vez en que habían coincidido. Quizás en ciertos momentos era mejor llorar, pero ella se guardaba las lágrimas y eso la afectó más en esa amarga época en que sufrió por el engaño de Camilo. La compañía de Thomas la ayudó bastante. Se veía muy bien. Mariana le comentó que Camilo nunca creyó que el tiempo de su separación fuera más prolongado de lo que se había imaginado, pero de todos modos no perdía las esperanzas. Todas las mañanas, durante meses, Mariana encontraba en su escritorio chocolates, peluches, flores, frutas, papelitos con mensajes románticos. Pero ya no había nada que hacer. Como siempre le decía a sus amigas: "Para atrás, ni para tomar impulso".

Thomas, al no pertenecer al grupo de amigos de Camilo, ni al grupo de ella, nunca le iba a preguntar cómo se sentía frente al tema. Eso había sido lo peor de la ruptura: le refrescaban todo el dolor con preguntas recurrentes y cargadas de una enorme imprudencia. Encontró al amigo perfecto. Porque no había nada más incómodo que le estuvieran cuestionando qué pasó, que le contaran que lo habían visto, y así el fantasma no se iba y permanecía como un alma en pena en el corazón y en la mente. Lo mejor era alguien nuevo que no conociera nada de ella y menos de la situación por la que había pasado, que tampoco le interesara y que, a cambio, ofreciese nuevas cosas en qué pensar.

Valeria no juzgó a Mariana. Le pareció buena la idea de aprovechar la amistad de Thomas, la misma sobre la que después su amiga le confesó que de pronto podría estar sintiendo algo más que una simple atracción física.

¿Qué más podía hacer Mariana? ¿Llorar eternamente por Camilo acariciando el anillo, mojando las fotos con lágrimas de desamor y abrazando un cojín? Ante las atenciones del gringo no se pudo negar, aparte de que ya llevaban compartiendo y saliendo un buen tiempo, pero, según ella, aún no le insinuaba ningún interés por tener sexo.

Tal vez eso último Valeria no se lo creyó y se dio cuenta. Con ella no tenía que ponerse máscaras y decir que no habían tenido acercamientos, porque no iba a pensar que era incorrecto terminar con el prometido y enseguida acostarse con otro. Pero Mariana se lo seguía sosteniendo. Tampoco era obligatorio que le contara detalles de su intimidad.

—Créeme, Valeria. Además, si él no toma la iniciativa, olvídate que yo me voy a ofrecer. A veces, creo que realmente quiere solo una amiga. Me confunde, ningún hombre le dedica tanto tiempo a una mujer solo por amistad, pero también eso hace que lo desee. Porque va de lo tierno, pendiente, atento a lo indiferente y caballero —confesó Mariana.

Con esas últimas palabras, Valeria sí comenzó a creerle a su amiga. Y pensó que no sabía si en Bogotá se encontraran hombres así, aunque lo que era cierto es que nunca le había tocado uno. "Pero —se dijo—, qué rico que un hombre también se haga desear y resulte difícil de conseguir, que se tome su tiempo antes de llegar al sexo".

Pidieron un domicilio de comida, vieron un programa de comediantes gringos con muy poca gracia y a la madrugada las llevaron a casa. Teddy le pidió el teléfono a Valeria.

De ahí en adelante, fueron tres parejas. Ahora la rutina era encontrarse las tres amigas cuando salían del trabajo en algún restaurante para cenar o tomarse unos tragos en Usaquén, en la zona T, en la G, en el parque de la 93 o en La Calera. Valeria dejó de lado a Erick, lo que no lo afectó, porque cada noche él tenía la oportunidad de disfrutar de una joven diferente. Valeria y él comenzaron a enfriar aquel idilio, a distanciarse y a mantener únicamente una relación telefónica plagada de excusas para no verse, hasta que el vínculo se congeló.

6

Teddy o el sueño Americano

Teddy hizo que Valeria cambiara su forma de pensar acerca de los norteamericanos. Con Thomas y Tito había tenido la novedad de un primer contacto, pero, aparte del agradecimiento por todos los detalles, no tenía el menor interés en ellos. Además, ya le estaba cansando tanto hermetismo a la hora de hablar de sus cosas, de qué hacían, hasta de cuánto tiempo iban a estar en Colombia. Le aburría que solo pensaran en ellas para la rumba. En alguna ocasión, incluso, llegó a creer que se habían reído de alguna explicación sobre la independencia del país, y eso la sacaba de casillas.

Sin embargo, con Teddy todo había cambiado, era distinto, y Valeria comenzó a sentir una necesidad de estar con él como hacía mucho tiempo no le había pasado con ningún otro hombre. A medida que transcurrían los días, le resultaba cada vez más agradable su compañía y empezó a fantasear por las noches cómo sería su cuerpo desnudo, cómo notaría sus caricias, de qué manera la haría suya por primera vez. Con Erick seguía hablando de vez en cuando, pero ya no se veían. Valeria había perdido el interés en él, y entonces le pareció que sería bueno convertirlo, con ayuda del tiempo y del distanciamiento, en su amigo, en un buen camarada a quien podría recurrir en alguna ocasión.

Recordaba como si hubiera ocurrido en un pasado remoto aquella primera noche en la que fue cruel con Teddy y lo hizo sentir ridículo en la pista de baile. Por eso, tenía un especial empeño en enseñarle, en corregirle los movimientos exagerados de cadera y en mejorar un ritmo muy poco armonioso.

Después de las primeras lecciones, él comenzó a soltarse, a tomar confianza, y ya no había quien lo sacara de la pista. Valeria terminaba agotada y era recriminada cariñosamente por salir a rumbear calzada con los zapatos de tacones más altos. Y el gringo, entonces, tenía el detalle que más la encandilaba, que hacía que los vellos se le pusieran de punta: la cargaba desde la mesa del bar hasta el taxi; le daba un poco de vergüenza, pero le parecía muy tierno que la llevara como a la novia en la noche de bodas, mientras ella sentía la fuerza de sus músculos, el roce de su piel, y ese olor que desprendía su cuerpo y que le parecía muy masculino. Cuando el taxi paraba ante la puerta del edificio de su amiga Fernanda, la volvía a levantar como si fuera un paño de seda y así la subía hasta la puerta del apartamento, en una agradable mezcla de vigor y delicadeza.

En las primeras semanas, fueron a lugares de rumba tropical. La idea era que él quedara bailando como el negrito del swing. Estuvieron en muchas ocasiones cerca de lograrlo, pero al pasarle el efecto del licor se volvía a convertir en un tronco para bailar, en un verdadero alarde de torpeza con los pies.

Lo que más extrañaba Teddy cuando estaba fuera de su hogar era salir a pasear en su moto, incluyendo las paradas en algún bar para tomarse una cerveza antes de regresar a su casa. Una tarde, entraron en la tienda Harley Davidson, y Valeria le contó que en Bogotá había un grupo numeroso de harlistas. Le respondió, con un aire prepotente, que serían solo pésimas copias de su cultura y que, por más que se esforzaran, no entenderían realmente el significado de un recorrido en una Harley. Cambió de tema, y, con un tono más amable, le dijo a Valeria que quería ver cómo le quedaba una chaqueta. Se la midió, le gustó y se la compró. Desde entonces, le pedía que se la pusiera, pero ella se sentía ridícula usándola y tomando taxis o buses. Se notaba que no le iba ese estilo, que se veía como vestida con una prenda prestada, así que cuando quedaba con él siempre la llevaba en la mano, hasta que justo antes de encontrarse se la ponía.

Valeria solía adivinar la presencia de Erick en las zonas que frecuentaba. Nunca lo tuvo frente a frente, ni siquiera con la suficiente cercanía para verse en la obligación de saludarlo. Hasta que una noche recibió una llamada suya para decirle que se había enterado de con quién andaba metida y que era lo peor que podía hacer, que no se lo esperaba de ella. Le recriminó con un descaro enorme, como si se acabara de dar cuenta de un engaño, que le hubiera cambiado por un soldaducho, por un gato, como Erick les nombraba de un modo despectivo a los norteamericanos. Ella no podía dar crédito a lo que estaba oyendo, pero solo le respondió, sin perder la calma, que no sabía el porqué de esa llamada y de ese reclamo después de estar semanas sin mostrar el menor interés por compartir un rato. Erick estaba muy molesto, y le advirtió a Valeria que tuviese cuidado con esos gringos, porque conocía bien a ese tipo de personas y sabía de sus intenciones.

Durante unos segundos, se mantuvieron en silencio. Luego, Erick, que respiró profundo, comenzó a recuperar su tono de voz y la amabilidad.

—Valeria, reconozco que tienes razón, que no tengo derecho a echarte nada en cara. Pero piensa que te lo digo por tu bien, que, aunque no lo creas, me interesas, y mucho.

—Pues tienes un modo de demostrarlo...

—Sí, sí... De acuerdo, es obvio que las cosas no han ido bien entre nosotros. Pero te repito que tú me interesas, y que no deseo que nada malo te pueda pasar, que alguno de esos gringos te haga sufrir. No conoces a esa gente, no sabes qué hacen, cuál es su pasado. Y, créeme, no te extrañe que más de uno tenga una oscura hoja de vida.

Valeria rechazó de plano todos aquellos argumentos. Teddy, ¿un criminal, un violador? No, pensaba que todas esas advertencias no eran sino el resultado de que Erick no podía soportar que una chica a la que él había reconocido con sus favores tuviera la autonomía de abandonar aquel harem de Contrapuerta y encontrar a alguien mejor que el joven apuesto y adinerado dueño de una cadena de bares. De todos modos, no se molestó en enredarse en una discusión estúpida con Erick, al que, además, no le debía ninguna explicación.

—Te lo repito, Valeria: ten cuidado. Si insisto es porque al menos creo que entre nosotros persiste una buena amistad. Así que, ya sabes: aquí me tienes para lo que necesites. Suerte, y espero que no te duela cuando te caigas de ese nuevo cielo que piensas que has descubierto.

Cuando terminó la llamada, Valeria recordó las últimas semanas con Erick. Después de los primeros días, en los que todo había sido ternura y delicadeza, la relación cambió. No se podía decir que hubiera sido de un modo radical, pero sí poco a poco, lentamente, despacio, como le había hecho el amor esas primeras veces tan especiales.

Pero aquellos recuerdos solo duraron unos momentos, porque enseguida le volvió a la mente la figura de Teddy, la fortaleza de sus brazos alzándola. Valeria pensó que tenía la oportunidad de una vida mejor, y que cuando aquel gringo la levantaba era como si se separara del piso, si huyera a un mundo mejor, con más comodidades y diversiones; era como si lograra escaparse de la realidad de un vida marcada por un salario de un poco más de quinientos dólares, la cantidad que Teddy se gastaba en un par de rumbas con ella.

Todo con Teddy era diferente y al mismo tiempo agradable. Pero los gringos sí tenían comportamientos a los que Valeria no estaba acostumbrada. Le extrañaba ese modo de sacar la billetera, sin que les importase la cuenta en un bar o de un taxi. Y lo que aún molestaba más a Valeria era la manera de darle a ella y a sus amigas los veinte mil o cincuenta mil pesos para cada trayecto de taxi. Por eso Valeria era la única que se negaba a aceptar esos billetes. Fernanda y Mariana, aunque al principio pusieron cierta resistencia, luego recibían el dinero de un modo mecánico y con la mayor naturalidad del mundo.

Ese asunto fue el único motivo de alguna discusión entre un persistente Teddy y una no menos obstinada Valeria, que siempre se negaba a recibir los billetes, por más que él adujera que tenía que irse a su casa de Zipaquirá y no podía acompañarla. Pero ella estaba habituada a defenderse sola y decidir sobre sus asuntos. Y, en el fondo, entre las palabras de Erick y sus propios sentimientos, estaba convencida de que aquello no podía estar bien, de que, al fin y al cabo, era admitir dinero de un hombre, el pago por su compañía. Fernanda y Mariana le dijeron que era tonta, que debía aceptarlo, porque, de otro modo, las hacía quedar mal a ellas al negarse a percibir el "subsidio de transporte", como jocosamente lo llamaban.

Con los gringos no se gastaban ni un centavo en diversión. La mayoría de las veces, a Fernanda y a Mariana las sobraba dinero, porque desde luego no les dejaban propinas a los conductores de los taxis como hacían ellos. Es más, en muchas ocasiones ni siquiera tomaban un taxi, sino una buseta, que era lo que siempre habían hecho antes de conocer a sus nuevas parejas. Y no lo hacían por necesidad, sino porque pensaban que era un desperdicio gastar tanto en taxis.

Un día Fernanda les dijo a sus amigas que se sentía con maluquera. Valeria se fue con Mariana a ver qué le pasaba. Al llegar, se asustaron con el aspecto demacrado de su amiga. Tito era un animal en la cama, y ella se sentía como la actriz de una película porno. Él no se cansaba, como si fuera el famoso conejito de las baterías. No pasaba un día sin faena y esto la hacía sentirse débil, se dormía en la oficina, y hasta llegó a comprar unas vitaminas energizantes. Aquel gringo, cuánto más tenía, más deseaba. Tanto Mariana como Valeria se dieron cuenta de que a Fernanda le brillaban en los ojos la lujuria y el deseo. Y se imaginaron que hasta podía convertirse en una ninfómana o en algo peor. Estaba enferma de catre y debía descansar, relajarse un poco.

Mariana y Valeria se rieron porque la expresión del rostro de su amiga cambió cuando acabó de contarles sus intimidades con Tito. En su semblante se podía apreciar una mezcla de cansancio y de excitación. Entonces a Mariana se le ocurrió que mejor que quedarse en la cama sería salir, distraerse. Y decidieron ir de compras.

Lo primero que hicieron las tres amigas fue chismosear en la vitrina de una tienda de lencería. Fernanda entró al establecimiento y compró algunas prendas que a Mariana y a Valeria les parecieron demasiado atrevidas. Luego, se empeñó en ir a un sex shop, en donde adquirió aceites, cremas y demás artículos amatorios.

Mariana siempre evitaba el tema de sus relaciones de pareja con Thomas, y por eso las confidencias de Fernanda y el tipo de compras que había realizado la habían ruborizado un poco. Aunque los dos se mostraban muy cariñosos cuando estaban juntos, ella seguía afirmando que no había tenido sexo con Thomas, y que tampoco veía que fuera una necesidad.

Valeria continuaba sin creer demasiado a Mariana, porque le parecía muy raro que a un hombre no le apeteciera hacer el amor, o joder o tirar, como Tito decía entre risas. Por eso, y por ese aire de misterio y secreto que rodeaba a sus vidas, ella siempre se guardaba un poco de recelo hacia Teddy. Aunque nunca había sido de las que piden cosas, el norteamericano la llenaba de regalos, y para ella era una verdadera tortura salir con él a un centro comercial. Si por casualidad miraba algo de reojo, al segundo entraba en la tienda y se lo compraba. Eso era incómodo y muy extraño, además de un peligro a su sentido de la independencia, y, sobre todo, cuando era reiterativo y sin que pidiera nada a cambio.

En esa época, Valeria no tenía plan de minutos en el celular, y como a él le gustaba que lo llamara, le enviaba un mensaje de texto con el pin para recargarlo. Para ella había algo bonito en ese gesto: que le gustara que lo telefoneara, porque pensaba que la mayoría de las veces los hombres no contestan, no devuelven la llamada y rezan porque se les caiga el aparato en la taza del baño, y también que, sin decírselo, supiera qué necesitaba y se lo proporcionara. A Fernanda y a Mariana les sucedía lo mismo, y las tres se preguntaban: "¿A qué mujer no le gustaría esto?".

Y así fue como Fernanda, Mariana y Valeria ingresaron al grupo de las mujeres colombianas del Tío Sam. Aquella primera noche en Contrapuerta, desde el momento en que los gringos traspasaron la puerta del bar y las miradas se encontraron, ellos, con su pestañeo en clave Morse, les dijeron "I want you". No hubo necesidad de apuntar con el dedo, las reclutaron con una sonrisa.

7

Rumbo a Melgar

Teddy iba a estar tres meses en Bogotá y luego se marcharía a una base militar en Melgar, donde se iba a quedar por un tiempo que ni siquiera podía predecir. Él y Valeria llevaban ya más de un mes saliendo juntos, divirtiéndose, sin más. Después de cada salida, ella pensaba: "¿Cuándo me lo va a cobrar?". Estaba acostumbrada a que si alguien la invitaba a algo, inmediatamente se tenía que sentir en deuda. Pero pasaban los días, las invitaciones, y Teddy no hacía la menor insinuación.

Valeria recordó entonces a Mariana y hasta se sintió mal por no creer en esa pureza de la relación de la que había desconfiado siempre. Para ella, esa situación, según entendía, la beneficiaba: había que dejar que transcurriera así de lento todo, haciéndose desear, porque si se daba muy rápido, también se iba del mismo modo. En ocasiones, creyó que también podría ser que tanto Thomas como Teddy se estarían cuidando, procurando asegurarse con quién iban a tener algún tipo de relación más allá de ir de rumba o pasear juntos. Porque Tito era un cuento aparte, y quizá su desenfreno sexual podría resultar el fiel reflejo de una personalidad un tanto inmadura, la de alguien que obra con la insensatez de no tomar las debidas precauciones.

El asunto de los obsequios cada día fastidiaba más a Valeria. Siempre dividía sus sensaciones: unas, que la hacían sentir importante y mimada; otras, que le generaban desconfianza, porque tal vez Teddy estaba solventando con aquellos detalles alguna falencia. No debía demostrar que estaba impaciente, aunque se sentía ya en deuda con él. Físicamente le encantaba y, tal vez, sin querer reconocerlo, ella también anhelaba faenas salvajes como las que Fernanda había contado de su relación con Tito.

Valeria tuvo un ataque de tristeza el día en que Teddy debía partir a la base. No estaba enamorada, pero sabía que le haría falta su presencia. Y, por qué negarlo, también sus invitaciones y continuos detalles.

Siguió llamándola todos los días de esa primera semana y la invitó a pasar el fin de semana a Melgar. Se notó muy reconfortada y feliz con esa invitación, y creyó que quizás esa visita podría convertirse en su primera experiencia como amantes. Pero, por otro lado, también dudó. Con todo lo bien que se había portado y lo habían pasado, una cosa era verse en su terreno, en Bogotá, cerca de su casa, y otra ir a Melgar. A Valeria le dio también un poco de miedo aquella invitación. No sabía si en alguna oportunidad expresó sus temores, pero la cuestión es que en una de las llamadas le propuso que viajara en compañía de una amiga.

Le dijo a Fernanda que la acompañara, cosa que aceptó porque ese fin de semana Tito iba a estar ocupado. En su casa, comentó que Fernanda y ella irían junto a un grupo de amigas a broncearse a una finca. El lugar no lo ocultó. Normalmente, Valeria y su grupo no podían contarles a sus mamás, conservadoras y siempre recelosas de sus compañías masculinas, que iban a encontrarse con un gringo más de diez años mayor que ellas, hospedarse en un hotel y que poco o nada conocían de su anfitrión. El misterio que envolvía a aquellos norteamericanos podría ser mal interpretado.

Valeria no creyó conveniente comentarle a su mamá que la persona con quien salía a menudo era un militar de los Estados Unidos. No era esa la clase de relación que Sol María quería para ella, sino algo totalmente diferente. Si se lo contaba, no le daría el permiso. Los padres de Fernanda eran más estrictos que la mamá de Valeria. Resultaban muy poco permisivos y tolerantes, e incluso preguntaban por la religión de los amigos que frecuentaban un poco más de lo habitual a su hija.

Si Valeria, Fernanda y el resto de amigas albergaban ciertas prevenciones, aún más las tendrían sus madres. Por un lado, no podían negar la satisfacción por conocer algo diferente; por otro, temían el secretismo de sus nuevos amigos, el lado oscuro de esas relaciones. El mayor miedo se centraba en las enfermedades, y una vez Mariana, buscando en la Internet pistas sobre la labor de los gringos en Colombia, encontró una información en la que se indicaba que Melgar tenía el índice de crecimiento más acelerado de contagio de sida en el país. Por su cuenta, cada una de las amigas sumó lo que ya habían leído sobre la presencia de los estadounidenses y les quedó fácil deducir que ellos eran los responsables. A excepción de Fernanda, que pensaba que todo era un puro alarmismo sembrado por quienes estaban en desacuerdo con la llegada de los militares norteamericanos a Colombia, aunque nunca tiraba con Tito sin condón.

Teddy se veía muy saludable, y, siendo médico, Valeria no creyó que se arriesgara a no tomar precauciones o a comportarse de un modo inconsciente cuando tuvieran sexo. No obstante, aprovechó una ocasión y le preguntó. Él respondió, en medio de una sonrisa que trataba de infundirle tranquilidad, que jamás tenía relaciones sin protección, aparte de que un requisito en su trabajo era tomarse la prueba cada año, y la última estuvo perfecta, salió limpio.

Era puente, un fin de semana largo. Valeria y Fernanda se encontraron a las seis de la tarde del viernes y abordaron el carro que las llevaría a Melgar, de cuyo pago se encargaba Teddy. Durante el viaje, hablaron sin parar, quizás, en el caso de Valeria, para ocultar ante su amiga algo del nerviosismo que se había apoderado de ella desde la noche anterior. El recorrido de Bogotá a Melgar no era muy largo, pero el lento tráfico de la salida por Soacha les dio más tiempo para chismear de corrido.

Fernanda le comentó a Valeria que su relación con Tito era un cuento de hadas, que había encontrado al hombre perfecto y estaba feliz. No había razones para discutir, todo eran risas, bromas, diversión, y en la cama el gringo además era fenomenal, todo un hombre que la hacía gozar como nunca antes lo había hecho nadie. Pero tenía un defecto: era muy vanidoso.

—Amiga, no te miento. Cuando vamos a salir, entra al baño y se demora una eternidad observándose en el espejo. Me pregunta si está bien así, vuelve a mirarse, se aplica más loción, se arregla el pelito, que no se note que está parado o fuera de lugar —le dijo Fernanda a Valeria en tono confidente.

—No seas exagerada. Igual desde el primer día percibimos que podría llegar a ser un tipo muy minucioso con su imagen. Está bien que se cuide, que se quiera ver bien y oler rico. A mí me gusta que un hombre sea así —le contestó Valeria.

—Okey. Te cuento algo para que me entiendas: el viernes pasado planeamos ir a rumbear, me llamó antes de la hora acordada y me dijo que si podía acudir a su apartamento porque tenía un inconveniente y quería que yo lo ayudara. Me demoré un poco. Cuando llegué, Olga tenía el directorio telefónico en la mano, buscando algo con premura, y Tito estaba en toalla, como acabado de salir del baño… Por cierto, se veía muy bien y no me gustó que Olga lo contemplara así. En fin, yo pensé que se había cortado o herido, o necesitaba… no sé, cualquier otra cosa. Pero cuando oí a Olga preguntar que si tenían crema de cuerpo sin alcohol, antialérgica para pieles sensibles, yo no lo quería creer.

—¿Cómo así?, ¿para quién era la crema?

—¡Para él! Valeria: me dijo que desde que tenía conciencia, nunca después del baño había salido sin aplicarse crema y protegerse la piel. La crema llegó a los cuarenta minutos. Después de ponérsela, se vistió, se perfumó, se peinó y demás. Salimos muy tarde.

—No me lo imagino aplicándosela, suavemente, en frente al espejo, para que ningún rinconcito quedará sin humectar. Ja, ja —intervino Valeria.

—No te rías. Indiscutiblemente, su piel es más suave que la seda y al final yo disfruto de esas cosas, pero a veces me siento el hombre de la relación. En los restaurantes, en los bares, en los centros comerciales o en cualquier lugar, Tito se mira y ensaya su mejor pose cuando pasa frente a algún espejo. Se mira más que yo.

Teddy llamaba cada veinte minutos a Valeria para preguntar por dónde iban, por el tráfico que había y cuál era el tiempo estimado para terminar el trayecto.

Al llegar a Melgar, bajaron los vidrios del carro y respiraron el aire espeso de clima cálido y semiseco del lugar que les daba la bienvenida. A pesar de la cercanía con Bogotá, hacía más o menos dos años que Valeria no viajaba a Melgar. Por eso, y según se iban adentrando en la ciudad, observó ciertos cambios: los restaurantes ofrecían comida me- xicana, italiana, francesa, parrilla; circulaban muchas camionetas, todas muy nuevas, blindadas y con vidrios oscuros; los caminantes en las calles ya no eran solo familias de otras poblaciones cercanas de clima frío aprovechando el puente para ir de vacaciones, sino que también se observaban extranjeros deambulando por la ciudad, lo que les llamó la atención de las dos amigas.

Valeria llamó a Teddy, que ya estaba esperándolas en el hotel. El conductor las llevó hasta allí. Ella se mantenía a la expectativa, con muchas dudas sin resolver, y con los nervios a flor de piel. "¿Se va a quedar conmigo en una habitación y Fernanda en otra?; ¿o las dos en una habitación y él en la base?; ¿o yo con él en la base y Fernanda en el hotel?"—se dijo Valeria. No tenía nada claro, aparte del deseo de verlo.

Teddy vestía un esqueleto blanco, que dejaba ver su piel bronceada y un tatuaje en el hombro en forma de ola que subía por el cuello y se deslizaba hacia la espalda, una bermuda en dril color caqui, botas de cuero café y medias cortas de color blanco al estilo boy scout. Cuando tuvo frente a sí a Valeria, la abrazó de un modo en el que no lo había hecho con anterioridad. Luego tomó las maletas, no permitió que el botones lo hiciera. Y, sin embargo, le dio propina.

—No soy diferente a nadie, no me gusta que me sirvan si yo lo puedo hacer —dijo muy campante, ante la sorpresa de Valeria y Fernanda por su gesto.

Se echó una maleta encima del hombro y cogió la otra con una mano. Ellas caminaron detrás, como si fueran los ratones en el cuento del flautista de Hamelín. Se le marcaban los músculos como a una estatua griega, los bíceps, los tríceps. En Bogotá, siempre lucía camisas de manga larga. De todos modos, Valeria ya sabía que era un hombre fuerte, musculoso, muy corpulento, tal y como tenía comprobado cuando la cargaba hasta el taxi o la puerta del apartamento de Fernanda. Pero al verlo allí, en aquel lugar, le pareció más fuerte que nunca.

—Así me siento con Tito... y también me la pasó escurriendo baba —le dijo Fernanda a Valeria muy pasito al ver su cara de satisfacción.

Valeria nunca había sentido un deseo tan enorme y fantaseado tanto por un hombre que conociera, que no fuera uno de los actores o cantantes de moda. Llegó a comprender a los viejos verdes cuando desvisten a una mujer: los ojos se pegan al objetivo y es dificilísimo quitarlos.

Después miró a Fernanda para comentar, y viéndole la cara se dio cuenta de que a ella Teddy no le era indiferente. Se registraron y luego subieron a la habitación de aquel hotel, que era el mejor de Melgar.

La reserva era para una sola habitación, que tenía dos camas. Teddy, tras dejar las maletas sobre una de las camas, les dijo que las esperaba en la recepción mientras se organizaban, y también les preguntó si tenían hambre.

Cenaron en el mismo hotel. Teddy les contó que llevaba casi una semana viviendo allí y que todo el mundo ya lo conocía, anticipándose a sus preferencias. Después de cenar, dieron un pequeño paseo por el pueblo, aprovechando para mostrarles dónde hacer compras, caminar, y los sitios en los cuales él había comido esos días y la ruta que tenía para trotar por las mañanas.

8

Calentanas vs. citadinas

Pese a que Valeria y Fernanda habían llegado un poco agotadas por el viaje y por la semana laboral, después de la cena y el paseo decidieron ir a tomar unas cervezas frías para combatir el calor. Era una temporada más caliente de lo normal y el aire no se movía.

Por la zona central del pueblo donde están ubicados los lugares de entretenimiento, Teddy les señaló un bar en una esquina, de propiedad de la esposa de Max, uno de sus coterráneos que vino a cumplir sus últimos años de trabajo en Colombia mientras se pensionaba y vivía relajado junto a una lugareña atendiendo en su tiempo libre a sus amigos que venían por temporadas a la base militar.

El bar tenía mesas en la acera y estaba lleno de gringos. Era distinto a los otros establecimientos puesto que las canciones salían de una rockola con discos de música norteamericana, marcando una notable diferencia con los locales reguetoneros cercanos. Pero no entraron allí, sino que fueron a un local del parque central.

Para Valeria, Melgar había cambiado. En cada uno de los bares, por lo menos una de sus mesas la ocupaban gringos, y algunos estaban llenos de ellos. Cuando se bajaron de la camioneta y entraron al local elegido, varios norteamericanos saludaron a Teddy mientras se quedaban mirando a sus amigas, al igual que las jóvenes, en su mayoría morenas, que los acompañaban.

Teddy se movilizaba en una Toyota Prado blindada y vidrios polarizados. Cuando había hecho el recorrido por el pueblo, no paraba de saludar pitando o haciendo luces con otras camionetas de la misma marca y características de seguridad que la suya. Él solo saludaba a los amigos, y a Valeria y Fernanda les llamó la atención que las mujeres no se le acercaban. Parecía que todos se conocían con todos y se hablaban de mesa a mesa, y las chicas se comunicaban y saludaban con los forasteros y entre ellas.

Las calentanas se esforzaban en su arreglo. Algunas no se sabían maquillar, pero habían hecho el intento. En ese lugar estaba de moda la escarcha en las sombras de los ojos, y bien podrían hacer el show Brillantina. Todas calzaban sandalias y eran jóvenes que no pasaban de los veintipocos años.

Teddy continuaba serio y permanecía aislado de los demás. Eso le agradó a Valeria, porque solamente bastaba ver el ambiente para saber que entre los forasteros y las locales se satisfacían mutuamente, intercambiando intereses. Y según parecía, su gringo se mantenía al margen de esas relaciones. Casi todas las mesas tenían en el centro una "jirafa", también llamada la yarda de cerveza. Pero Teddy ordenó por botellas, argumentando que así la bebida se mantendría bien fría, como a ellos les gustaba.

El ambiente se notaba un poco pesado, y a medida que pasaba el tiempo las jóvenes subían el tono de voz y bailaban solas, mientras los norteamericanos las devoraban con la mirada. Las más alegres alentaban a las tímidas a tomar más o a bailar sin vergüenza, aunque no fuera un lugar para exhibir sus aptitudes para la danza. Los gringos las miraban sonriendo, y hablaban entre ellos. Valeria alcanzó a escuchar comentarios en inglés sobre lo fácil que era todo allí, adónde podrían ir después de salir de tomar, cuál le tocaba a quién o cómo se repartirían el botín femenino. Las chicas, como no hablaban inglés, no se daban por enteradas, aunque a Valeria le pareció que tampoco les importaba.

Las palabras o expresiones que más utilizaban las chicas eran: "¿Quieres?", "Sí", "No", "Divertido", "Chévere", "Más cerveza", "Bailemos", siempre acompañadas de la mímica para ayudarse. Ellos se comunicaban con ellas con "Sí", "No", sonrisas y también usaban mucho las manos, pero para sentarlas en sus piernas, toquetearlas, o rodear su cintura mientras bailaban, y también para taparse la boca cuando hablaban entre ellos entre grandes risotadas.

Mientras Valeria, Fernanda y Teddy estuvieron en el lugar, se tomaron solo tres cervezas cada uno. A ellas no les gustaba demasiado esa bebida, y preferían una copa de vino o un trago de whisky, pero no querían desentonar. Ya bastaba con las irritantes miradas que les hacían las jóvenes que más volumen tenían en su voz al conversar entre ellas o con los gringos.

Ni a Valeria ni a Fernanda les agradó aquel ambiente. Y tampoco Teddy se sentía cómodo. Pero continuaron allí, sin saber muy bien la razón de hacerlo salvo porque, según creyó Valeria, Teddy estaba un tanto nervioso por la que se suponía sería la primera noche de sexo entre los dos. El lugar resultaba un estúpido correteo de las chicas, empeñadas por exhibirse más de la cuenta, pavoneándose y mirando de manera despectiva a otras niñas del pueblo que pasaban por la acera, sintiéndose superiores debido a estar con los norteamericanos. Era como si mostraran una victoria o una gran hazaña y aquellos soldados fueran las piezas cobradas en una cacería. Se les notaba la felicidad y la expresaban a su manera, con el convencimiento de pertenecer desde siempre a un mundo en el que la felicidad se reducía a una rumba, unos tragos y unos pocos dólares de "subsidio de transporte".

Teddy les comentó que trabajaba los siete días de la semana y que al otro día no estaría con ellas, así que podrían aprovechar para tostarse al sol, comer y relajarse. Él llegaría al hotel alrededor de las tres de la tarde.

Cuando regresaron al hotel, con el cansancio declarado en los rostros, autorizó la firma de Valeria para ordenar lo que quisieran. Luego las acompañó hasta la puerta de la habitación. Fernanda se despidió y entró al baño. Valeria y Teddy se quedaron en la puerta, hablando de cosas sin importancia. Cuando se despidieron, avanzaron y retrocedieron, mirándose fijamente a los ojos y a los labios, tocándose las manos, sonriendo. Hasta que se besaron.

Valeria pensó que le iba a pedir que se quedara con él en su habitación, pero no lo hizo. No lo entendía. Todo estaba dispuesto, era la noche. Fernanda tampoco lo comprendió, y así se lo hizo notar a su amiga cuando la vio entrar sola en su habitación.

9

Olga: ¡de aseadora a novia de gringo!

Desde que Valeria y sus amigas pisaron por primera vez el apartamento de Tito y Thomas, Olga era la encargada de hacerles los trabajos de la casa, el mercado, plancharles la ropa y el resto de las faenas. Aquella empleada no parecía acomodarse al estereotipo de ese oficio: daba una imagen diferente, hasta el punto de que en alguna ocasión Fernanda se había preguntado si esa chica no se encargaría de otras labores más íntimas con alguno de los gringos.

La actitud de Olga parecía muy relajada ante la vida, pero no por ello se podía deducir que fuera una persona simple. Por lo general, las amigas de su barrio e instituto ya estaban casadas, embarazadas o muy metidas en noviazgos con gente de su entorno. Sin embargo, ella siempre había anhelado algo diferente. No renegaba de su familia, de la vida que le había tocado en suerte, pero ya sufría de las suficientes privaciones como para seguir con un prospecto de familia propia que fuera una copia de la suya, donde sus padres necesitaban alternar varios trabajos informales para poder sacar adelante los gastos corrientes y para darle a ella y a sus tres hermanos los estudios más elementales. Olga se había impuesto el reto de cambiar su suerte y estaba decidida a luchar contra un destino que otras chicas de su edad y su ambiente tenían asumido sin poner reparos y amparadas en la resignación. No era una arribista ni nada parecido; simplemente deseaba superarse y encontrar a alguien que valorara y premiase el esfuerzo de ser una mujer muy completa: bonita, inteligente y buena persona.

Mientras esperaba a que Tito se terminara de arreglar, Fernanda solía charlar con Olga, quien le explicó que ya a sus veintitrés años estaba recién graduada en Mercadeo, además de defenderse con una gran soltura con el inglés. Al no encontrar una ocupación acorde con sus estudios, y ante la apremiante necesidad de ganar dinero, había decidido ayudar a una tía que se dedicaba a hacer las labores domésticas en algunas casas de estadounidenses que trabajaban en la embajada o en empresas vinculadas a esta. Mientras aprendía a hacer el oficio y a atender a ese tipo de personas, ganaba solo un porcentaje del pago que le hacían a su tía.

A Olga, aquel trabajo le resultaba muy fácil. Los gringos no molestaban para nada, no eran sucios y no debía cocinar, ya que rara vez comían en casa, y cuando lo hacían, consumían enlatados o precocinados. Así que las tareas se simplificaban. Lo único que criticaba era que compraban demasiado mercado, como si les sobrara la plata, y, al no gastarlo, botaban muchos alimentos. Según le confesó un día a Fernanda, le daba mucha lástima y hasta un poco de mal genio desechar tantas cosas porque se vencía su fecha de caducidad, cuando existía tanta gente que pasaba hambre en el mundo y que no miraría con ese detalle las etiquetas de los productos.

A las pocas semanas de estar acompañándola, su tía le cedió los tres días a la semana que trabajaba en el apartamento de Jerry, otro gringo del grupo. Y luego completaría la semana con otras jornadas en la casa de Tito y Thomas. De ese modo, se aseguraba unos buenos pesos.

En el apartamento de Jerry, el trabajo era como en las otras casas en las que había ayudado a su tía. Regían las mismas tareas y condiciones: poner la ropa en la lavadora, luego en la secadora y después plancharla; limpiar el polvo; asear baños y cocina; sacar la basura, y hacer algunas compras si él dejaba la lista y el dinero. Pero poco después, el trabajo se amplió, pues Claudia, la novia de Jerry, se trasladó al apartamento.

Claudia era una mujer desordenada, perezosa y sin ningún sentido de la consideración. En algunas oportunidades, resultaba bastante irrespetuosa en su trato con Olga, a la que llamaba la Pecosa de un modo despectivo. Había llegado de la costa a estudiar y se quedó en Bogotá.

Olga vio cómo la relación de Claudia con Jerry se transformaba en algo tormentoso, hasta tal punto que él, consciente de la situación, le aumentó el salario porque era conocedor de que nadie más que ella toleraría a su novia. Claudia, al comienzo de sus amoríos con Jerry, trabajaba como masajista en un spa, pero luego renunció argumentando que no se llevaba bien con el equipo de trabajo y que las demás chicas le hacían la vida imposible porque la envidiaban. Fue entonces cuando su amigo norteamericano decidió ayudarla, además de permitir que se instalara en su apartamento. Jerry le daba dinero para el mercado, el seguro médico y otros gastos, tanto suyos como de su familia, mientras decía que encontraba otro trabajo, algo a lo que no dedicó ni el menor esfuerzo. Claudia no parecía dispuesta a perder una ocasión como la que se le había presentado, y en su cabeza estaba afincada la idea de exprimir hasta el límite a aquel hombre de apariencia bonachona e ingenua.

Pero Claudia estaba desenfrenada, y, poco a poco, Jerry se fue dando cuenta del carácter abusivo de su novia. Ya no le bastaban los continuos regalos, el dinero para sus gastos. Ahora reclamaba artículos de lujo, joyas, viajes al extranjero y formalizar de algún modo aquella relación.

—No voy a ser boba, mija; esos gringuitos tienen mucho billete; así que a darme buen dinerito, que ya no tengo por qué pasar necesidades —le escuchó Olga a Claudia decirle a una amiga por teléfono.

De una manera gradual, Jerry fue cortando el grifo del dinero, a negarle sus desproporcionados caprichos, y Claudia le acusaba de tacaño. Después, ella comenzó a pensar que tal vez se le habrían terminado los fondos, que aquella mina de oro estaría a punto de agotarse. Por eso, aunque sin éxito, trató de apurar los últimos favores, hasta que una noche le organizó a Jerry la mayor pataleta cuando le respondió que no podía hacer nada para conseguirle ni a ella ni a su familia las visas para Estados Unidos.

La ruptura, la gota que colmó el vaso de la paciencia de Jerry, sucedió un día que él no le contestó a sus llamadas al celular. Claudia entonces no tuvo reparo en recurrir a uno de sus compañeros, también gringo, a quien le pidió dinero con el pretexto de una falsa urgencia y la promesa de que Jerry se lo devolvería. Aquello hizo que una tarde Claudia se encontrara todas las cosas de Claudia en la recepción del edificio del apartamento. La relación había terminado. Y ninguno de los intentos de Claudia por obtener el perdón mereció ni la menor consideración de Jerry, que llegó a confesarle a Olga que por fin había recuperado la tranquilidad.

Desde entonces, Olga fue casi la única compañía de Jerry, que se había refugiado en su apartamento pese a que resultaba un hombre atractivo que bailaba mejor que muchos colombianos, hablaba español con fluidez, le gustaba vestirse muy bien, y, por tanto, era un receptor de las miradas de muchas mujeres que estarían dispuestas a aceptar alguna invitación suya. Pero después de lo de Claudia, se sinceró con Olga y juró no volverse a involucrar con ninguna joven colombiana.

—Bueno, Olga, eso no es contigo... entiende, que tú no eres como las demás —apenas le acertó a decir Jerry mientras se sonrojaba.

Jerry seguía un poco prevenido, pero ocasionalmente comenzó a hablar con Olga de manera diferente a un diálogo entre jefe y empleada mientras ella planchaba sus camisas y pantalones o realizaba otras tareas del hogar. Eran conversaciones amistosas, que, sin que existiera la premeditación, permitieron que ambos se conocieran mejor, se sonrieran como dos buenos amigos a los que les gustaba compartir lo cotidiano. Se contaron sus historias, sus ilusiones. Jerry, lo que no era habitual en aquellos gringos, se abrió hasta llegar a comentarle alguna que otra intimidad.

Olga vio en Jerry a un hombre bueno y solitario, sin suerte en su vida sentimental y con ganas de enamorarse. Tenía cuarenta y seis años, seis de separado, con dos hijos, de quince y trece, que vivían en Estados Unidos pero iban en vacaciones a Colombia. Era la segunda vez que trabajaba en el país. La primera únicamente duró tres meses, pero en esa oportunidad la permanencia sería más prolongada, y ya llevaba un poco más de un año. Su trabajo, según le contó a Olga, era con su embajada: labores administrativas vinculadas al cónsul. Al comienzo, ella no sabía si las conversaciones se daban porque Jerry quería conocerla mejor, o por soledad o cualquier otro motivo. Pero sí conocía sus propias razones. Aquel norteamericano le gustaba, y entre planchada y planchada, y desde el primer día de trabajo, le había puesto el ojo. Físicamente no era muy alto, pero tenía los ojos más azules que ella jamás había visto.

Olga deseaba generar un acercamiento, aprovechando la confianza que Jerry le había dado. Así que le propuso cenar en casa, porque él siempre lo hacía en restaurantes o pedía domicilios. Esa mañana, ella salió de la casa con un morral en el que llevaba un vestido, maquillaje, accesorios y zapatos de tacón. Llegó antes de lo establecido al apartamento de Jerry, hizo con más rapidez que de costumbre los quehaceres y mientras preparaba la cena se arreglaba. Al anochecer, cuando él regresó al apartamento, tuvo palabras de elogio para el olor que provenía de la cocina.

Al sentarse a la mesa, Jerry notó el cambio en su aspecto, y le dijo que lucía muy diferente y bonita. Toda la sangre se le agolpó, de repente, en las mejillas, y Olga ni siquiera pudo contestar el cumplido, pero enseguida reaccionó y justificó el arreglo a que esa misma mañana había ido a una entrevista de trabajo y no había tenido tiempo para cambiarse. Jerry entonces se quedó un instante pensativo, con la mirada fija en el plato y sin decir nada. Después la invitó a sentarse a su lado y que compartieran aquella cena que se veía exquisita.

A la semana siguiente, volvieron a cenar en el apartamento. Esta vez quien tomó la iniciativa fue Jerry. Sonaba la inconfundible voz de Frank Sinatra y el ambiente que proporcionaba la luz de unas velas conferían a la sala un ambiente muy romántico. Bailaron, acercándose el uno a la otra cada vez más, hasta que se besaron. Aquel beso fue lo más dulce que le había ocurrido a Olga en su vida, y cuando los labios de Jerry se separaron de los suyos recostó su cabeza en el pecho del norteamericano, que de una manera muy suave y delicada deslizó los dedos por su espalda, recorriéndola hasta detenerse al comienzo de la cola.

Jerry le dijo que ella no podía ser más su empleada, porque desde ese momento quería que fuera su novia. Se volvieron a besar y él la condujo de la mano hasta el dormitorio.

Justo cuando el deseo entre sus dos cuerpos desnudos iba a consumarse, Olga le arrancó una promesa: que la dejará trabajar en otras partes mientras obtenía un empleo en su campo profesional. Para él no fue problema, sino un detalle más que le ratificaba su acierto en la elección de la mujer que desde ese instante iba a ocupar en su vida el lugar que había tenido esa pesadilla de Claudia. Y aún más cuando sintió la cálida lengua de Olga envolviendo su pene con una delicadeza que le hizo estallar de placer, sin que ella rechazara saborear la ardiente lava blanquecina de aquel volcán.

Después de unos días en los que el plan de cena y cama se repitió, empezaron a llegar las invitaciones, los obsequios, y la propuesta de que lo liberara de su promesa de permitirle trabajar en otras casas. No fue complicado, porque Olga ya no tenía casi tiempo para atender la limpieza del apartamento de Tito y Thomas. Y la sorpresa mayor llegó solo unos días después, cuando Jerry le propuso matrimonio. Para Olga era alcanzar súbitamente "El Sueño Americano".

—Como mandado del cielo, alguien que quiere que lo amen y aparte que se deja consentir. Y pensé: yo le puedo dar eso, lo cuido, lo entiendo, compartimos y a la vez él me protege, me atiende, me ofrece una vida mejor... Diosito me lo puso en el camino y no lo iba a dejar pasar —le dijo Olga a Fernanda el último día que fue a trabajar al apartamento de Tito y Thomas.

10

Teddy salta en paracaídas

Valeria y Fernanda se levantaron muy temprano para aprovechar el sol que estaba bendiciendo a Melgar aquella mañana. A pesar de no haber dormido lo suficiente por estar chismeando, desayunaron muy abundantemente y pidieron una jarra de jugo de zanahoria para conseguir un mejor bronceado. Luego, fueron al jacuzzi.

En la piscina las acompañaba el sonido de los helicópteros que frecuentemente sobrevolaban el área. Una de las chicas que atendía con mucha amabilidad el spa se les acercó para decirles que Teddy había dejado la instrucción de que les dieran un masaje relajante.

Era festivo, y por esa razón se esperaba que la ciudad estuviera a rebosar, pero en la piscina solo se encontraban a esas primeras horas de la mañana ellas dos y una joven muy bonita y sofisticada, que, al quitarse la gorra que cubría parte de su rostro, identificaron como a una reconocida modelo colombiana.

Después de recibir los masajes, alrededor del medio día, llamó Teddy. Le preguntó a Valeria cómo habían dormido, si fue de su agrado el desayuno y si lo estaban pasando bien. Le dijo también que estuviera pendiente del cielo, que en unos minutos se lanzaría de un helicóptero, y antes le diría al piloto que tratara de acercarse al hotel para saludarla en la piscina. Se hallaba entrenando a un grupo de soldados en paracaidismo. A ella se le hizo raro, no sabía mucho del tema, pero lo que le había explicado sobre su labor médica no tenía nada que ver con el paracaidismo. De todos modos, Valeria se emocionó. Le encantaba la idea de tener su propio y particular G.I Joe. Corrió a la habitación y se puso un bikini rojo, el más llamativo que tenía. Se maquilló y arregló el cabello, ya que no quería que la viera sudada y enrojecida por los efectos del sol. Por un instante, y mientras se admiraba complacida al espejo, pensó que Pamela Anderson se le quedaba en pañales a la hora de una comparación.

De nuevo en la piscina, se acomodó en una de las sillas de bronceo, en la pose exacta en la que quería que Teddy la viera. A los quince minutos, volvió a recibir una llamada: era su súper hombre, que le dijo que mirara el cielo. Fue cuando surgió el sonido de las aspas del aparato, que se acercó lo suficiente como para que alcanzara a distinguir la figura de Teddy. Unos segundos después, el helicóptero se alejó del lugar y se perdió en el horizonte. Pero ella se emocionó cuando lo vio lanzarse desde los cielos y descender cientos de metros para luego abrir su paracaídas; su Teddy era su Bond, su James Bond. Aquel detalle de su gringo la había emocionado de un modo singular, hasta el punto que pensaba que si el aleteo de aquel helicóptero hubiera durado unos minutos más incluso habría podido sentir un orgasmo. El corazón, además, la latía de un modo acelerado.

Valeria y Fernanda lo esperaron para almorzar. Llegó al hotel directamente, sin detenerse en su habitación en la base, así que les pidió permiso para tomar una ducha en su baño. De nuevo les pareció extraño que mantuviera esa especie de ir y venir de su habitación a la de ellas, porque si había invitado a Valeria lo normal habría sido que rentara una alcoba para que durmieran solos. No era una cuestión de tacañería, ya que Teddy había dado muestras de una gran esplendidez en todas las salidas. "Entonces, ¿por qué esa distancia conmigo?", se preguntó Valeria, ya totalmente descolocada y sin saber qué pensar de una situación tan extraña que jamás habría considerado que le podría suceder.

Tras unos minutos en la ducha, Teddy salió del baño vestido con una corta pantaloneta negra que tenía abierta la bragueta. Las dos amigas enmudecieron al comprobar que le asomaba un miembro enorme, que parecía moverse a cámara lenta y de un lado a otro como si fuera el badajo de una campana. Valeria no se percataba de la cara que estaba poniendo, mientras disfrutaba de un hombre de piel bronceada, con los abdominales marcados, como si fueran las chocolatinas de un modelo, y tatuajes provocadores que la invitaban a seguir su diseño hasta la negra espesura que se adivinaba rodeando a sus genitales. Aquel hombre, se dijo Valeria relamiéndose del manjar que muy pronto sería suyo, era demasiado sexy y perfecto para ella.

Valeria tardó unos instantes en reaccionar. Su cuerpo le parecía anestesiado y aún no había recuperado la voz. Fernanda la miraba y se sonreía, más aún al verla entrar casi en shock cuando Teddy se dio la vuelta y mostró que tenía lo que siempre habían llamado "nalgas rompe nueces": duras, firmes y redondas. Ella pensó que afortunadamente le gustaba hacer ejercicio, porque de lo contrario se habría muerto de la vergüenza si las suyas fueran flácidas. Tampoco culpaba a Fernanda por mirar a Teddy con los ojos de una hambrienta, y se sorprendía al descubrirse sin los celos que siempre la habían acompañado cuando tenía una relación con un hombre.

A partir de esa salida del baño, Valeria asociaba cualquier movimiento que hacía Teddy con una pose erótica, y hasta cuando el agua pasaba por su garganta le parecía algo muy sexy y provocador de mil fantasías.

Pidieron algo para picar en el hotel. Luego jugaron un rato en la piscina mientras llegaban unos amigos de Teddy, que iban a salir con ellos por la noche a cenar y a rumbear. Al día siguiente cumplía años Fernanda y aprovecharían para celebrar.

Llegaron Brad y Tyler. El primero era alto, delgado y blanco; el segundo era afro descendiente, musculoso y enérgico. Ya habían trabajado juntos en otros países, y la actitud de Teddy con ellos era diferente respecto a los demás gringos. Se mostraba más amistoso y ellos guardaban hacía él cierto respeto, como si fuera su jefe.

Teddy miró a los meseros y les hizo el gesto de un ave que aleteara sus brazos para despegar. Ellos entendieron el mensaje cifrado, y llevaron cinco cervezas frías de marca Águila. Después de otro par de rondas, ya al atardecer, los tres fueron a la habitación a vestirse. Él entró primero a ducharse y ellas aprovecharon afuera para hablar de lo bueno que sería acompañarlo o encarnar el papel del jabón. Entre risas y susurros, la burla se convirtió en algo lujurioso. Cuando terminó de asearse, salió con una sonrisa declarada en su rostro. Ellas estaban completamente seguras de que él las habría escuchado.

Cenaron en un restaurante francés que vieron cuando llegaron al pueblo, una casa muy acogedora iluminada con velas y en la que atendía su propietario. Las paredes del local estaban revestidas de una madera oscura que lo convertían en un sitio agradable, también por la música de Pascal Danel, Joe Dassin y otros, que sonaba como en un murmullo muy agradable.

—Señor, que música tan agradable, ¿quién canta? —le preguntó Valeria al propietario.

—Déjeme, ya miro, que no tengo ni idea —respondió.

Se fue y le trajo varios discos compactos y se los entregó. Algunos estaban marcados a mano y los otros eran originales.

—Tiene muy buen gusto —intervino Fernanda.

—¡Ja, ja! Esa música me la trajo uno de los monitos… uno de mis clientes. Me dijo que comida francesa con vallenato o reguetón no combinaban. Yo no entiendo lo que cantan y me parece medio aburrida, pero el cocinero que contraté me dice que le hace bien al negocio —concluyó el propietario antes de regresar a la cocina.

Valeria nunca se habría esperado encontrar en Melgar un lugar de esas características. Había dejado de ir por mucho tiempo a aquella ciudad, y, aparte de los restaurantes de algunos hoteles, solo recordaba lugares de comidas rápidas, jugos, comida colombiana, carnes y pollo asado.

Tras la cena, decidieron ir a rumbear todos juntos. Al salir del restaurante se detuvieron en un barrio humilde a la salida de Melgar. Las calles estaban sin pavimentar. La casa quedaba en un recoveco. Había llovido y el suelo estaba fangoso.

Tras unos minutos de espera, de aquella casa salió una linda joven, un poco menor que Fernanda y Valeria, que era la amiga oficial de Brad. Las observó durante unos segundos, como si les estuviera realizando una evaluación, y luego las saludó amablemente.

11

Brad y Rosa, un silencioso amor

Rosa tenía diecinueve años y acababa de terminar bachillerato. Soñaba con seguir estudiando y trabajar como secretaria en una oficina, usar un computador, vestir elegante y vivir en el norte de Bogotá. Sabía que no iba a resultar nada fácil alcanzar sus pretensiones, pues su madre se había convertido en una mantenida y prácticamente ella era quien sostenía a la familia. Solo contaban esporádicamente con el ingreso proveniente del arriendo de una habitación de la casa que su abuela materna les había dejado en herencia. Para ganar dinero, colaboraba con el aseo de las quintas de la zona, cocinaba, hacía mandados y cuidaba niños.

Al igual que su madre Consuelo, que aún estaba de muy buen ver a sus treinta y siete años, Rosa tenía un cuerpo grande y llamativo que opacaba unos ojos negros de gran expresión. Era de estatura mediana, pelo largo negro y ondulado, morena, con una cintura casi tan pequeña como la medida del cuello. Era la hermana mayor de Dianita, de doce años, y de Milena, de quince.

La madre de Rosa era una auténtica cuchibarbie, una mujer con piel canela y sumamente atractiva, pero amargada, porque había pensado que le mejoraría la vida cuando, siendo aún una adolescente, quedó embarazada del hijo del dueño de una de las mejores fincas de la zona. Pero al joven lo enviaron al exterior y vendieron la propiedad al enterarse de su embarazo. A partir de aquel fiasco, Consuelo pretendía cobrárselas a Rosa, como si el fruto de aquella relación fuera la causa de todas sus frustraciones.

Su segundo compañero tampoco la respaldó. Después de vivir juntos unos años y tener dos hijas más, se cansó de esperar a que ella localizara al adinerado padre de Rosa y así disfrutar de una buena tajada del dinero que recibiera. Y desde entonces, Consuelo había tomado la decisión de no trabajar, de no esforzarse y de dejar que fuera su hija mayor quien se encargara de buscar el sostenimiento de la familia.

Al ver la llegada de extranjeros a Melgar, Rosa comenzó a concebir un sueño en el que uno de esos caballeros de mirada coqueta la ayudara a cambiar su destino. Era un deseo que compartía con todas sus excompañeras de estudios y vecinas del barrio. Salían a las calles a dar una vuelta a ver si se topaban con alguno que les hablara y así poder iniciar una relación. Pero aunque llegaron muchos, aquella cantidad de gringos no era suficiente para alimentar las esperanzas de todas. Y empezó a sentirse la competencia, que iba aumentando día a día.

Rosa tuvo suerte y le ayudó la casualidad. A Brad lo conoció en un supermercado cuando trataba de estirar los pocos pesos que tenía. Él se detuvo en el estante de las botellas de agua mineral y entre los dos, y casi de un modo instantáneo, se comunicaron prácticamente por telepatía, ya que ella no hablaba inglés y el norteamericano tampoco español. Pero bastaron un par de sonrisas y algunas miradas llenas de picardía para cambiar los números de celular.

Rosa veía a Brad de lunes a viernes, ya que en los fines de semana siempre tenía tareas que hacer para ganarse alguna plata que ayudara a sacar adelante a su familia. Desde el comienzo, ella decidió mantener en secreto la amistad con Brad, ya que creía que si su mamá se enteraba, la hacía embarazar y así conseguir lo que ella no había logrado y, de algún modo, pagar la deuda que había contraído cuando al nacer le hizo perder su juventud y su libertad. Y Rosa así se había tomado la vida, resarciéndola con una especie de cuota por no haberla abortado al verse abandonada por el joven acaudalado. Por eso, debía ingeniárselas cada vez mejor para que su madre no se diera cuenta de que salía con un mono de la base. Disimulaba y comentaba que no le gustaban los blanquitos, porque, de lo contrario, Consuelo le hubiera metido por los ojos a uno de los gringos más veteranos que la estaban merodeando como si se tratara de una auténtica Celestina.

Con el tiempo, Brad supo la historia y le colaboraba en lo que podía. Y el hecho de que la mamá no saliera de su casa facilitaba las cosas, pues se pasaba el tiempo viendo telenovelas y esperando a que Rosa le llevara el sustento. Cuando iba a salir con Valeria y Teddy, o solo con él, decía que la recogía un militar colombiano, y luego inventaba cualquier excusa que reventaba la incipiente relación para evitar que su madre pidiera que se lo presentase. Además, la estrategia era que Brad pasara por ella cuando Consuelo ya estaba dormida.

Aquellas salidas nocturnas, sin embargo, no eran muy frecuentes. Hasta que Rosa aceptó que Brad le pagara el mismo dinero que ella ganaba trabajando en las quintas o en lo que saliera. El monto que le ofreció era superior al que ella conseguía, ya que de ese modo, según le justificó Brad, además de cumplirle a su mamá le podría sobrar algo para que se comprara ropa o cosméticos. Le pidió que lo tomara con todo respeto y no se hiciera malas ideas, como que fuera a manera de pago por acostarse con él, sino como alguien que ayuda a otra persona a la que quiere.

Brad era un gringo blanco, grande, de pelo castaño claro y ojos pardos. No era llamativo, como Teddy o Tito, pero tampoco era desagradable, simplemente un extranjero normal, un tanto insípido. Desde que la conoció, le dijo a Rosa que era ingeniero químico militar, y por variar tampoco hablaba sobre los pormenores de su trabajo. La relación con Rosa era diferente a todo lo que se podía suponer, pues no había bromas entre ellos, ni demasiada conversación. Lo que sí existía era una constante demanda de repetitiva intimidad por parte de Brad, y a ella no le agradaba tragarse el esperma casi siempre que tenían sexo.

Aquella noche en Melgar en la que Rosa coincidió con Valeria y Fernanda, la relación entre ellas fue muy fría. Al fin y al cabo, aquellas dos amigas bogotanas aumentaban la competencia del lugar, y todas las chicas las miraban con mucho recelo y murmuraban entre ellas.

En un momento en el que todos los del grupo estaban bailando en círculo, una de aquellas jóvenes le propinó un fuerte empujón a Valeria, quien pensó que se habría tratado de un tropiezo por efecto del alcohol. Pero Rosa la miró alarmada, a la expectativa de algo. Valeria no le había dado mayor importancia y siguió bailando. Luego, la misma chica la volvió a empujar, pero ya no estaba sola sino con cuatro más que se habían ubicado cerca del grupo. En lugar de miradas, esas chicas lanzaban rayos, mostrándose desafiantes y retadoras. Rosa le dijo a Valeria que era mejor convencer a Teddy y a Brad de salir del bar. No la entendió, pero tampoco era tan tonta como para no darse cuenta de que algo raro y posiblemente peligroso podría ocurrir.

—Mire, Valeria, Teddy es muy serio y arisco... el hecho de que él esté con usted y no con una de las de aquí, a algunas las pone delicadas —le dijo Rosa, tomándola por un brazo mientras se dirigían a la camioneta.

En el regreso se acabaron el trago. Fernanda fue quien más bebió. Como estaba sin pareja, decidió entregarse a la botella y recibir ebria su cumpleaños. Todos estaban prendidos. Teddy, que iba manejando, se había tomado varias cervezas, pero tuvo la prudencia de conducir despacio.

Dejaron primero a Brad en la base, situada en el trayecto entre Melgar y Girardot, y luego a Rosa, quien pidió el favor de estacionar unos metros antes de llegar a su casa. Y luego siguieron el recorrido, ya para entonces salpicado de canciones y bromas.

Cuando llegaron al hotel, Teddy pasó con Valeria y Fernanda a la habitación. Las dos amigas se preguntaban qué sería lo siguiente. Pero al entrar en la estancia, las sorprendió.

—Dame una botella de agua de la nevera —le dijo a Fernanda, dirigiéndose a ella como si fuera la empleada.

Aquel pedido lo había realizado con tanta determinación y firmeza, que ni siquiera la propia Fernanda rechistó ni puso la menor objeción para cumplir la orden. Al abrir la nevera, a Fernanda le cambió la cara: dentro halló una bonita torta de cumpleaños. Fue un buen detalle. Después, Teddy sacó de su morral una velita, le cantaron el Happy Birthday y ella pidió su deseo.

12

"Ménage à trois"

En una cama se quedaron Valeria y Teddy y en la otra Fernanda, que entró en el baño para ponerse la pijama. La pareja aprovechó ese momento para desvestirse a toda prisa y meterse entre las sábanas en medio de un rosario de besos apresurados. Valeria pensó que por fin había llegado la ocasión de tener sexo con Teddy y se puso el objetivo de procurarle la mayor satisfacción posible.

Cuando Fernanda salió del baño, Valeria y Teddy se hicieron los dormidos, aunque el jadeo en el que se habían convertido sus respiraciones les delataba.

—Frescos, bobitos. Estamos en familia. Yo igual quedaré como una roca una vez toque la cama —les dijo Fernanda, conteniendo a duras penas la risa.

Valeria y Teddy soltaron una carcajada. Luego, y mientras ella se levantaba para ir al baño, le susurró en un tono meloso al oído que ni se le ocurriera aprovechar su ausencia para acercarse a Fernanda. Él solo sonrió.

Al volver a la cama, Valeria se encontró dormido a Teddy. Le acomodó la cabeza en la almohada, creyendo que fingía el sueño. Después se echó a su lado, cerró los ojos y pensó en cómo manejar el deseo de estar juntos. Se había puesto un blusón, sin nada debajo. Aunque por un momento pensó en pasarse a la cama de Fernanda, esa idea apenas la mantuvo unos pocos segundos en su cabeza, la desechó. Era posible que el cansancio hubiera derrotado a Teddy, pero sin duda despertaría, o ella le haría despertar, y entonces podría gozar de su primera noche de sexo con él.

Pero lo más que pasó en las siguientes horas fue que Teddy se recostó en el hombro de Valeria, a la que le dio mal genio aquella frialdad de su compañero de cama. No solo se quedaba con las ganas de sentir el cuerpo de Teddy, de que la penetrara con ese pene tan prometedor que les había mostrado al salir de la ducha sin el menor pudor a ella y a Fernanda, sino que aquella forma de desinterés sin duda sería comentada por su amiga. Su orgullo de mujer estaba por el piso, y eso después del apasionado ataque de besos de Teddy aprovechando el tiempo que Fernanda pasó en el baño y que la había hecho arder en el deseo, el cual hizo que le llegaran oleadas de fuego allá en el rincón que se solía acalorar al sentir la intimidad tan cerca. "¿Es que no me va a sorprender llegando ni a primera ni a segunda base?; no, no me puede estar pasando esto", se dijo.

Al ver que no ocurría nada, y con lo cansada que estaba, Valeria terminó dándole la espalda, aunque conservando la pose de cucharita. Y así durmieron durante un par de horas, en las que únicamente los ronquidos de Teddy alteraron el silencio de la noche, con Fernanda despierta y expectante por escuchar cómo sus amigos hacían el amor.

Poco antes de que comenzara a clarear, a Valeria la despertaron los labios de Teddy, que recorrían muy despacio su cuello. Sus manos, entonces, descubrieron la ausencia de ropa interior y alcanzó su sexo, que empezó a humedecerse. Ella le acarició sin reparos, rodeándole con la mano los genitales hasta lograr la erección.

Estaba a punto de hacer realidad las expectativas que había creado en su mente, cuando se volteó y comprobó que Fernanda no dormía. Se frenó, pero al ver que su amiga sonreía en un gesto de complicidad, se tranquilizó algo, aunque se notó rara e incómoda en aquella situación, no entendía la razón por la que tuvieran que estar en esa habitación y no en la de Teddy. Quiso parar y se desaceleró. Él, al percatarse, giró la cabeza y respondió a la sonrisa de Fernanda extendiendo su brazo en una clara invitación. Fernanda y Teddy miraron a Valeria, esperando su consentimiento, que no tardó en producirse. "Tampoco es mala idea para una primera vez", se conformó Valeria en su interior.

Entre las dos amigas no se produjo el menor roce. Nunca lo habían hecho así y aquella no iba ser la primera vez, se propuso Valeria. Nada de besos ni de caricias entre ellas, sino solo disfrutar de la misma fuente de deseo. Él era el centro en ese momento, quien recibía las caricias y las lenguas que se deslizaban con glotonería por su pecho hasta alcanzar el preciado premio de aquel dulce que emergía como un precioso obelisco. Era como si lo estuvieran utilizando a su caprichoso antojo, y él no se resistía, representando el papel de un esclavo que no podía negarse a nada de lo que dispusieran sus dueñas. Hasta que, de repente, se volteó, y cambió el tono de sus murmullos en inglés, y fue entonces él quien las devoró con su lengua, mezclando su saliva con los fluidos que no dejaban de manar incontenibles de sus cuerpos.

En algunos momentos en los que parecía que la conciencia tocaba a la puerta de su mente, Valeria veía a su mamá mirándola, diciéndole "Es horrible, ¿cómo puedes permitir que te trate como a una puta?". Pero ella seguía, y en otros momentos eran la mamá de Fernanda y las monjas de su colegio quienes la señalaban, haciéndose cruces. Aquella voz que intentaba hacerse con la voluntad de Valeria, sin embargo, no tenía la suficiente fuerza, y poco a poco se fue desvaneciendo su influencia mientras se dejaba llevar entonces a una competencia con su amiga en demostrar con sus gemidos la satisfacción que sentía con Teddy. Hasta que ambas, primero Valeria y luego Fernanda, explotaron de placer en la boca del gringo, quedándose con las ganas de tener su pene dentro de ellas.

Cuando Valeria despertó, él seguía abrazándola y Fernanda no estaba en la habitación. Entonces se sintió vulgar y sucia, y se puso de manera apresurada su ropa interior. Medio dormida y ebria, aún no entendía muy bien lo que había sucedido aquella noche, pero al volver a la cama Teddy recuperó el anhelo por disfrutar de su cuerpo, y esta vez concediéndole la exclusiva.

—¿Cómo dormiste, Valeria? Te sentí muy intranquila. Quise despertarte, pero luego te quedaste quieta y ya me dio lástima. ¿Tuviste alguna pesadilla? Ja, ja, la próxima vez no te dejaré tomar tantos tragos —le dijo Teddy, con cierta ternura.

Volvió a percibir que todo era un sueño maravilloso, que quizás esa experiencia a tres no había sido tan mala como acababa de sentir hacía unos minutos. Valeria ya no podía seguir culpándose, torturándose con la idea de que Teddy la podría tomar como a una cualquiera, como a una prepago dispuesta a lo que fuera con tal de continuar recibiendo sus regalos. Abandonó cualquier sensación de culpa y se dedicó a observarle, a mirar con detenimiento y sin pudor su cuerpo fuerte y vigoroso. Pensó que tal vez después de esa noche, ahora él quisiera disfrutar de ella de un modo más tranquilo, más personal, y lo deseaba más que a cualquier cosa.

Pero todo se fue al traste. En el momento en el que iba a saltar sobre él para pedirle que le hiciera el amor, llegó Fernanda. Iba a recoger sus cosas porque había decidido regresar a Bogotá y, así, dejarlos solos. En el fondo, no quería descuidar a Tito por mucho tiempo, les confesó.

Valeria volvió a quedarse un poco aturdida. Tenía una especie de guayabo moral, y de nuevo le entró el pánico sobre la consideración que a partir de entonces tendría Teddy sobre ella. No quería perderlo y, por ser precavida, mojigata y decente, cayó en la cuenta de que no se había atrevido a mucho con él. No había tomado ninguna iniciativa, propiciando que lo hiciera Fernanda, y tampoco había logrado que la permitiera consentirle como ella quería ni lo tierna que se había propuesto. Estaba arrepentida de todo, y pensaba que por su torpeza era posible que aquella noche hubiera sido la primera y quizá la última vez de tenerlo junto así, con su cuerpo desnudo haciéndole notar toda su hombría.

Teddy le pidió a Fernanda que no se fuera aún, y que lo esperaran porque tenía que salir, pero que volvería después del medio día para partir la torta, almorzar y despedirse.

A la una de la tarde llegó con sus amigos. Saludó a Valeria de beso en la boca. Con eso, ella se tranquilizó, admitiendo que exageraba con sus temores y que, sin duda, le había puesto más tiza al asunto de lo que debía. Teddy no le soltaba la mano y no paraba de darle picos.

También acudió Rosa, muy sonriente, que tomó la voz cantante en la celebración. Partieron la torta y Fernanda apagó de nuevo las velas. Después, todos se metieron a la piscina y jugaron con un balón entre bromas, sobre todo cuando vieron que Brad no se quitaba la camiseta porque no tenía color —era blanco leche—, y ni siquiera se ponía rojo por el sol. En medio de las risas, los gringos comenzaron a hablar en un idioma raro que sus acompañantes no entendían. Valeria y Fernanda se sintieron como si fueran las jóvenes del bar de la rockola, cuando sus parejas hablaban de ellas en inglés y no se daban por enteradas.

Más tarde, y en un gesto inusual de sinceridad, Teddy le comentó a Valeria que se trataba del pashto, uno de las dos lenguas oficiales en Afganistán, que aprendieron en una de sus estancias en aquel país. Le contó que conoció ese idioma cuando tuvo que trabajar en Kandahar, adonde llegó después del atentado del 11 de septiembre de 2001. Él era parte integrante de una operación llamada Libertad Duradera para encontrar a Osama Bin Laden y otros dirigentes de Al Qaeda.

—Si te lo cuento es porque ya no importa, pero preferiría que no comentes con nadie —le dijo Teddy a Valeria, en un tono que evidenciaba cierto arrepentimiento por la infidencia.

Aquella historia le encantó a Valeria, y pese a los reparos de Teddy, le pidió que le explicara más cosas de su trabajo en Afganistán. El gringo le respondió que era mejor no seguir hablando de esos asuntos, y cambió el tema de la conversación.

—¿Tienes apetito? Yo estoy hambriento —dijo Teddy en un tono cortante.

Almorzaron en el hotel. Haciendo el check out, Fernanda se ausentó, asumiendo de nuevo el papel de facilitadora para que su amiga y el norteamericano pudieran tener cierta intimidad.

Por fin, Valeria se quedó a solas con Teddy. Pero no sucedió nada, salvo que él la invitó a volver a Melgar el próximo fin de semana.

—¿Sola o acompañada?

—Yo prefiero que vengas sola.

De regreso a Bogotá, Valeria revivió cada minuto de aquel viaje, de cada una de las situaciones que la habían hecho temer, dudar. Ahora estaba segura: aquel hombre no se le escaparía. Y pondría todo su empeño en que así fuera.

Parte II

13

Aullándole a la luna

En los días previos a su segundo viaje a Melgar, Valeria estaba aún más nerviosa que en su primera visita. Creía que era la gran oportunidad para dar un paso definitivo en aquella relación, que en ese próximo fin de semana el gringo y ella, solos, sin la extraña presencia de Fernanda, tendrían el tiempo y el espacio para establecer una intimidad sin reparos. Durante toda la semana había acudido al gimnasio, con el mismo entusiasmo y disciplina que habría tenido en caso de estar preparando una maratón. Quería verse bien, sentirse atractiva, y además el trabajo físico la hacía terminar exhausta, venciendo su ansiedad al caer agotada en la cama.

Ese viernes, ella viajó en bus. Teddy fue a recogerla al paradero. Le dio un fuerte abrazo y un beso que le hicieron presumir una noche llena de pasión cuando notó que los dedos de su amigo se escurrían por su espalda.

Cuando Teddy le abrió la puerta de la camioneta, Valeria descubrió sobre el asiento un ramo de rosas y, al lado, un osito de peluche. Se quedó paralizada por unos momentos. Eran detalles sin importancia, pero detalles, al fin y al cabo, y la emocionaban. Se subió y no dijo nada, pero aprovechando la parada ante un semáforo no pudo reprimirse y abrazó a Teddy, lo besó en los labios con una gran ternura.

Al llegar a la habitación del hotel, Valeria observó una bolsa y otros enseres de Teddy. Respiró tranquila. Esas noches las pasarían juntos, y aquello era un buen presagio. Después de dejar su trole, ella y Teddy se besaron de nuevo, apretándose. Valeria trató de arrastrarlo hasta la cama, pero él la apartó mientras le sonreía.

—Dejamos aquí. Poco a poco, Valeria, despacito. Así mejor, y luego tendremos más ganas y lo disfrutamos mejor —le dijo el gringo.

Pero por la noche tampoco ocurrió nada. Valeria lo intentó de todos los modos, pero él se conformó con besarla y acariciarla. Y así, abrazados, se quedaron dormidos.

Al amanecer, Teddy la despertó cuando su boca estaba a punto de llegar hasta el sexo. Le bajó muy despacio los panties y de esa misma manera, muy lentamente, la recorrió con su lengua, y se detuvo con mucha suavidad en el clítoris que había dejado al descubierto, hasta hacerla explotar. Luego, ella quiso hacerle lo mismo, pero Teddy le murmuró, mientras le besaba muy delicadamente el lóbulo de su oreja, que no era necesario, que se relajara y durmiera un rato más. Y así lo hizo, confundida y recordando que para algunas mujeres lo que hacía irresistible a un hombre era un uniforme, o para otras las canas, o los grandes y fuertes con voz enérgica, o los bigotes, las pecas, el pelo largo. Para ella, ahora, era el acento extranjero, los ojos claros, pues antes de conocer a Teddy creía que los gringos parecían un pan árabe: sin sabor ni color.

Valeria tardó en coger el sueño, pensando en que no había logrado descubrir aún los gustos de Teddy. Ella se había sentido como un postre, con el que se deleitan y luego le meten la cucharada en el momento menos esperado. Había disfrutado enormemente, pero no conseguía entender que aquel hombre de aspecto vigoroso todavía no la hubiera penetrado. Se preguntaba si estaba haciendo algo mal, si tal vez él deseaba otras cosas y no había tomado la confianza para pedírselas. Creía conocer muy bien a los hombres, pero aquel caso se le escapaba porque no había mantenido ninguna relación parecida. Pensó que Teddy era más egoísta y macho por su formación militar, pero la asombró con una actitud de caballerosidad casi servil hacía ella, siempre con afán por darle el punto máximo en la intimidad.

Ya pensaba que además de las diferencias en el modo de razonar, actuar y en las costumbres, también lo hacían distinto, o al menos fue la impresión que tuvo después de su primera noche con Teddy. Los motivos que para ella eran al comienzo un impedimento para comprenderse con ellos, resultaron siendo algo novedoso e interesante.

Cada viernes por la noche, Teddy la esperaba en Melgar. Y desde que se encontraban, ya no se separaban. Se guarecían en su nicho de amor en el hotel, y en la madrugada él volvía a la base.

Así transcurrieron los primeros fines de semana. Luego de un tiempo, se trasladaron a una cabaña cerca del hotel. La habían alquilado Teddy, Brad y Tyler. Era un lugar muy acogedor, y más independiente que el establecimiento hotelero. Tenía cuatro habitaciones, y la última estaría a disposición de un nuevo gringo al que estaban esperando en esos días.

Después de dos fines de semana y de entrar en confianza, Brad se quitaba la camiseta cuando se reunían a pasar un momento en la piscina. Entonces fue cuando él se sinceró, confesando que se cubría por las marcas de un accidente que tuvo con una sustancia que se derramó sobre su pecho, parte del abdomen, hombros y brazos, dejándole unas cicatrices de quemaduras muy notorias.

Valeria quedó muy asombrada al ver aquello. Trataba de fijar la vista en sus ojos, pero era imposible. Solo esperaba que si manipulaban algo de químicos aquí, no tuvieran ese tipo de accidentes, porque observando las secuelas, debió de ser extremadamente doloroso. La curiosidad de querer saberlo todo sobre ellos era fatigante, y más por la formación periodística de Valeria. Pero en ese caso en particular, se contuvo y no fue entrometida. Le intrigaba mucho, pero pensó que si se cubría era porque se notaba incómodo de otra manera. Rosa tampoco sabía mucho: solo que aquí estaba asesorando algo con el tema de fumigación de cultivos, pero en otros países o en otro tipo de conflictos lo hacía sobre explosivos.

Rosa empezó poco a poco a caerle bien a Valeria. Porque al comienzo, aunque sin quererlo, ella mantuvo la distancia, no por clasista, sino por el natural choque social. Valeria era una joven profesional, con un trabajo, un mundo diferente. Predecir que sería amiga de Rosa, que apenas había acabado el bachillerato y se dedicaba a limpiar casas en el Peñón o Peña Lisa o cualquier otro condominio, era extraño. De todos modos, jamás se mostró grosera o descortés con ella. Al final, sin darse cuenta, se comenzó a encariñar y a sentir un tipo de identificación. No eran tan distintas. Siempre estaban en los mismos lugares, comían lo mismo, hacían cosas parecidas y vivían con los gringos.

Valeria se había alejado de Fernanda y Mariana. Les quedaba imposible verse como antaño, ya que por los viajes a Melgar se había apartado. Rosa se estaba posicionando como su única amiga, con la que pasaba mucho tiempo. Y entre ellas se inició una amistad.

Esta cercanía le permitió a Valeria darse cuenta de que su nueva amiga realmente se había enamorado de Brad, pero se comportaba como su criada, aunque él nunca la trataba así. Se esmeraba por atenderlo, lo mimaba demasiado, estaba muy pendiente de él. Entre ellos dos no entendían ni pizca del idioma del otro. Pero tampoco trataban de comunicarse por señas o gestos, y eran extremadamente callados.

Esa relación era muy diferente a la de Teddy y Valeria, ya que ellos reían, hacían bromas, nunca estaban en silencio y hablaban de todo. Y hasta una vez por estar bromeando casi los sacan del hotel.

Valeria, desde pequeña, había adquirido la rara costumbre de aullar como un lobo cuando veía la luna llena, y aunque nadie le creía hasta que lo hacía, difundía la teoría que aullarle a la luna descarga muchas energías, que era como sacar las tristezas o cosas negativas que se tienen dentro pero sin necesidad de llorar. Pensaba que había cierto misterio en eso.

Convenció a Teddy para que la siguiera. Al principio, daba unos aullidos tímidos. Seguramente él se sentía ridículo y hasta loco. Pero luego, al verla tan concentrada, se dejó llevar. Ella no podía contener la risa porque Teddy lo hacía demasiado duro. Llegaron personas de seguridad del hotel a advertirles sobre las quejas de los demás huéspedes a causa de la bulla.

La relación entre Rosa y Brad se sustentaba en el silencio y en necesidades básicas. La actitud de Rosa hacia él era de esperanza, de ilusión, soñadora; la de Brad hacia ella era de agradecimiento, cariño, ternura y hasta un poco de dependencia. Se había acostumbrando a que le alcanzara todo, que lo ayudara hasta en lo más elemental, como ponerle sal a su comida, revolverle el jugo o aplicarle el bronceador. Al comienzo, cuando Brad la quería consentir, ella no lo permitía en su afán de complacerlo exclusivamente a él.

Nunca tuvieron peleas o discusiones. Hasta se podía decir que formaban una bonita pareja. No se enamoró de él, sino de la idea de su vida junto a él. Mutuamente compartían buenos sentimientos. Estaba optimista de que todo mejoraría, aunque la mamá no parara de exigirle que le entregara el dinero que ganaba trabajando. Pero ella quería ser más que una limpia casas o cocinera. Y en parte le sirvió que a su casa llegara una nueva integrante, una joven que rentó la habitación disponible, Lorena.

14

Tyler, el gringo joven

Lorena había huido de su casa, en un pueblo de tierra fría, Bogotá vía Melgar, porque un vecino aprovechaba que ella permanecía sola para hacerle visitas incómodas. Se escapó varias veces de sus garras, pero el hombre volvía cada vez con más ímpetu y decidido a forzarla. El papá de Lorena era un cero a la izquierda, un papanatas que llegaba ebrio a la casa. Lorena cuidaba de las borracheras de su padre y a su hermano menor, porque el mayor un día salió y nunca más volvió, siguiendo el ejemplo de su madre.

Escuchó que una vecina se había ido a Melgar, y se le mejoró la vida gracias a los forasteros que visitaban el lugar. Empacó sus pocas pertenencias, se despidió de su hermano y salió a aventurarse con el poco dinero del que disponía. Lorena, que era muy guapa, y lo sabía, pensó que podría correr la misma o mejor suerte que aquella vecina. Aunque era delgada y sin grandes curvas, su piel trigueña y su rostro con hoyuelos en las mejillas y un lunar en la derecha hacían olvidar cualquier carencia.

Abandonó sus estudios cuando cursaba décimo grado. Tenía una personalidad perspicaz y despierta pero inocente a la vez. Su sueño era llegar a ser algún día una de las mujeres que hacían entrevistas en los documentales de turismo sexual o prostitución de alto nivel, para ganarse semanalmente más de lo que se gana el alcalde de su pueblo en un mes. Sabía que todo tenía un precio, y por eso mismo su mamá los había abandonado frente a una mejor oportunidad de vida.

Lorena se fue con la idea de no pretender enamorarse ni sufrir por un hombre pasajero. Pero tampoco se negaría a vivir esa experiencia que de pronto significara un mejor camino y así ayudarse a sí misma y a su hermano. Era directa, no titubeaba, honesta, cordial, respetuosa, nada confianzuda, muy propia en su proceder, y resultó también teniendo una buena relación con Valeria.

Igualmente, Lorena se relacionó muy bien con Rosa. Tenían la misma edad, y ella le dio los contactos para que comenzara a trabajar en las quintas. Lorena estaba muy agradecida y la ayudaba a guardar el secreto sobre Brad. Se encontraban a la misma hora para llegar juntas a la casa. En una de esas oportunidades, Lorena conoció a Tyler. Al poco tiempo era su amiga oficial.

Para comunicarse con Tyler, quien sí manejaba algunas palabras y frases en español, no se quedaba corta en imaginación, y era recursiva e inteligente para hacerse entender. Aunque era sagaz, tenía características de niña ingenua, juguetona y risueña. Rebosaba felicidad. Naturalmente, Tyler también la ayudaba con dinero, pero ella, al contrario de Rosa, sí decidió seguir trabajando.

Tyler era el menor de aquel grupo de gringos. Tenía veinticuatro años y con un cuerpo achocolatado, brillante y muy deseable. Se alistó por la insistencia de su padre, que había sido también militar y estuvo en varios conflictos de otros países, incluyendo la Segunda Guerra Mundial. Tyler era también el menor de su familia y el único varón, con cinco hermanas. Tenía la responsabilidad sobre sus hombros de continuar el legado militar en su familia, y aunque le interesaban más el canto y la música, no tuvo más remedio que enrolarse en el ejército.

Aquella era su primera vez de misión en un país considerado de alto riesgo. La mayoría de los principiantes eran enviados a otros lugares de Centro América o Sudamérica, donde frecuentemente se casaban con mujeres de ese primer país que visitaban, y después sí los enviaban a Colombia. Él era como una mezcla de explorador y turista, quería divertirse y conocer todo lo que fuera posible. Siempre llevaba una cámara en mano y compraba cada cosa que le parecía curiosa o digna de convertirse en un souvenir para sus conocidos.

Tyler era la persona ideal para Lorena, porque, a diferencia de Rosa, su sueño no era que el gringo la sacara de su pesadilla, sino ahorrar e ir escalando metas. La próxima sería vivir en Bogotá, acabar su colegio, trabajar, ayudar a su hermano y ser autosuficiente. La experiencia en sus pocos años de vida con los hombres no había sido la más agradable, y no los veía como una solución sino como una herramienta para lograr sus objetivos. Y aunque no se creía del todo estos argumentos que se repetía y repetía, deseaba pensar que eran ciertos para así cumplir sus cometidos y no enamorarse.

Tyler se quedó todo el tiempo en Melgar. Por eso, le encargó a Teddy comprarle una guitarra en Bogotá. Por las noches, ya fuera en el hotel, o después, cuando todos se acomodaron en la cabaña, tocaba algunas de las baladas románticas clásicas en inglés y deleitaba a todos con su voz. Era talentoso, y se aprendió algunas tonadas de vallenato, pero le iba mejor con sus ritmos americanos.

Irónicamente, la mamá de Rosa tomaba a la inquilina como ejemplo mortificador, diciéndole que la vida podría mejorarles si accedía a que Lorena la presentara a uno de los amigos del novio.

El momento de la mudanza llegó y se trasladó de la base a la cabaña. Rosa, Lorena y Valeria tenían su lugar en aquel espacio, cada una en la habitación de su respectivo gringo. No era algo como trastearse a vivir con ellos. Ellas seguían en su casa, y viajaban a Melgar, siguiendo la costumbre de Valeria, todos los fines de semana.

Por momentos, Valeria se sentía molesta por la cercanía de ellas, a pesar de mantener una buena relación con Rosa y Lorena. No era porque se considerara superior, pero sí pensaba que había algo que la distanciaba de ellas. Tenía un nivel cultural muy distinto. Era diferente que se encontraran en lugares públicos a que ahora vivieran bajo el mismo techo. Pero de nuevo comprendía que estaban en un mismo círculo y que las unía la misma ilusión: los gringos. Era un sube y baja de impresiones.

Después de un tiempo de ocupar la cabaña todos los fines de semana, la habitación disponible fue ocupada por un afronorteamericano. Un tipo raro, introvertido y al que costaba sacarle una sola palabra.

15

"La Sombra", el gringo fantasma

El nuevo gringo era un verdadero fantasma. No saludaba, no se despedía, ni miraba fijamente a los ojos. En especial a Valeria la molestaba, y a veces hasta le aterrorizaba que tuviera que tener cerca a alguien así. Cruzaba algunas palabras con sus compañeros, pero solo cuando ellas no estaban cerca. Era un hombre bastante extraño e inquietante.

Dormía en la habitación contigua a la de Teddy y Valeria. Por la noche, ella siempre le ponía seguro a la puerta y dejaba algo que hiciera ruido cerca de la misma, por si abrían sigilosamente. Tenía miedo, aunque nunca se lo había confesado a Teddy. No se le conocía una acompañante, nunca salía a rumbear o a comer. Lo recogían por la mañana temprano y lo regresaban sobre las cuatro de la tarde. Prefería pedir a domicilio o encargarles a los otros que le trajeran algo para comer. No ingería ni harinas ni carnes. Lo único de procedencia animal que consumía eran cuatro claras de huevo en jugo de naranja todas las mañanas.

Cuando no estaba en su cuarto, se echaba en una hamaca que había adecuado en la sala. Su mirada lucía extraviada, y generalmente se enrollaba en la hamaca en posición de habichuela, es decir, se embutía en ella y no se le veía ni un solo dedo.

En una conversación de las tres chicas sobre él, recordaron esas películas de mercenarios que viven alejados del resto del mundo, trabajan solos, únicamente reciben instrucciones y no dejan rastro ni de su voz. Su personalidad y procedimientos no coincidían con los de ninguno del resto de los gringos. Cada una a su manera, se intrigaba más cada día por no saber cuál era su misión, qué hacía en Colombia. Ya no era cuestión de simple curiosidad, sino de lo que ellas consideraban un peligro para su seguridad.

En las madrugadas, Valeria sentía su presencia. En una oportunidad se levantó a ver cómo practicaba una especie de estiramientos o ejercicios de yoga con los ojos cerrados. El hombre parecía de hule, y además manejaba una excelente coordinación, demostrando un envidiable equilibrio y una gran fuerza.

Al tocarles el tema, sus amantes gringos desviaban la conversación y hacían comentarios graciosos, pero nunca les dijeron por qué actuaba así su amigo, o si era que le caían mal, o si cargaba a cuestas con algún tipo de problema inconfesable. Porque ellas hasta alcanzaron a darse cuenta de que Teddy y los otros preferían no tener mucho contacto con él, e incluso mostraban cierto desagrado cuando lo tenían cerca. Seguramente si la decisión dependiera de ellos —pensaba Valeria—el extraño personaje no habitaría en la misma cabaña.

Sus compañeros nunca mencionaron su nombre. Ellas le pusieron el apodo de la "Sombra", con el que se quedaría para siempre. Valeria, una vez que tropezó con él, notó que andaba armado, no como Teddy, quien guardaba su revólver en la camioneta solo por prevención, según le había dicho. Valeria dormía con un ojo abierto mientras él estuvo en la cabaña. Lorena y Rosa compartían su desconfianza. Después de cuatro meses, al saber que en unas semanas partiría, se les ocurrió que cuando fueran a rumbear, les harían beber de más a sus amados gringos para sacarles información sobre aquel auténtico fantasma, al que llamaban la "Sombra". La que obtuviera algo ganaba la apuesta y las otras le darían un regalo sorpresa.

A Rosa le fue pésimo en sus indagaciones, y lo único que obtuvo por respuesta fue un escueto "Secret"; a Lorena le respondieron con chistes con doble sentido, que era mejor dejar a la "Sombra" quieta, si no quería que fuera su propia sombra de llegar a saber algo de él; y a Valeria, Teddy le dio el título pero no la descripción, le habló en código, y lo que más o menos ella entendió era que aquel tipo venía a verificar la labor de los colombianos en el campo de acción acerca de solucionar algún problema con norteamericanos, advirtiéndole que sería mejor que no husmeara cosas que no eran de su competencia.

Lo poco que Teddy le dijo, Valeria no se lo transmitió a sus amigas. Se inventó que se había quedado dormido y que no lo iba a volver a intentar, más con lo que Tyler le dijo a Lorena. Supuso que lo que entendió a Teddy lo podía relacionar con el asunto de los secuestrados estadounidenses que tenía la guerrilla, a no ser que todo fuera otra cuestión totalmente secreta. Pero según lo que se podía imaginar y lo que sabía del proceder del país del norte, nunca dejarían abandonados a sus hombres, y, lastimosamente, los reportes del gobierno colombiano no eran alentadores sobre una posible liberación o rescate.

El único recuerdo que dejó la "Sombra" fue la "habichuela". Teddy se encaprichó, y apenas el hombre desapareció de sus vidas compró una hamaca de color verde, precisamente por la semejanza y apodo que Valeria le había puesto. Él la llamaba la "habicuela", porque Valeria le recalcó desde el comienzo que la hache no tenía sonido y ahora se negaba a pronunciar la ché, y esto también hacía parte de sus bromas. Ella trataba de inducirlo a practicar el amor en la hamaca, pero él era un poco más clásico en su proceder. De igual manera, sus poses no requerían de más espacio y privacidad. Valeria solo quería a cada momento intentar algo novedoso, pues, sin desear admitirlo, ya la estaba aburriendo recibir tanto sexo oral.

En cambio, Teddy proponía entretenerse desde la "habicuela" en apostar cuántos mangos caerían al piso, ya que las cabañas estaban rodeadas de numerosos árboles de ese fruto. Al comienzo, los comían o hacían jugo, pero luego quedaron hastiados. Sin más malicia, Valeria se reía junto a Teddy sobre cómo nuevos habitantes desprevenidos dejaban sus carros parqueados a la sombra de los árboles y después les tocaba moverlos por las abolladuras que les producían el golpe de las caídas del fruto. Lo malo era el ruido de las alarmas. Por eso después optaron por avisarles.

16

El bando de los malos

Lorena se fue de la casa de Rosa porque Consuelo le estaba pidiendo cada vez más dinero por la habitación. Le decía que para eso la mantenía un gringo, y que entonces le debería sacar más plata.

Conjuntamente, le llegó la noticia de que su papá se gastaba en licor el dinero que ella le enviaba y a su hermano no le daba casi ni comida. Le dio una pena terrible tener que pedirle más dinero a Tyler porque se dio cuenta de que ellos no eran maquinitas de expender billetes como le habían dicho, así que decidió aceptarle el coqueteo a otro gringo afroamericano, estando simultáneamente con Tyler.

El pueblo era muy pequeño y los lugares que visitaban eran siempre los mismos. Tyler no tardó en conocer aquella situación. A ella, al sentirse descubierta, no se le volvió a ver. Se presumió que regresó a su pueblo porque el otro gringo, Charlie, hablaba mal de ella y divulgaba con minuciosidad sus jugarretas nocturnas. Según Teddy, el otro gringo era de los que ellos denominaban como "Malos".

Charlie comentó más de la cuenta, tal vez para incomodar a Tyler o simplemente por fanfarronería machista. Pero desde entonces Lorena no podría volver a tener ni a Tyler ni a otro gringo. Los venenosos chismes ya habían hecho carrera y alertado a los hombres de la base.

Rosa le contó a Valeria que cuando se fue Lorena le dejó una carta, agradeciéndole su amistad. Le decía que en ese tiempo había sido como una hermana para ella y que era conocedora de que había perdido una buena oportunidad con Tyler, que lo quería mucho. Confesaba que si salió con el otro gringo fue porque él le había ofrecido dinero, y que, ante la necesidad, aceptó, dejándose llevar por las puyas de la mamá de Rosa, pensando que nadie se iba a enterar.

Al mismo tiempo, Rosa, atando cabos sobre la primera noche de Lorena con Charlie, recordó que al otro día le había observado unos morados en las piernas, brazos y cuello, y que trataba de disimular el dolor que sentía al sentarse, caminar o en general cuando se movía. No era de comprender por qué Teddy hablaba de otros gringos como del bando de los "Malos". No se saludaban, tampoco se ofendían, pero se ignoraban, no parecían compañeros. Rosa y Valeria asumieron que era por el maltrato que les daban a las mujeres, pues viendo el ejemplo de Lorena no había nada más que pensar.

Teddy argumentaba que no le apetecía que la gente especulara que ellos venían a hacer daño y perjudicar a las mujeres colombianas con las que se ennoviaban. No deseaba sentirse un invasor, pero como todo en este mundo, siempre existirían los polos: los buenos y los malos. Afirmaba que algunos eran incontrolables, que no se detenían ante nada, y manifestaba su pesar y lástima por las niñas que caían en sus juegos perversos.

Tyler decidió irse de Colombia al cumplir su contrato por seis meses. Tuvo una mejor propuesta económica que le permitiría ir ascendiendo en rango y experiencia, y aunque ser militar no fuera su decisión, la asumía con responsabilidad.

Sabiendo que partiría, y con el sinsabor de la traición de Lorena, Tyler ya no quiso tener nada medianamente serio con ninguna joven de las varias que se le mostraban. Fue un golpe duro para él por creer que Lorena era una buena mujer. Vio que la mayoría de aquellas jóvenes se movían solo al son del dinero, y por consejos de algunos soldados colombianos y norteamericanos se dedicó en sus últimas semanas a aprovechar la gran oferta de chicas deseosas de su compañía. Saltaba de una a otra, cada día con una nueva y, por lo general, de las pertenecientes al grupo de las que se rotaban entre los forasteros, con la diferencia de que Tyler no era de los que iba a calumniarlas ni a mofarse de sus necesidades. Pero nunca las llevó a la cabaña.

Unas semanas después del viaje de Tyler, Lorena llegó de nuevo a Melgar y buscó a Rosa para preguntarle por él. Al enterarse de su partida, se derrumbó y lloró desconsoladamente. Dijo que estaba embarazada y que no sabía si era de Tyler o de Charlie, que estaba arrepentida de buscar lo que no se le había perdido y rezaba para que fuera de Tyler, porque de él sí guardaba buenos recuerdos.

Lorena soñaba con tener un bebé gigante de chocolate, de ojos profundamente negros, saludable, el más pesado de la sala de partos del hospital, negro, hermoso y encantador, como Tyler. Charlie todavía permanecería un tiempo más en Colombia, pero ella no quería decirle nada sobre la criatura que iba a nacer, y también desechó cualquier idea de, en su momento, pedirle que se hiciera las pruebas de paternidad. Tenía muy claro que no lo buscaría, que no lo enfrentaría, y recomendó a todo su círculo más íntimo que la ayudara a guardar muy bien el secreto. No deseaba sentirse apocada o burlada de nuevo. También la asustaba ser víctima de alguna agresión.

17

La historia de Teddy

Aunque la familia de Valeria no estuviera basada en preceptos clásicos de la sociedad, su madre tenía ciertos conceptos muy arraigados. Todas las mujeres de su entorno, por una u otra razón, siempre terminaron solas. Tenía bien asumido que cuando se nacía mujer, la mamá siempre se organizaba un cronograma en su cabeza sobre la vida de su hija. Las muñecas, la ropa, los peinados, la celebración de los quince años, el primer novio, el matrimonio, los nietos. Todas las épocas tenían sus características.

Valeria ya había cumplido los veinticinco, los mitológicos, según ella, porque pensaba que después de los quince todo sucedía a toda velocidad y la familia comenzaba a preguntar sobre los planes de futuro, la boda, los hijos. Lo convencional era creer que si a esa edad no se estaba casada ya sería muy complicado lograrlo más adelante y nunca iban a romper la condenación de mujeres solteras y solas de la familia, esa especie de maldición que las perseguía a través de las generaciones.

Encubriendo su relación, en su casa nunca dijo que el acompañante que tenía era un gringo, pero sí contaba los demás detalles. Le atemorizaba que no aprobaran su amorío, y por eso lo escondía, como si estuviera saliendo con una persona de mala procedencia. Dijo que andaba con un amigo de Bogotá, pero que por trabajo se había trasladado a Melgar justo cuando habían decidido a empezar algo más en serio.

Pero ya no podía ocultar más las conversaciones con Teddy. A veces, Valeria tenía que hablarle en inglés o cuando hablaba en español lo hacía como si se dirigiera a un niño pequeño: despacio y vocalizando. Su madre comenzó a preguntarle y no tuvo más remedio que sincerarse con ella. Como había temido, se opuso rotundamente. Le advirtió de los peligros de aquella aventura, de que, si continuaba, debería estar dispuesta a sufrir, porque ellos solo estaban allá de paso, que no era buena idea involucrarse en algo así, que era lógico que si se relacionaban con alguien era solo para usarla y después dejarla botada como a un kleenex. Durante la semana, Valeria aprovechaba cualquier momento para hablarle maravillas de él. Y al final fue tanta su insistencia, tanto el apasionado tesón en la defensa de ese noviazgo, que su madre, rendida, le dijo simplemente que hiciera lo que ella creyera conveniente para su vida, pero que ya quedaba advertida.

Valeria presentó a Teddy y a su madre por teléfono, y, aunque no contaba con su aprobación, se tranquilizó de no tener que seguir ocultándole más aquella relación. Sol María hablaba frecuentemente con Teddy por celular. No lo hacía porque le simpatizara la idea de ver a su hija junto a aquel gringo, sino por fiscalizar la situación. Sin embargo, la charla resultaba muy cómica porque no se entendían, pero lo hacían durante varios minutos. Al final parecía que también se divertían en medio de su enredada conversación, y él comenzó a llamarla "Mami".

El resto de la familia de Valeria, cuando se enteró junto con sus compañeras de estudio, la señalaban de querer cumplir el sueño americano, pero estaban muy lejos de eso porque, por su misma formación, su anhelo no era esencialmente el americano, sino el de casarse y tener una bonita familia, con hijos a quienes les atribuyeran el nombre de ricitos de oro con ojos del color del mar. Ella no quería que le controlaran la vida porque así era feliz, ni que Teddy la llevara a vivir a su país porque en Colombia era donde tenía a su mamá, al resto de su familia, a sus amigos y todas sus raíces.

Pero para Valeria, cuando se identificaban sentimientos realmente importantes, la espina de la curiosidad la picaba duro, y comenzó a preguntar y a enrumbar conversaciones para saber más de Teddy, de su vida, de su pasado y de su lugar en el presente. A ella le parecía inverosímil que no le hubiera preguntado por su historia sentimental. Sabía que no estaba casado, que había terminado alrededor de un año atrás con una relación tormentosa. Pero eso ya no la bastaba.

Teddy se había casado muy joven y muy enamorado. Estaba en la Armada, porque, al ver que no podría pagarse fácilmente sus estudios, había preferido la estabilidad y el respaldo de una carrera militar para su vida, argumentando que era el camino que elegía un gran porcentaje de personas humildes y de inmigrantes. La joven que se unió a él era la hermana de un amigo del colegio y un gran harlista con el que pasaba gran parte del poco tiempo libre del que disponía.

Después de casarse, Teddy y su flamante esposa vivieron en una casa de un barrio para militares muy cerca de la base en la que estaba destinado. Ella se quedaba sola cuando él se ausentaba a cumplir tareas en otros países, lo que ocurría seis meses al año. Con el tiempo, esas ausencias incluso aumentaron a medida que iba adquiriendo experiencia y rango.

Teddy poco a poco notó cambios en su esposa, aunque también se comportaba muy cariñosa cuando regresaba de sus viajes, así que no le prestó mayor atención. Después de tener más rango y más posibilidades económicas, él quiso vivir en otro lugar, pero su mujer se rehusaba a alejarse de la base justificándose en los beneficios allí obtenidos, como el ahorro y las posibilidades de que, con el mismo, pudieran adquirir una vivienda propia.

Un tiempo después, Teddy se enteró de que su esposa tenía una relación sentimental con otro militar. Hablaron y le perdonó la infidelidad. En esa reconciliación, quedó embarazada y estuvieron bien un par de años más, hasta que su segundo hijo cumplió un año. Él contó que no podía creer que eso le pasara, porque, aunque era muy bien sabido que los cachos que les ponían sus mujeres con los mismos compañeros eran algo común, siempre creyó que su historia sería diferente. No le cabía en la mente que sus propios camaradas se aprovecharan de la soledad de su mujer. Y, menos aún, que ella consintiera en llenar sexualmente el vacío que dejaba con sus viajes.

Hasta que en uno de sus regresos de misión, dos días antes de lo esperado porque no pudo avisar por cuestión de seguridad, y en su misma cama, al lado de la habitación de sus hijos, encontró a la pareja de amantes desnudos y durmiendo profundamente. Se enteró de que no era el segundo amante de su mujer, de que había tenido varios más, pero que con este último alcanzaba tal grado de descaro que lo invitaba a hacer el amor en el lecho conyugal. Aquello rebosó el vaso de su paciencia y decidió separarse.

La traición le dolió más en el orgullo que en el corazón, porque mientras lo condecoraban como a uno de los mejores en su tarea, su esposa se entregaba como un trofeo a otro en su cama. Y la odió por crear este tipo de experiencias fuertes en torno a sus hijos.

Según él, nunca había tenido ninguna aventura en sus misiones durante su matrimonio, porque no le quedaba tiempo, ni había mujeres disponibles ni tampoco lo deseaba. Ahora, después de superar la separación, se había dado cuenta de que sentía algo muy especial por Valeria, algo que había creído que jamás volvería a sentir después de su fracaso matrimonial.

Valeria lo miraba mientras le contaba sus desventuras, lo analizaba y concluía una y otra vez que lo que pensaba o había visto sobre los hombres no podía aplicarlo a Teddy. Fue entonces cuando decidió creerle sus palabras de fidelidad y apostarle a sus sentimientos. Además, tampoco le habría gustado escuchar lo contrario. Y, si fuera así, él tampoco se lo habría dicho.

Lo único que la angustiaba era cómo contarlo en su casa, porque aunque no habían puesto demasiados problemas por verla feliz, siempre existía un cierto recelo hacía él. Y de ahí a aceptar que fuera separado y con dos hijos... Valeria no sabía cuál sería la reacción, en especial la de su madre. Así que optó porque no era algo para explicarles por el momento. Debía esperar al desarrollo natural de la relación.

La convivencia de los dos cuando estaban en Melgar era una rutina, pero ella era dichosa y se creía viviendo un verdadero cuento de hadas. Todos los días, sin excepción, los ojos de Teddy se abrían sin ningún esfuerzo, y a las 4:30 de la mañana se duchaba con agua fría para luego salir a trotar una hora en botas. Regresaba, se volvía a duchar y preparaba el desayuno. Después se dirigía a ella, que estaba aún somnolienta, a darle lo mismo que la primera noche que pasaron juntos: un exceso de besos.

Cuando se levantaba, Valeria ponía la mesa. Él la atendía muy bien, era como un mayordomo, galante y complaciente. Luego, como era sábado y domingo, si no debía ir a la base, llegaba el tiempo de la piscina, del aceite bronceador, de las risas, del almuerzo, de más besos, de la cena, de más besos... y a dormir.

En esa rutina, Valeria hasta se acostumbró a sus olores. Había leído que cuando las feromonas funcionan, el humor es agradable o desagradable dependiendo si hay o no química entre la pareja. Teddy no era dado al uso de talcos, ni desodorantes. Valeria concluyó que era una costumbre que en su morral de campaña no dispusiera de espacio para esos artículos. Y aunque tenía la norma de bañarse tres veces al día y siempre antes de tener sexo, Valeria se había dado cuenta de que a veces a ciertas personas les molestaba su olor. A ella, no.

A Valeria le fascinaba que la atendiera como a una reina. En muchas ocasiones, entraba al baño a ducharse y él enseguida la acompañaba sin ninguna otra intención que consentirla. Tomaba el jabón en una mano y con la otra la dirigía para enjabonarla. Lo hacía con dedicación, cuidando que no le quedaran residuos de champú, y masajeando muy bien la cabeza, la espalda, el pecho, la cola, la entrepierna, todo con una gran suavidad y ternura.

Aquello era como volver a ser bebé, cuando su madre la bañaba susurrándole que era su ser más preciado. Al comienzo, resultaba raro, y la falta de hábito hacía que Valeria pensara en cosas extrañas y hasta irónicas sobre él. Pero luego entendió que no había necesidad de tener sexo para compartir un momento tan íntimo y relajante, aunque al final siempre le quedaba el sinsabor de una misión sin cumplir, de un fuego sin razón, de disparar las alarmas sin necesidad. Aunque se moría de las ganas, lo máximo que sucedía era alguna caricia rodeando su sexo mientras la secaba con una toalla. Y luego, la peinaba.

Pese a que Valeria ya conocía su proceder, que era como un juego donde la encendía, la dejaba quemándose y en el momento menos pensado atacaba con todo, a veces la fastidiaba aquello. Pero, por otro lado, aunque bañarse en pareja no tenía la mayor ciencia, notaba esas experiencias como cuando veía a cualquier otro hombre lavar su carro último modelo, o al "cacharrito", con esa dedicación, dulzura y cuidado, como quien no quiere rayar eso tan valioso y único que tiene enfrente o entre las piernas.

18

Rosa: "Brad es mi todo"

Los norteamericanos ofrecían cosas que ellas, cada una a su manera, estaban buscando, y otras que pensaron que solo estaban en su mente, en su imaginación o en la de los guionistas de telenovelas. Por lo general, eran tiernos, educados, sensuales, valientes, comprensivos y muy serviciales. Claro que si hubieran dado con Charlie o algunos de los amigos de su perfil, sería otra historia.

Teddy le enseñó a Valeria a decir algunas palabras en pashto, mejoró su inglés, le contó algunas de las costumbres de Afganistán, Perú, Italia, Francia y de otros países donde había vivido. Se sentía como una niña pequeña a quien le relatan cuentos y que cada día está ansiosa por escuchar más antes de dormirse y convertirse en la protagonista de miles de aventuras fantásticas. Creía haber encontrado lo que quería, que esos eran los cuentos que le gustaba que la echaran y juraba no conformarse con menos.

Por parte de Rosa, era el comienzo de la realización de su sueño. Ella no deseaba aprender de Brad, y lo único que quería era que su príncipe silencioso la sacara completamente de la pesadilla en la que vivía.

Y Lorena cambió su forma de pensar sobre los hombres, no solamente los norteamericanos, sino en general, diciéndose que servían para algo más que darle problemas a su vida; confiaba en que su hijo le daría la alegría y razón de vivir.

Teddy era interesante a los ojos de Valeria, no miraba si era un gato o una persona humilde o con bonito estuche, realmente estaba apreciando su interior. Cada día más, presumía una vida llena de felicidad a su lado. Estaba encantada, disfrutando lo que la vida le había destinado. Y no pensaba en otra cosa sino en estar junto a su gringo.

Para Rosa, Brad era su todo. Ella había ido únicamente un par de veces a Bogotá, que, como para muchas, era el lugar de las oportunidades. A veces, no le creía a Valeria que no era tan fácil conseguir empleo. Cada domingo, cuando se devolvía a casa, le encargaba que mirara opciones de trabajo donde pudiera encajar. En parte quería vivir de un modo similar al estilo de vida de Valeria, a la que envidiaba su fortuna. Deseaba ahorrar para estudiar, y poderse mantener en el remoto caso de que Brad no saliera con nada. Pero las ofertas no eran a ese nivel y menos con su perfil laboral o académico.

Aunque Rosa no trabajaba, se mantenía con la plata de Brad. El dinero extra que él la daba lo ahorró y estaba muy contenta, porque de no ser así todo continuaría como antes: cada peso se lo entregaría a la mamá porque sabía cuánto le pagaban. La ropa nueva, el maquillaje y los otros regalos de Brad los dejaba en la cabaña. Aún con su embelesamiento, tomaba sus precauciones y no gastaba todo el dinero, así como hacían las otras chicas del pueblo que acompañaban a los soldados de la base.

Todo iba muy bien, hasta que un día a la madre de Rosa le dio por ir a acompañarla hasta la casa donde supuestamente trabajaría ese fin de semana. Estaba muy insistente. Para convencerla de que no fuera, le tocó inventarse que la dueña de la casa era demasiado estricta y desde el comienzo recalcó que no quería que llevara acompañantes. A veces, Consuelo tenía la idea de que podría volver a encontrar al padre de su hija. Al final accedió, dando por buenas a regañadientes las excusas de su hija, y se quedó en la casa. Además, ese día los gringos no trabajarían, era el 4 de julio, el día de su independencia. Habían planeado ir a Bogotá y rumbear. Brad solo conocía Melgar y el aeropuerto El Dorado, además de la Embajada de Estados Unidos.

Rosa estaba muy emocionada, pero Valeria no, porque, según el itinerario de Teddy, irían a sitios que frecuentaban sus amigos de la universidad. Salir en grupo con Rosa en Melgar estaba bien, pero no en Bogotá. No tanto por ella sino por la ropa que vestiría: sandalias plateadas, vestidito corto con brillantes, maquillaje colorido y demás accesorios que no consideraba aceptables en determinados ambientes.

Se desplazaron en la camioneta de Teddy. Cada mes, cuando iba a Bogotá él se trasladaba en helicóptero, pero esta vez pidió el permiso para hacerlo por carretera para poder ir los cuatro. La autorización concedida iba acompañada de seguridad, por lo que iban armados con revólver y con radio.

En el camino los pararon en un retén. Mientras Teddy se comunicaba por el radio, uno de los policías recibió un mensaje y se acercó justo cuando Brad les iba a entregar su carnet de la Policía Nacional Antinarcóticos.

—No problema, no problema —dijo el policía, deteniendo y apartando a sus demás compañeros con una sonrisa y su mano, y señalándoles amablemente que podían seguir.

Ellos dos iban delante y ellas atrás hablando. Rosa estaba muy nerviosa de pensar que su mamá la pillara en la mentira. Valeria le aconsejó que lo mejor sería decir la verdad y asumir las consecuencias, pero ella seguía con su idea de paños de agua tibia porque eso hasta el momento servía para mantenerla a cientos de leguas de distancia.

—Desde que paso la puerta de mi casa soy otra, mentiras van y vienen. Para que no me moleste con los gringos, le digo que ese no es buen negocio, que qué tal me dejen embarazada y se vayan... Y, entonces, lo que yo consigo trabajando tocaría dividirlo entre más. Por eso, es mejor salir con uno de aquí, de la tierrita, que si se hace el loco lo demando y es más fácil sacarle la plata. Le digo que no me fastidie tanto con la idea de que la presente a mis novios porque ella es muy intensa y me los asustaría, y ahí se nos daña la vuelta —le secreteó Rosa a Valeria.

Estaba tan ilusionada y gastando toda su energía, pensamientos y sentimientos en que todo le saliera perfecto, que no se daba cuenta del castillo de naipes que iba creando con tanta fantasía. Ella no pensaba que toda esa dedicación no sirviera para nada y un día él se fuese y la dejara volando.

—No, Valeria, es que lo pienso y lo pienso y no puedo dejar que mi mamá se entere que estoy con Brad. Ahí sí que mi vida sería más desgraciada. Me obligaría a pedirle dinero para comprarse todo lo que ella quiere, para vestir a mis hermanitas, para renovar los muebles... No, yo ya la conozco —continuó sincerándose Rosa con su amiga, casi sin poder contener las lágrimas.

—¿Así de grave es? Pues si necesitas alguna ayuda para cualquier cosa, solo dímelo —le contestó Valeria, tratando de tranquilizarla.

—Gracias, Valeria. Se lo agradezco mucho, porque de verdad no se qué pueda pasar, no es tan fácil mantener esa situación... Asimismo, no dejo de pensar que cuando me vaya con Brad, mis hermanas tendrán que vivir lo mismo que yo. No le niego que a veces quiero pedirle dinero a él, pero me da miedo que no me tome en serio. Yo lo que quiero es que me saque de aquí, no que me dé una plata que no me va a durar nada.

—¿Has intentado hablar con tu mamá? De pronto ella comprende y decide apoyarte. Yo creo que entenderá que si a ti te va bien, le puedes colaborar mucho más.

—Lo único que ganaría con decirle la verdad es que aleje a Brad de mí. Es capaz hasta de inventarse una violación u otro tipo de cosa para hacerle escándalo y sacarle plata. Ella no quiere cambiar de vida, desea la misma pero con dinero… Si me descubre, ahí sería el fin de todos mis sueños, pues Brad me dijo que si podía él me ayudaría para el estudio. Yo no quiero quedarme aquí manteniéndolas como una esclava. Gracias a Dios, y a que él es muy bondadoso conmigo, porque…

Valeria le prestaba atención a Rosa con un oído y con el otro a la conversación de los gringos. Teddy hablaba con Brad sobre la reunión en la Embajada y de la importancia de los avances que tenían. Luego de un rato, ella le preguntó cuál era el plan a seguir. Respondió, por su insistencia, que ellos debían entrar a la Embajada a tramitar documentos y conseguir un sello en el pasaporte para no pagar impuestos por ser militares y otros detalles. Valeria no creyó que fuera verdad, pero le tocó conformarse. Eran dos cosas diferentes, la que oyó y la que le respondió. Comprobó que porque siempre le contestara las preguntas de su trabajo no quería decir que le dijera la verdad. Se molestó, pero lo entendió basada en que todo con ellos era secreto y un asunto de seguridad.

Mientras Teddy y Brad hacían sus gestiones, las dejarían en un centro comercial relativamente cercano. Les dieron dinero para hacer compras, porque seguramente se demorarían unas cuantas horas. Ahí aprovechó Valeria para llevar a Rosa a que le alisaran el cabello y la maquillaran. Luego compraron ropa y zapatos. Todo el esmero fue para Rosa. El cambio fue extremo, y le dio tranquilidad a su amiga.

Cuando finalmente llegaron los gringos, se reunieron con un grupo de amigos de ellos y otras mujeres que los acompañaban a Tirana, uno de los bares de moda. Esa noche se quedaron en un hotel esperando a que amaneciera para regresar a Melgar. Valeria se quedó en Bogotá.

19

Videos porno en Melgar

Rosa solía preguntarle a Valeria cosas acerca de los americanos, sobre todo si Teddy le comentaba detalles sobre su estancia en Colombia. Valeria, ante tanta insistencia, se contagiaba de su afán por conocer más cosas, por escarbar en la vida de su amante. Porque las respuestas de Teddy, como las del resto de los gringos, siempre eran muy vagas, nada precisas. "El único que sabe qué será de nosotros es nuestro jefe, el contrato es abierto y no conocemos mucho, todo depende…", había sido la última contestación de Teddy a Valeria.

Ellas sabían, cada una a su manera, que andaban sobre terreno movedizo. Valeria, como consecuencia de las últimas respuestas, tomó la actitud de no continuar con los interrogatorios. También creyó que, con ese nuevo proceder, evitaba conocer cuestiones que podían alterar su opinión de Teddy. Era mejor adoptar la táctica del avestruz, no le interesaba oír malas noticias. Tampoco quería que pensara que estaba desesperada porque él cambiara su vida, que perseguía cazarlo en un matrimonio ni que resultara agobiante por un deseo de saber todo acerca de él. Había cosas que la hacían pensar sobre el camino que estaba tomando. Lo más frecuente era compararse con las jóvenes de Melgar y ciertas situaciones que se presentaban. Pero pronto desechaba aquellos negros pensamientos.

Le llamaba la atención la metamorfosis de algunas nativas. Cuando Teddy no estaba, Valeria se apropiaba de la "habicuela", y aparte de ver caer mangos, también percibía otras cosas. En ese entonces, uno de los chicos malos, amigo de Charlie, se pasó a vivir en la cabaña contigua a la de ellos. Siempre llegaba con peladitas, algunas muy jóvenes, que se veían como de quince años. Ella asumía aquel aspecto como un privilegio por el clima cálido, que envejece menos.

Una de aquellas niñas llamó la atención de Valeria. Tenía una cara de quinceañera y de inocencia tremenda. No usaba maquillaje, vestía ropa modesta y, aunque adaptada para el calor, muy prudente, sin demasiado escote. Su cuerpo parecía de alguien unos años mayor.

Poco a poco notó su transformación. En cuestión de días, se vestía con ropa más apretada y colorida, se ponía aretes y llamativas manillas. Comenzó por el brillo en los labios y luego sombras, pestañina, rubor y delineador. Llegaba alrededor de las tres de la tarde y se sentaba a esperar a que los gringos regresaran de trabajar, y a las dos o tres horas salía ya menos arreglada. Era una solitaria, no se hablaba con las otras mujeres. A veces, cruzaba miradas, y de vez en cuando le sonreía a Valeria.

Ese contacto visual con aquella pelada le obligaba a Valeria a repasar sus sueños, su proyecto de vida, sus metas. Comprendía entonces que, y en comparación a los de Rosa, Lorena, Olga o de las chicas de la otra cabaña, eran muy diferentes.

De igual manera, se sentía cada vez más llevada por los sentimientos, y eso la preocupaba. Llegó a comprender que no solo estaba teniendo una aventura con Teddy, como su mamá lo insinuó, sino que existía algo más. Y aquello le dio cierto temor. Al principio estaba prevenida, pero una cosa llevó a la otra, y al final ya no se quería despegar de Teddy: lo necesitaba a todas horas y temía que una separación, por leve que fuera, lo podría alejar para toda la vida. Leía y escuchaba cosas que la hacían pensar que, por un lado, no deseaba hacer el ridículo de ser la que ellos usaron de acompañante, y, por otro, su sueño no era un American Dream.

En las noches, cuando el servicio de piscina terminaba, los guardianes de la zona ejecutaban la difícil tarea de desalojar a los que ocupaban la cabaña de al lado, puesto que formaban una recocha que rompía con la tranquilidad del lugar. En otras cabañas se hospedaban familias, y ellos se la pasaban haciendo shows con un enjambre de jovencitas que triplicaba en cantidad a los hombres. Cuando los celadores les decían que se retiraran, se hacían como que no les entendían, les hablaban en inglés y les ofrecían licor, hasta que venía alguien administrativo que les alegaba en su idioma y los sacaba de los alrededores de la piscina. Después la rumba seguía en la cabaña.

En ocasiones, pasaba por la mente de Valeria la idea de que cualquier persona que la viera con Teddy en la cabaña, junto al grupo vecino, con ese tipo de chicas, pensaría lo mismo de ella. No deseaba que la relacionaran con la vagabundería de al lado.

Pero eso no era todo. Se desató sobre ellos un boom de mala imagen, originado precisamente en Melgar. Eso fue un escándalo nacional y hasta internacional. Había muchas historias lujuriosas y aterradoras sobre los americanos de aquella base.

El revuelo fue a causa de unos videos pornográficos, donde se rumoreaba que incluso la hija del alcalde salía tirando con los gringos. Los famosos videos se negociaron por debajo de la mesa, e inmediatamente se multiplicaron las copias, y hasta existía un mix de todas las grabaciones, con negros, tríos, sexo anal y adolescentes.

Los chismes se contradecían y el debate arreciaba: algunos dijeron que una de aquellas mujeres se había suicidado por la vergüenza; otros lo desmentían y afirmaban que todo eran burdas mentiras, que esas chicas estaban felices con la plata que les pagaban y que las habían filmado engañadas. Pero la mayoría de la población de Melgar pensaba que esas mal llamadas niñas incautas sí sabían lo que estaban haciendo porque hasta saludaban a la cámara y mandaban besitos. Y también decían que eran las novias degeneradas de los americanos, a las que les gustaba posar ante una cámara. Eran chismes de lavadero y esquina, y se habían convertido en el tema de conversación moda. Nadie conocía quiénes eran esas muchachas, y todo el pueblo quería ver los famosos videos, no tanto por el morbo sexual sino para identificar a sus coterráneas y marcarlas para siempre.

Estos comentarios alertaron a Valeria, que escuchó que los americanos hacían instalar cámaras ocultas en los hoteles o lugares donde tenían relaciones con las chicas, para luego exhibirlas y ridiculizarlas. No quería ni pensar que tenían en sus manos sus figuritas amatorias, pero mantenía la confianza de que no, porque ya se habría enterado. A esas alturas, era como una melgareña más.

Sin embargo, no deseaba sorpresas. Confiaba en Teddy, pero no en los otros gringos que estuvieron hospedados en la misma cabaña, en el amigo raro, la Sombra, o en los vecinos, que, de pronto y en su ausencia, podían haber instalado cámaras. De ahí en adelante, se preocupaba de apagar las luces y miraba atentamente, buscando sin éxito una luz roja o algún indicio de videograbadora. Teddy se dio cuenta de lo que él en un principio calificó como paranoia. Pero luego, en lugar de molestarse, y sin hablar del tema, también comenzó a buscar las luces en el aire acondicionado u otros posibles lugares en los cuales se podría colocar una cámara, para que ella se sintiera tranquila.

También se rumoraba que los americanos mantenían encerradas en casas a algunas de esas chicas, que solamente las veían cuando les llevaban comida y cuando deseaban tener sexo con ellas; que a otras les pegaban, o las drogaban, y que una de ellas desapareció y que ni la Policía ni nadie hizo nada por tratarse de ellos.

Con el chismorreo regado por toda la ciudad y la expectativa en punta, Teddy se sentía incómodo caminando por las calles. Entonces pedían a domicilio los alimentos o los preparaban en casa. Cuando salían, lo hacían en la camioneta. Teddy temía alguna agresión por parte de los habitantes de Melgar, porque si hubiera sido al revés, él no dudaría en tomar partido y hacer pagar aquellas barbaridades.

Aunque la mayoría de esos comentarios era una pura falsedad, Teddy sí desaprobaba la conducta soez de algunos de sus compañeros de trabajo. También se enojaba cuando veía niñitas ebrias paseándose a altas horas de la noche por las calles, ante la indiferencia de la población, porque con el toque de queda que había instaurado la Alcaldía, la solución fue salir más temprano e iniciar la rumba en horas de la tarde.

Uno de sus dos hijos era una niña, y la imposibilidad de dedicarles tiempo y tener que dejárselos al cuidado de su ex-esposa convertía a Teddy en una persona muy crítica de aquella situación. Él le había dicho en alguna ocasión que las situaciones económicas y sociales se salían de control y echaban a pique los valores. No era la primera vez que lo veía y no era diferente a los demás países en los que él había estado destinado, sin importar el grado de desarrollo. Siempre pasaba lo mismo, tanto por parte de ellos como de las locales. Justificaba lo primario de la tentación tanto de sus compañeros por la carne como de ellas por el dinero, pero lo que le parecía inconcebible era el papel de la familia y su falta de interés en cuidar a aquellas jovencitas.

La familia de Valeria no tardó en pronunciarse. Los señalamientos impresionaron a su madre. Valeria la tranquilizó, diciéndole que esos rumores tenían algo de cierto, pero que Teddy era diferente.

—Nena, Teddy puede ser todo lo que tú quieras, no tengo nada contra él, porque la decisión es tuya, pero ten en cuenta que no será ni tu novio ni tu esposo ni nada de lo que imaginas. En cualquier momento, se irá y tú habrás perdido tu tiempo y tu imagen. Porque una niña bien no vería esto como una relación estable, sino como una aventura —le recalcó Sol María a su hija.

20

Valeria seduce a Teddy

La actitud de las personas ante la presencia de los norteamericanos de la base se había polarizado. Algunos los apoyaban porque sabían que estaban ayudando a combatir los problemas de seguridad y narcotráfico del país; para otros, eran intrusos e indeseables que nada bueno podían aportar.

Algunos comerciantes de Melgar pensaron que ellos también querían sacar provecho de aquellos militares gringos que derrochaban el dinero en mujeres y rumbas. En una ocasión en la que Valeria y Teddy fueron a comprar pollo asado, o pollo a "lo lento", como lo llamaba él, el dueño del local les pasó una cuenta por treinta mil pesos cuando en la lista de precios marcaba quince mil.

—¿Qué de malo hago? Estoy aquí trabajando. No quiero nada especial, solo que me traten como a uno más, como a alguien cualquiera. Realizo mi labor y no quiero ofender a nadie —protestó Teddy al salir del local, totalmente indignado.

Poco a poco, Valeria y Teddy se fueron casi acuartelando en la cabaña. No les quedaban ganas de salir y frecuentar unos sitios en los que la mitad de los habitantes los miraba como a degenerados y la otra trataba de aprovecharse de ellos. La ciudad se había convertido en un lugar hostil. Teddy era consciente de que los viernes, después de una semana de trabajo y sumándole el viaje hasta Melgar, Valeria llegaba agotada. No la molestaba insistiendo con practicar el sexo, no quería provocar una negativa de su parte. Pero en la madrugada de los sábados la despertaba descendiendo con su lengua por todo el cuerpo, haciéndole un gesto para que se quedara quieta, para que no respondiera con caricias ni tratara de pedirle que se la metiera. Y no era porque tuviera problemas con la erección, porque aquel miembro de Teddy parecía dispararse como por un resorte en el momento en que el cuerpo desnudo de Valeria lo rozaba.

—Disfruta. Esto es un regalo para ti, para que te relajes. Yo sé que trabajas mucho —le decía.

Le llegaba una sensación húmeda en el sur, entre dormida y despierta la hacía desbordar de éxtasis y cuando notaba que llegaba a su punto máximo, se detenía, subía, la abrazaba y dormían. Las primeras veces ella lo disfrutaba más que después, cuando la monotonía se impuso. No entendía porque no la penetraba, y al intentar hacer lo mismo que el, sexo oral, la apartaba. Jamás le había sucedido que uno de los hombres con los que se había acostado rechazara que lE besara y lamiera su pene.

Valeria lo intentaba todo para seducirlo. Y en parte lo lograba, pero siempre con la misma respuesta: el mismo sexo oral, con énfasis en saborear de aquel modo tan especial el clítoris, que descubría de entre los labios de la vagina con una delicadeza y habilidad especiales.

En las mañanas, ella era quien se encargaba de tomar la iniciativa. Ya sabía que él partiría muy temprano a trotar. Entonces, ponía el despertador del celular a las tres y media para hacer un poco de ejercicios a su manera. Bajaba dándole besos en su abdomen marcado y bronceado, pero cuando llegaba al punto anhelado, la tomaba con firmeza, la volteaba y otra vez la consolaba con besos. De igual manera ella lo disfrutaba, de cualquier forma siempre llegaba al orgasmo, pero al tiempo sentía una frustración como mujer que deseaba ser poseída y capaz de hacerle sentir a un hombre la felicidad del sexo que ella entendía que se ajustaba a unas ciertas reglas de normalidad. Incluso en alguna ocasión le ofreció hacerlo por detrás, algo que no le agradaba, pero tampoco logró la penetración por ahí.

Un punto excelente era que con tanto tiempo compartiendo juntos y encerrados, pensar en disgustarse era fatigante. Bromeaban y actuaban sobre supuestos conflictos o discusiones por alguna tontería. Jugaban a tener su primera pelea, pero nunca se dio. Lo que deseaba Valeria era el fuego de una reconciliación y la posibilidad de hacer otras poses o caricias, de llegar a algo más.

Pero incluso con esa pequeña piedra en el zapato, ella se sentía dichosa por tener un hombre atractivo, servicial y diferente. Cuando se imaginaba su partida no le importaba que en ese entonces fuera a sufrir, y se dedicaba a vivir intensamente esos momentos que le brindaba su compañía. El único problema era que ella iba borrando cualquier sentido común o de prevención, y ya estaba más enamorada que la Julieta de Shakespeare. Faltaba poco para que renunciara a su razón. Cualquier rasgo de cautela se había esfumado y se estaba internando en terrenos más arriesgados. Solo había algo que no concordaba con lo que conocía de él. Siempre que le decía que lo amaba, él le recordaba que era un hombre malo, pero no como los soldados que se alojaban en la cabaña de al lado o aquel siniestro Charlie, o la Sombra. No se lo explicaba muy bien, pero le aseguraba que en su vida había hecho cosas que no lo enorgullecían y que era muy probable que las fuera a volver a realizar, porque simplemente era su trabajo y lo hacía muy bien.

21

"Mi mamá vendió a mi hermanita"

Un fin de semana, Brad estaba muy agitado y salió en busca de Rosa, quien al parecer se encontraba en problemas. Le comentó algo a Teddy que cambió su rostro de inmediato. Valeria preguntó qué sucedía, pero su amigo le dijo que hasta no confirmar los datos no le podía decir nada. Se encerró en la habitación y tuvo una discusión telefónica con alguien. Valeria, husmeando, se quedó parada junto a la puerta, pero no alcanzó a entender casi nada porque él hablaba muy rápido y con un vocabulario que ella no utilizaba.

Al rato, llegaron Rosa y Brad. A ella casi ni se le veían los ojos de tanto llorar. La pareja se alejó y hablaron exaltados; Valeria no quería ser imprudente y permaneció callada. Al rato, Rosa se le acercó y le comenzó a contar.

—Ay, Valeria, no sé qué hacer. Odio a mi mamá —balbuceó en medio de un sollozo mientras se abrazaban.

Valeria pensó que la mamá de Rosa se había dado cuenta de la relación con Brad y la había puesto en alguna situación penosa. Trató de tranquilizarla.

—No te preocupes, por lo que veo, Brad te apoya y eso es lo importante. Tal vez es mejor que tu mamá se haya enterado de su relación...

—Nada de eso me importa... ¡Ella vendió a mi hermanita Milena, la de quince años! —la interrumpió, mostrando una gran rabia.

Valeria se quedó sin palabras, totalmente desarmada. Poseía un cierto don para consolar una pena de amor, pero esto era un balde de agua helada sobre su cabeza, que la dejaba sin capacidad alguna de reaccionar.

—No te entiendo, Rosa: ¿la vendió? Cómo así...

—¿Se acuerda del cucho ese que ella me quería meter por los ojos? Pues vio a Milena y se provocó de ella. Y con las ganas de plata de la corrompida esa que tengo como mamá, no vio problema en arreglarlo todo.

Valeria optó por dejar que Rosa hablara, que se desahogase y dejara salir toda su furia.

—Yo no sabía lo que pasaba. Pensé que todas las cosas las compraba con la plata que yo entregaba... De razón extrañaba de seguido a Milena, una niña muy hogareña, y cuando la preguntaba me decían que había conseguido un empleo ayudándole a una señora a vender maricaditas en el pueblo... y por eso la plata de sobra.

—Pero ¿ella está bien? ¿Cómo te enteraste de eso?

—Valeria, ella lleva dos días sin volver a la casa. Según Brad, el viejo ese mañoso ya terminó su misión aquí. No sabemos nada de ella, y es que me da una rabia... Mi mamá ni se inmuta, ¡le importa un chorizo!

Milena era casi idéntica a Rosa, morena, de ojos negros y mirada encantadora, con la misma y pequeña cintura, pero más alta y desarrollada en sus curvas. Rosa había velado para que no le faltara nada, al igual que para la hermana menor, y siguieran sus estudios sin apuros. Era muy juiciosa y siempre defendía a su hermana mayor de las agresiones de su mamá, y por eso también se ganaba problemas con ella, que aprovechó todas las circunstancias y se la presentó al gringo viejo como una muchacha mayor de edad. Al principio, aquel hombre le daba el dinero directamente a la mamá, que luego lo comenzó a recibir a través de Milena, que actuaba como una simple intermediaria en aquella operación mercantil. Esa situación ya se veía produciendo desde hacía tres meses.

Teddy y Brad investigaron rápidamente qué había pasado con Milena. Localizaron al señor que la contrataba, quien dijo no saber nada de ella. Valeria, aparte de su angustia por lo que estaba ocurriendo, también se mantenía desesperada por enterarse más de lo que realmente sucedía, pero había demasiados gringos y no podía identificar al hombre. Además, Teddy era muy cerrado con sus amistades.

A los pocos días de desaparecer, Milena llamó a Rosa y le contó todo. Ella iba ahorrando plata de lo que recibía y cada vez solicitaba más para que le sobrara. En la despedida, el señor quería algo especial en el servicio, y ella le exigió tres millones de pesos que accedió a pagar. Con esos pesos se fue a vivir a Medellín, adonde una tía que le hizo el cuarto, ya que no estaba de acuerdo con la forma en que Consuelo procedía con su hija.

22

Toque de queda

Con el boom del mal proceder de los forasteros, también comenzó el bombardeo de campañas educativas para frenar los comportamientos escandalosos y vergonzantes, al menos por parte de los lugareños. Pero ni el pegajoso reguetón con letra en pro de la dignidad de la mujer ni el toque de queda para los menores que la Alcaldía impuso para prohibirles estar después de las once de la noche por la calle, así estuvieran acompañados por sus familiares, funcionó. La prueba: Milena y algunos otros casos que no fueron públicos por estar aún caliente el asunto de los bochornosos videos.

De igual manera, los informes de los medios de comunicación no se hicieron esperar. Algunas columnas de opinión de periódicos y revistas de otros países dijeron que el gobierno colombiano vendía la seguridad a los gringos con protección diplomática, y reforzaban teorías patológicas sobre esos soldados, que, según los medios, experimentaban complacencia con el voyerismo, el sadismo y una especie de perversión colonialista, o que padecían de una rara sensación colectiva reinante en Estados Unidos de ser los buenos, los superhombres, frente a los maléficos árabes y latinos. También recalcaban la idea de que tenían el deseo de subyugar a los pueblos cuando sentían que el país en el que colaboran era inferior, mereciendo entonces para ellos toda clase de tratamientos inhumanos. Que la complacencia que gozaban los soldados al ser fotografiados, torturando y ejerciendo la sevicia sexual, expresaba un modo de esparcimiento que giraba en torno a la brutalidad y a los más simbólicos vicios del poder imperialista.

La mayoría de documentales o informes eran políticos y económicos, pero los que más se acercaban a la raíz del problema eran los pocos ensayos sociales y humanistas que ilustraban lo complejo de

la situación, atribuyéndola a la existencia de una problemática social y de conflictos familiares, de valores, de necesidades básicas, y,
por supuesto, de ambiciones y del poder que genera y corrompe el
dinero.

23

La base militar de Tolemaida

En la base de Tolemaida, el fuerte militar más grande de Latinoamérica, funcionaban el Centro Nacional de Entrenamiento (CENAE), la Escuela de Lanceros (ESLAN), de Paracaidismo Militar (ESPAM), de Fuerzas Especiales (ESFES), de Soldados Profesionales (ESPRO), de Entrenamiento y Reentrenamiento Táctico del Ejército (ESERT), la Fuerza de Despliegue Rápido (FUDRA) y un hospital canino. Y también el Batallón de Apoyo de Servicios para el Entrenamiento (BASEN), este último enteramente a cargo de los estadounidenses y cuya imagen se vio afectada por ser también el lugar de la violación de una menor que fue introducida en secreto por un militar gringo, un caso que levantó muchas ampollas.

Valeria y Rosa también habían entrado a aquella base, agachadas en la camioneta y tapadas por una manta de camuflaje. Lo hicieron casi sin respirar, para que no las descubrieran en los fuertes chequeos que hacían en la entrada los soldados colombianos. No estaba permitido introducir extraños, y menos mujeres. Si ellas no hubieran colaborado, los habrían sancionado por aquella trasgresión a las normas.

Valeria le había comentado a Teddy que sentía mucha curiosidad por conocer la base. El imponente monumento blanco situado en la entrada la dejaba siempre pensando cuando pasaba por la carretera, tiempo atrás, mucho antes de que salieran juntos. Estaba convencida de que sería muy interesante ver lo que había dentro y su funcionamiento. Pero nunca creyó que podría entrar, a no ser que tuviera un novio militar que la invitara en las jornadas de visita —y eso estaba lejos de pasarse por su mente en esa época—, o que hiciera el curso de corresponsal de guerra, cosa que se enteró de que existía mucho tiempo después.

Valeria solo le dijo una vez a Teddy que no le parecía bien ir en contra de las reglas. Pero no insistió, porque deseaba hacerlo, le parecía emocionante. Rosa si conocía la base porque alguna vez pasó sus datos para trabajar allí.

Comenzaron a entrar y Valeria se sorprendía que pasaba el tiempo y la camioneta continuaba su marcha. Entonces se dio cuenta de que aquella base era más grande de lo que había pensado. Cuando vieron los primeros edificios, se le asemejó mucho a cuando se va por carretera y se encuentra una población.

Las construcciones le resultaron a Valeria grandes y bonitas. Eran de corte marcial, sencillas pero muy bien mantenidas, adornadas con esculturas que enaltecían el orgullo patrio y la labor de héroe de algún expresidente. Unas de aquellas construcciones eran oficinas, algunas grandes salones y otras los lugares de vivienda de los militares. También había un par de estaciones de gasolina, cajeros, tiendas y cafeterías. Y todo enmarcado en un frondoso verde de vegetación, que parecía proteger aquel espacio del exterior.

Valeria vio una gran cantidad de carros camuflados y particulares entrando y saliendo, así como varios retenes menores con procedimientos de seguridad no tan exigentes como el de la entrada, pero no menos serios. Aunque Teddy tenía la graduación de mayor y se había hecho acreedor de muchas condecoraciones, se refería como a superiores cuando un cabo colombiano le pedía su identificación o cualquier otra cosa.

Los jóvenes barriendo cuidadosamente los caminos, podando el césped, limpiando ventanas, caminando de un lado a otro, conferían a aquel lugar un ambiente como el de una colonia de hormigas: todos estaban ocupados en algo, nadie holgazaneaba. Valeria nunca había visto tantos hombres juntos y tan organizados, lo que achacó al tópico de la disciplina militar.

Teddy y Brad les iban contando dónde funcionaba cada escuela, dónde vivían antes de pasar a la cabaña. El hospital, en particular, le encantó a Valeria: grande, blanco con una cruz roja en la mitad, pulcro. El recorrido fue interesante pero muy rápido. Todos habían convenido en mantener un grado de prudencia y era mejor prevenir cualquier problema que se podía producir de prolongar demasiado la visita.

Rosa comentó que las mujeres se peleaban por obtener los pocos trabajos que se ofrecían allá. Teddy y Brad se bajaron a comprarles algo de tomar, y aprovecharon para que vieran las mascotas de la base. Desde el carro se podían reconocer aquellos animales, todos alrededor de un espléndido árbol muy bien cuidado. Eran unas serpientes, que un día, nadie sabía cómo, llegaron para quedarse definitivamente, como si aquellas instalaciones fueran la última parada, el fin de un largo trayecto que el destino les había marcado. Varios las consentían, pero un militar en especial las alimentaba y cuidaba.

Cuando se dirigían a la camioneta con cuatro botellas de agua y cuatro paquetes de snacks, un militar colombiano les dijo con cierto tono irónico que si era que tenían a alguien en la camioneta o si estaban muy sedientos y hambrientos. Teddy, que sabía más español, le respondió que era para un cabo de la entrada. El colombiano hizo el amague de mirar el vehículo, pero para entonces Rosa y Valeria ya estaban debajo de la manta. Después sonrió y les dedicó a los gringos una mirada cargada de complicidad.

Al salir, y para evitar problemas si lo comprobaban, le dieron al cabo una botella de agua y una bolsa de papas. Ellos contaron que dentro de la organización los trataban con respeto, pero que no faltaba la congregación de antigringos. Lo podían notar y no se confiaban del respaldo que deberían tener por parte de los militares colombianos, aunque eran conscientes de que, en algunos casos, los reproches tenían una justa razón por los comportamientos de varios de sus compañeros.

24

Mi bebé, un recuerdo para toda la vida

Después de lo de Milena, Rosa ya no era la niña sumisa ante su mamá, y no estaba dispuesta a seguir tolerando su ambición. Ese suceso le había dado valentía para enfrentarla. Le contó que salía con Brad y le advirtió que en esa relación no permitiría que se entrometiera. Y desde entonces todo fue color de rosa, porque ya no tenían que ocultar nada. Rosa estaba segura de que podría coronar su ilusión, de que ya no había obstáculos para lograr sus metas.

Hasta que Brad le dijo que se iría en una semana y no sabía cuándo iba a regresar. Entonces se quedó deshecha, como si ella y todas sus ilusiones hubieran sido aplastadas por el paso de una tractomula. Sus sueños se evaporaron en un abrir y cerrar de ojos. No quedaba nada. Casi un año de relación, de alimentar una fantasía, y todo se iba a la caneca. Además, la mamá, que se enteró de la partida, comenzó a machacarle sobre la posibilidad de haberle sacado más plata de no ser por sus ínfulas romanticonas y decentes. Ahora todo se tornó a una pesadilla, la pesadilla americana, peor, sin duda, que su vida antes de conocer a Brad.

Valeria quería llorar solo de verla llorar. Rosa estaba totalmente hundida. Esa relación la tomó de la mano y la elevó al cielo. Y, de un momento a otro, la soltaron. Iba camino de estrellarse, pero todavía no había llegado al suelo. A los quince días de la partida de Brad, ella tenía una noticia inesperada: estaba embarazada. Él no le respondía los correos electrónicos, no la llamó como había prometido. Los días pasaban y Rosa temía que Brad nunca respondiera, que la mamá se diese cuenta por los cambios físicos y que la presión psicológica y desesperante fuera más fuerte, quizás hasta hacerse insoportable.

Rosa siguió escribiéndole a Brad sin perder la esperanza. Le contó que iba ser padre cuando ella estuvo ciento por ciento segura. El silencio continuó durante dos semanas más.

Al fin, Brad respondió. Así hubiera sido por curiosidad, alivió la desesperanza y el desconsuelo de Rosa. No dijo gran cosa, solo que estaba muy ocupado y cuando tuviese un tiempo libre se comunicaría. Ella volvió al trabajo de las quintas. Aunque tenía ahorros, no se podía fiar ya de nada ni de nadie.

Cuando la mamá de Rosa se dio cuenta del embarazo, le propinó una paliza y la echó de la casa. No le servía que el dinero que su hija ganaba se lo fuera a gastar en médicos y más adelante en el niño. Así que ella también partió para Medellín, adonde su hermana y su tía.

Brad, en una siguiente comunicación, le dijo que regresar le resultaba imposible, que lo máximo que podía hacer era que Rosa le enviara todos los exámenes y pruebas para estar seguro de que ella sí estaba embarazada y de que las fechas coincidían con su estancia en Colombia.

Así lo hizo Rosa, y, aún incrédulo, le respondió que abriera una cuenta donde mensualmente la consignaría un dinero y le prometió que siempre sería muy puntual. Aunque accedió a dar esta ayuda, se comportó muy distante y no estaba muy convencido de su paternidad. Rosa le enviaba ecografías, fotos de ella con la barriga creciendo; nunca dejó de escribirle y de informarle todo, aunque él no respondía sino con palabras de puro y frío compromiso.

El bebé nació, y el refrán popular que dice que el hijo negado se parece más que el deseado, se aplicaba totalmente a ese caso. El niño era un Brad en miniatura. No le sacó ningún parecido a Rosa. El día que él vio las fotos de su hijo en el correo, llamó a Rosa y le dijo que en unos días estaría en Colombia.

Brad vino a conocer al niño. Y desde que lo vio no se separó de la criatura. Se le veía contento y orgulloso. Hicieron todos los papeles requeridos para que Rosa y el bebé se fueran lo antes posible a vivir con él a Estados Unidos. Estaba que no cabía de la dicha, no podía evitar el dibujo de una sonrisa de felicidad en su rostro.

25

Afganistán

La historia de Valeria no tenía bebé, pero sí un gran misterio. Teddy debía partir al mismo tiempo que Brad y Thomas. Iba a disfrutar un mes de vacaciones a partir del día de su llegada a Estados Unidos, pero se quedó por su cuenta una semana más en Bogotá.

Valeria se dio cuenta de que desde el principio ellos sabían cuándo retornarían a su país, y también que Teddy no se quería ir, así que no le dio importancia a lo primero. Tal vez tampoco podían comentar sus fechas. Él le venía diciendo que no pretendía seguir trabajando, que en un poco más de dos años tenía previsto acceder a la media pensión y que juntos podrían ingeniarse algún negocio o actividad en Colombia para mantenerse de manera holgada. Más tarde, vería la posibilidad de traer a sus hijos por temporadas. Ese punto, el de convertirse de golpe en madrastra, no la emocionaba demasiado.

En los últimos días antes de su partida, fueron a ver casas de varios condominios. Preguntaron precios, condiciones y otros detalles de las posibles operaciones de compra. Aprovecharía ese año que le quedaba para hacer más dinero, así que buscó la oportunidad de ir a Afganistán por ocho meses. Luego volvería y se encontrarían en Cartagena de Indias para ver más opciones de inmuebles en aquella zona, ya que la idea de instalarse allá era algo que le atraía desde hacía un tiempo.

La última noche en Melgar hicieron un recorrido silencioso en la camioneta por la ciudad y sus alrededores. Mantuvieron sus manos juntas, fijando memorias del tiempo compartido. Después fueron a cenar, y luego caminaron un buen rato, parando en sus lugares favoritos a tomar algo.

En su trasegar, se encontraron con Lobo, uno de sus buenos amigos. El apodo se debía al color de sus ojos, iguales a los de los caninos de raza lobos siberianos. Estaba ebrio y llorando en un bar que atendía su novia, porque viajaba de regreso a su país al día siguiente y no se quería ir. A Valeria le conmovió el sentimiento que le producía a aquel hombre dejar Colombia.

Lo acompañaron a tomar una cerveza. Teddy pidió a la novia de su amigo el vallenato Los caminos de la vida. Quién sabe dónde lo había escuchado por primera vez, pero siempre le encantó. Valeria le escribió en una libreta la letra de la canción porque estaba empeñado en aprenderla. Él se estaba contagiando de la tristeza de Lobo, y por eso ella prefirió decirle que continuaran con el plan, porque no deseaba que se deprimiera. De hacerlo, también caería en ese abismo y no disfrutarían de sus últimas horas en Melgar.

El recorrido de la cabaña a la portería del lugar parecía discurrir en medio de un cementerio. Los pequeños caminos que comunicaban las casas entre sí y la piscina eran testigos de las jóvenes dolientes, que más resultaban viudas que otra cosa, con los ojos rojos, sin expresión en la mirada, llorando, abrazándose entre sí. A Valeria le dio pena y se sintió rara al ver que varias mujeres, algunas muy jóvenes, estaban de duelo por la partida del gran grupo de marines, todas con cara de acontecimiento, algunas sobreactuadas, atacadas en llanto, aunque había otras a las que no parecía afectarles, como si se hubieran dicho que pronto llegaría un nuevo material humano que iba a reemplazar a los que se marchaban. Por las calles, en las cafeterías, en las fruterías, se veía a los gringos en su última cita, despidiéndose amorosamente de las mujeres que los habían acompañado. Era una imagen extraña, que convertía a Melgar en una especie de puerto en el que los marineros se despedían de sus mujeres antes de embarcar, quien sabe si para no regresar a la tierra del nunca jamás.

Algunas recibían recuerdos de los gringos, como peluches, cadenitas, cartas, fotos. A muchos de esos norteamericanos no les afectaba la marcha, dejar allá a esas mujeres con las que habían compartido un sexo complaciente y bastantes noches de rumba, alcohol y una alegría artificial; en sus nuevos destinos, en otros lugares, esperaban tentadores racimos de jovencitas ávidas de hacer realidad su sueño americano; otros gringos, los menos, se aseguraban de que ellas tuvieran bien escrito el correo y números para comunicarse, para intentar continuar desde la distancia unos sentimientos que habían traspasado la simple diversión.

En el bus se le escaparon unas cuantas lágrimas a Valeria. Esa semana siguiente, se trasladó al hotel de Teddy en Bogotá para acompañarlo a hacer compras y compartir cada segundo que pudiera con él. Su madre no estuvo de acuerdo, pero no intervino, ya que también pensaba que eran los últimos días del mal paso que su hija había dado, y que esa despedida podría ser definitiva.

El primer día fueron a una especie de sastrería de prendas militares cerca de la Embajada de Estados Unidos. Teddy se comportaba como un niño en una dulcería, le brillaban los ojos de un modo especial. Se mandó hacer cachuchas con carga granadas, chalecos para guardar munición de fusil, morrales con compartimentos secretos, canguros para los tobillos, pantalones con bolsillos falsos y otros tipos de prendas. Argumentó que eran elementos para llevar a Afganistán, que en Estados Unidos no tendría tiempo para comprarlos, y que además en Bogotá los conseguía más baratos y de excelente calidad. También compraron chaquetas de cuero porque le gustaba el trabajo de marroquinería que se ofrecía en Colombia y, por supuesto, el precio. Igualmente miraron artesanías, pensando en montar un negocio de exportación para cuando volviera, y aprovechó para comprar los regalos a sus padres e hijos: a los primeros les llevó unos sombreros vueltiaos y a los niños unos yoyos, cocas y triquitraques. Luego adquirieron aguardiente para los amigos. Valeria, al tiempo, también iba llenando una maleta de regalos que él le iba haciendo con sus compras. La jornada se pasó volando. Afortunadamente, a ella le habían permitido unos días adelantados de las vacaciones, y disponía de un tiempo que le resultaba precioso y que disfrutaba segundo a segundo, aunque con la pena de que cada momento que pasaba ya no volvería a vivirlo, de que aquella dicha tenía fecha de caducidad.

Teddy le mandó hacer un conjunto de top y tanga en camuflado, que se lo entregaron dos días antes de su viaje. Era un apasionado de su trabajo y quería fijarla en su mente como una chica de acero. Se vistió a la medida de su imaginación, y de despedida Valeria le hizo un striptease que tituló "Guerrera amazónica". No lo defraudó. Le habría gustado tener aquellas prendas en esas pocas oportunidades cuando él llegaba y, sin juegos de seducción ni preámbulos, la tomaba sin quitarle casi la ropa y lo sentía como descargándose de algo, sexo salvaje y primitivo acompañado de una mirada inusual en él, más llena de fuerza o de rabia que de otra cosa y que lo convertía en una persona diferente.

Llegó el día, y el adiós fue doloroso. Pero todo se suavizó con la promesa de que él regresaría muy pronto. Valeria sintió un gran vacío luego de un largo y fuerte abrazo, antes de que entrara por la puerta de migración del aeropuerto. Luego lo vio alejarse. Su silueta de atleta se perdió entre la otra gente. Ahora necesitaba de una ardua paciencia para no entrar en la desesperación, en el pánico de que nunca más volvería a verlo, de que lo podría estar perdiendo para siempre.

En las tres semanas que le quedaban de vacaciones, Teddy iría de pesca con sus hijos, la actividad favorita cuando estaban juntos. También visitaría a sus padres y arreglaría algunos documentos con su exesposa. En ese tiempo presentó a Valeria con sus hijos por teléfono. Llamaba casi a diario, y cuando no podía la enviaba fotos y le contaba con todo detalle lo que hacía durante el día por correo electrónico. Igualmente habló con su padre, aunque muy poco, porque tenía otro acento y ella no le entendía muy bien. Solo pareció comprender que estaba agradecido por cuidar a su hijo el tiempo que estuvo en Colombia. Aunque Teddy le había explicado que la realidad no era únicamente como se veía en las noticias, el padre pensaba que en ningún rincón colombiano se podía vivir en paz.

Teddy tendría después tres meses de entrenamiento en los desiertos de su país, y enseguida partiría para Afganistán. Advirtió que cuando viajara, las cosas iban a cambiar. La misión que iba a desarrollar era de gran importancia y de carácter secreto. Le pidió y hasta le hizo prometer que no olvidara su palabra y sus deseos de volver a Colombia para vivir a su lado.

A veces, a Valeria la atacaba la incredulidad, y entonces todas sus ilusiones se desvanecían. Si él lo deseaba, no volvería a usar el correo del que le escribía o no llamaría, simplemente se esfumaría. Los viernes ya no tenía que ir a ningún lado, el bronceado iba desapareciendo de su piel, así como la sensación de calidez cuando estaba junto a él y que había parecido conservar como el aroma de un perfume. No estaba triste, siempre se animaba repitiéndose a sí misma que todo era cuestión de esperar, cuestión de esperar...

El primer mes en ese país de Asia, lejano y árido como sus montañas, Teddy solo pudo llamar a Valeria una vez por semana. Casi no escribía y era imposible chatear. En la última llamada le dijo que marcharía para la zona de cuevas y montañas en el desierto, y que no podía llamar porque no había cómo hacerlo. Pero le prometió que buscaría la forma de comunicarse con ella.

A las dos semanas, Valeria recibió un correo de Allan, que se presentaba como un amigo de Teddy, en el que le mandaba la razón de que estaba bien y de que no se preocupara pese al obligado silencio, que la pensaba día y noche y soñaba con el momento en que pudiera volver a verla.

Ella no se apartaba del televisor, pendiente de las noticias de CNN y BBC para ver lo acontecido en esa explosiva zona. Cada vez que veía reportajes sobre los bombardeos o atentados, no dejaba de alterarse y se minaban su moral y su esperanza. Ya no le importaba si volvía, solo rogaba que no le pasara nada malo, que Dios le mantuviera sano y salvo en aquella misión llena de peligros. Era un sufrimiento silencioso, una herida que dolía a cuentagotas. No tenía a quién preguntarle por él y eso la perturbaba más. Algunas noches, parecía a punto de enloquecer. Dormía poco y mal, y casi no tenía apetito para probar bocado. Se veía fatal en el espejo, a duras penas se reconocía.

Los correos de Allan fueron tomando distancia. Algo que le causó escalofríos fue leer un correo en el que le mandaba decir que la recordaba por las noches cuando oía a los animales salvajes, cerraba los ojos y se imaginaba de nuevo con ella aullando en el hotel. Eso le produjo una sonrisa, pero también una melancolía enorme, porque aunque deseaba sacar toda esa carga como ella le enseñó, no podía porque debían ser invisibles en esa zona. Guardaría sus aullidos para cuando volvieran a estar juntos. Y desde entonces, desde aquel correo del aullido, Valeria dejó de tener noticias suyas.

Pensó que a su regreso a Estados Unidos, Teddy se comunicaría de nuevo con ella. Pero pasaron casi dos meses más después de la supuesta terminación de la misión, y nada. Tal vez habría sido más fácil si no hubiera hablado del futuro.

Ya estando de nuevo a tiempo completo en Bogotá, Valeria se volvió a unir con sus dos adoradas amigas, con Mariana y Fernanda. Las extrañaba y necesitaba de su compañía para soportar la incertidumbre, para no pensar en un abandono que la reconcomía. Además, debían consolarse entre todas, en especial Fernanda, que no tuvo ni medio día para despedirse de Tito cuando la llamó para que lo acompañara al aeropuerto.

26

Dos novias para Tito

Fernanda se había encaprichado locamente con Tito. No era algo espiritual o romántico. Basada en cómo la describía corporalmente, la adicción de Fernanda por el gringo resultaba fundamentalmente física.

Ella nunca le comentó a su familia que andaba con Tito. Sus padres la habrían devuelto para Boyacá. Mariana y Valeria tuvieron que consolarla y acompañarla en la pena, porque a él le tocó viajar a su país de un día para otro, sin previo aviso de sus jefes. La llamó a medio día a decirle que retornaría a Estados Unidos en el vuelo de las seis de la tarde.

Sin embargo, unos días después, al pasar cerca del apartamento donde vivía Tito, les pareció verlo en un taxi. A todas ellas se les hizo muy loca la idea y pensaron que habría sido cuestión de su imaginación por hablar tanto del tema. Era viernes en la noche, no tenían mayor cosa que hacer, y solo habían pensado en tomarse un trago en Contrapuerta para retomar la costumbre de pasar el rato. Por eso, sin estar muy seguras de lo que creían haber visto, y solamente por hacer algo diferente, siguieron al taxi.

Y la sorpresa fue mayúscula cuando Tito bajó del vehículo.

¿Cómo era posible? La misma Fernanda lo había acompañado hasta al aeropuerto: se despidieron, lloraron, y hasta se dijeron palabras bonitas. No lo podían creer.

—¡Quiero patearlo! Me acompañas o me esperas acá —terminó por romper su mutismo Fernanda, totalmente enrabietada y con una furia que parecía incontenible.

Nunca se había visto tan enfurecida a Fernanda. Incluso la mirada se le transformó, se convirtió en una mujer llena de ira, fuera de sí y capaz de hacer cualquier barbaridad.

—Un momentico, tú no vas a hacer el ridículo. Tranquilízate y esperémoslo un rato. Seguro que vuelve a salir en poco tiempo. Hoy es viernes, y no creo que se quede encerrado. Miremos a ver qué pasa... y hasta yo te ayudo a patearlo —le dijo Valeria, recibiendo un gesto de aprobación de Mariana, que de ese modo se unía al ofrecimiento.

Enseguida llegó otro taxi, del que descendió una joven bonita, alta, de pelo corto con estilo de modelo, muy arreglada. El carro aguardó y unos minutos después salieron de la puerta del edificio la mujer y Tito.

A Fernanda le temblaban hasta las orejas. Le marcó al número celular que ella tenía, pero sonaba apagado. Los siguieron hasta que se bajaron y entraron luego a uno de los pubs que frecuentaban cuando salían juntos. Sin duda, Tito sabía que a Fernanda, estando sola, no se le ocurriría ir a aquel local, pues sin él no tendría razón para hacerlo. Entonces, se convertía en el lugar más seguro para no encontrarse con ella.

Fue un momento de conmoción. No sabían si pasar adentro del pub y enfrentarlo, o dejar las cosas así. Seguramente la joven no tenía la culpa de nada y él la habría enrollado con su pose de Johnny Bravo. Al final, entraron, para no perder la costumbre de ingresar a los bares a espiar situaciones desalentadoras, como aquella de Mariana y su exnovio Camilo.

No encontraron una mesa adecuada para verlos de cerca, mientras hacían tiempo para cavilar si lo abordaban. Esperaron en una esquina próxima al baño, porque una pared las cubría y les dejaba ver muy bien a la nueva pareja. De pronto, Fernanda, sin avisar, caminó hacia ellos. Valeria y Mariana se quedaron paralizadas y cuando quisieron reaccionar ya era demasiado tarde.

Tito estaba de espaldas cuando Fernanda se acercó y alcanzó a oír que le decía a la joven que llevaba pocos días en el país y que le agradecía ser tan amable con él, porque no sabía qué habría hecho solo un día más. Fernanda le puso la mano sobre un hombro y lo saludó, dándole un beso en la mejilla.

—Hola, ¿cómo te fue en el viaje? ¿Decidiste regresar o perdiste el vuelo?

—Hola... Fernanda, no... es una historia complicada y... verás... ¿Con quién estás?

Tito miró en dirección a Valeria y a Mariana, que disimularon como si fueran al baño. De lejos, lo saludaron y se dirigieron hacia ellos. La joven no decía nada, estaba confundida, hacía caras de estar en el lugar equivocado, porque no concordaba la soledad que había pregonado Tito con la presencia de aquellas mujeres.

—Solo quería saludarte, y agradecerte por los momentos divertidos que pasamos en este año. Me llamas si quieres que te acompañe al aeropuerto cuando te vayas de nuevo. Hasta luego, Tito. Y tú, nena, que la pases rico —dijo Fernanda, en un tono muy sereno.

Tito se quedó con una estúpida sonrisa delineada en su rostro. Ahora se le venía lo complicado, explicarle a su nueva conquista el extraño encuentro que acababa de suceder.

En lugar de sentirse tristes, al salir Fernanda, Valeria y Mariana entraron en un voraz ataque de risa. Tito, que siempre había tenido una pose de perfumado gladiador, se había quedado estático, parecía de porcelana, y de paso alertaron a la joven de que algo similar podría ocurrirle si confiaba en él.

Concluyeron que todo había sido una fachada para terminar con ella, porque Tito vio que se estaban involucrando demasiado, que era algo más que divertirse y que las cosas estaban yendo muy lejos para sus egoístas intereses de macho. Y, como era tan vanidoso, no podía darse el lujo de quedar mal ni siquiera en esa ocasión, por eso habría fabricado un tremendo montaje para su partida. Lo bueno de la pillada fue que a Fernanda se le acabó la tusa de inmediato. De igual manera, a ella siempre le molestó que fuera un simple soldado, así como los describía Erick. No tenía una carrera, estaba improvisando, y ni siquiera estaba seguro de continuar a largo plazo en la milicia.

27

Thomas, el acomodado

Mariana también había superado rápidamente la decepción que le produjo Camilo. Ella cambió de trabajo al poco tiempo de aquel incidente y no volvió a hablar con él, quien finalmente tampoco cuajó en su relación con Paula, a la que no pudo dar todos los caprichos que le exigía.

Ella siempre manejó el perfil de amistad con Thomas, siendo muy celosa de que las demás personas conocieran detalles de su intimidad. Pero su familia sabía que era un noviazgo en toda regla, y nadie, ni sus mejores amigas, se creía demasiado esa abstinencia carnal, que más parecía propia de alguien que hubiera contraído un voto de castidad que de dos personas jóvenes aún en plena efervescencia hormonal.

Mariana lo había presentado en la casa, y había sido aceptado por sus hermanos y por sus padres, en especial los primeros, con quienes compartía el gusto extremo por los deportes, la cerveza y los asados. Thomas fue de gran ayuda para Mariana. Gracias a él, Camilo salió de su vida y se convirtió en una historia del pasado que no dejó cicatrices que no se pudieran restañar en unos minutos, casi el tiempo que transcurrió entre la entrada de los gringos a Contrapuerta y su invitación a las tres amigas.

Thomas provenía de una familia acomodada. Desde pequeño había querido ser militar y, aunque le apasionaba la acción, se consideraba más experto planeando estrategias. Por el momento, deseaba conocer diferentes conflictos y culturas en varios países que le dieran versatilidad a su pasión. Junto a Tito, él parecía igual de básico y elemental que su compañero, pero cuando estaba solo era realmente un hombre muy centrado y serio.

Mariana sabía que precisamente por su interés en viajar y aprender más, no le iba a proponer nada a futuro. Lo tomó como una muy buena compañía de transición en sus relaciones. Esperaba que después de Thomas viniera alguien estable, fiel, sincero y detallista, como un Thomas pero a la colombiana.

El factor con el que no contó fue que Thomas continuó buscando oportunidades para volver a Colombia, no solo por el trabajo sino por estar con Mariana. Como ella decía, con nadadito de perro llegaron a consolidar una excelente relación, basándose para ello en una convivencia serena y sin sobresaltos. Después de varios viajes de ida y vuelta de ella a Estados Unidos, resolvieron seguir así.

Tras cinco meses de no saber nada de Teddy, Mariana comentó que Thomas estaba próximo a llegar a Colombia. Así que Valeria lo esperó con ansiedad para preguntarle sobre él. Pensaba que un hombre no aparece porque está con otra, así que leyó sobre las mujeres de ese país asiático, y aunque comentaban que la prostitución se estaba incrementando, las costumbres y la sólida organización social le hicieron descartar la posibilidad de que hubiera conocido a otra en ese puerto. Volver con la ex-esposa no era posible, casi la odiaba. Así que solo quedaba para Valeria la posibilidad de que algo malo les hubiera pasado a él y al amigo que le escribía en su nombre.

Llegó Thomas, e invitó a cenar a las tres amigas. Valeria no quería protocolos ni comida, lo único que le importaba después del saludo era tener información de Teddy. Tuvo mala suerte, porque Thomas fue una roca, tajante y concluyente, y afirmó que era mejor que no supiera qué le había ocurrido. Se negó a dar algún dato preciso, al menos una pista. Dijo que Valeria siempre le recordaba a su hermana y que si realmente lo fuera, a él no le gustaría que le dieran ese tipo de noticias. A ella le pareció una actitud injusta, y no dio pie para insistirle. Luego le manifestó que no sabía si entregarle una USB que Teddy le había enviado tiempo atrás, en el entrenamiento antes de la misión, sabiendo que él volvería a Colombia. Al final, cedió y se la dio. Valeria la recibió, casi sin poder sostenerla entre sus dedos debido a un nerviosismo que la superaba. Al cabo de unos segundos, se levantó, excusándose de continuar en la mesa.

28

Adiós al cuento de hadas

Ya en su casa, y con el corazón en un puño, Valeria miró el contenido de la USB, esperando alguna clave o indicio de algo. Contenía fotos de Teddy en el desierto, vestido con un camuflaje en tonalidades beige y café, diferente al que había utilizado en su misión en Colombia. Llevaba la barba larga, parecía otro. Transportó a Valeria a las escenas de las películas de guerra que alguna vez habían alquilado. Pero era diferente ver a actores simulando ser soldados. Le atormentaba pensar que esas fotos fueran tomadas antes de su posible muerte. Un bombardeo de trágicos pensamientos pasaron por su mente: un accidente de químicos, una granada que se activó sin querer, una emboscada, cayó prisionero en manos de los talibanes, una tormenta de arena, se perdió en una cueva llena de hambrientos y peligrosos animales… y mil posibilidades más, todas ellas catastróficas.

En otras fotografías aparecía en Colombia. Notó que en algunas no tenía el tatuaje del símbolo de dolor. Le pareció extraño y concluyó que él había viajado al país antes de conocerse. En una lo vio en medio de árboles, en plena selva jugando con micos; en otra, comandaba una lancha en un paisaje muy parecido al río Magdalena. Se dio cuenta entonces de que quizá nunca lo llegó a conocer.

No tenía a nadie más a quien preguntarle. Vivía angustiada, otras veces esperanzada, pero en general le embargaba la impotencia de no poder hacer nada. No era tan fácil adoptar la filosofía de que un clavo saca otro clavo, porque a su manera de ver nadie le daba ni en los talones a Teddy. Solo le aceptaba de vez en cuando invitaciones a Erick, quien volvió a comportarse como un buen amigo, aunque sin parar de decirle que se lo había advertido, con la intensidad de una mamá. "Yo ya le dije", le repetía cansonamente.

Valeria tuvo el impulso de ir a la Embajada y averiguar. Sabía que iba a ser inútil, que ellos la mirarían como a otra colombiana más que deseaba amarrar a uno de sus hombres, y no le darían ninguna información. Por eso, desechó aquella idea de inmediato.

Siguió pasando el tiempo, pero los nudos que se le habían formado en su cabeza y en su corazón no dejaban de apretar. Después de casi medio año más, resolvió que no había más remedio que asimilar un misterio sin resolver. La historia con Teddy había sido un maravilloso cuento de hadas, un sueño, algo fantasioso donde se insinúa un final feliz que no tiene continuación y simplemente se cierra con un FIN.

Parte III

29

"El osito Teddy"

A través de Internet, Valeria averiguó muchas cosas sobre la labor de los norteamericanos de la base en Colombia. Aquello era un modo de mantener con vida su relación con Teddy. Ya se le había pasado en gran parte el dolor, pero a veces quería saber más de ellos para no tropezar con la misma piedra, aunque, como se dijo, tal vez ahora su fetiche eran los gringos y no descartaba la idea de volver a intentarlo.

En aquellos días, fue muy nombrada la ayuda de Estados Unidos a Colombia en cuanto a personal calificado y profesional para el conflicto armado, pero de ahí a conocer qué era lo que ellos venían a hacer existía todo un abismo. Las empresas militares privadas o empresas contratistas eran compañías que ofrecían entrenamiento, logística, mano de obra y otros servicios para las fuerzas militares nacionales. Sus integrantes eran civiles autorizados para acompañar a las tropas o ejércitos en el teatro de operaciones. Si alguno de los que estaban vinculados a estas empresas se involucraba en las actividades militares de forma activa, se le consideraba un mercenario.

Pero aquel no era el caso de Teddy. Ella estaba segura de eso, aunque pensaba que en los buscadores nunca aparecerían sus misiones secretas, ni en confesiones de cama se les escaparía nada, y permitirían aún menos que se publicara algo que afectase de cualquier manera a la seguridad de su labor.

Con la información que le iba y venía en su mente, le entró la idea de que si iba a Melgar de pronto se encontraría con Teddy. Fue como un pálpito, un pensamiento inesperado e ilógico. Llegó a creer que con tanto misterio, tal vez no le había podido decir que se quedaría en secreto en Melgar. Y así no fuera cierta esa excusa, lo indiscutible era que deseaba aprovechar el puente que venía para broncearse y enfrentarse de una vez por todas al reciente pasado. No había vuelto desde el día en el que Rosa le pidió acompañarla a hacerse unos exámenes al enterarse de su embarazo. Desde entonces, siempre le hacia el feo a planes familiares o de amigos cuando de ir allá se trataba.

Bogotá estaba más fría que de costumbre, y Valeria ya estaba cansada de ir a Anapoima, la mal llamada "Villa arruguita" porque es un lugar de veraneo para pensionados. Nada podía compararse, en su opinión, con el ambiente de Melgar o Girardot. Después de mucho pensarlo y de llenarse de razones, decidió partir de nuevo a la "Ciudad mar de piscinas" a enfrentar el intenso pasado que había vivido en ese lugar.

Era fin de semana con lunes festivo, e invitó a Angélica a pasar unos días solo con el objetivo de descansar y broncearse. Angélica era una buena compañera de oficina y le pareció que su compañía le resultaría agradable.

Se hospedaron en un hotel sin demasiados lujos pero con un excelente servicio. Jairo, un amigo, las llevó y el domingo se encargaría de traerlas de vuelta a Bogotá. En el camino, no pudo evitar caer en la tentación y contarles a sus compañeros de viaje cosas sobre Teddy. Comenzó a dar datos y luego fue imposible callar. Supuso que era lo mejor para enfrentar algo que de pronto la heriría y así ellos la podían llegar a comprender. Ni Angélica ni Jairo eran conocedores de esa parte de su vida.

A Jairo lo conocieron en la oficina de la empresa en la que trabajaban, que estaba vinculada a la Presidencia de la República. Él había ido por una donación de regalos para los hijos de los soldados de Tolemaida, que se repartiría el día de los niños. Era piloto de helicóptero Black Hawk, y cuando requerían de un relacionista público lo enviaban por sus buenos resultados y condiciones. Como buen paisa, era muy entrador.

Cuando estaban próximos a llegar y oler el aroma de la inconfundible humedad y la vegetación de Melgar, Valeria experimentó una extraña sensación en el estómago que rememoraba la emoción de años atrás, cuando hizo su primera visita a Teddy. Esa sensación no fue completa, ya que faltaba el motivo principal que supliera la gris melancolía en la que estaba envuelta en los últimos tiempos.

La tierra caliente entraba por el olfato y la piel, y Valeria se estremeció al llegar al paraíso perdido de una época no tan lejana. Melgar no había cambiado mucho desde la última vez que había caminado por sus calles. Ahora, algunas estaban adoquinadas, los negocios de comida seguían modernizándose y percibió a la ciudad más organizada en general. Se veía a varias familias paseando en sandalias y comiendo raspao, salpicón o helado, tratando de atenuar el acaloramiento.

Cuando terminó el relato sobre su relación con Teddy, se acordó de que todavía tenía una foto suya en la billetera y la mostró. Fue cuando se quedó sin habla por la reacción y el comentario de Jairo.

—¿En serio este era tu novio? Es el Osito Teddy. Ja, ja. Justamente, sus compañeros contaban que se ganó el apodo por todo lo contrario desde su debut en el campo de batalla, recién comenzó. Nada tierno, el tipo era un duro, un héroe de guerra, vino aquí a enseñar lo aprendido en Vietnam, donde, irónicamente, uno de los factores de su derrota fue el combate en la selva por desconocimiento del terreno. Y este guevón sí que sabía… porque estuvo muchos años en Perú y Guatemala. Este tipo no parecía un oso sino un gato, siempre caía parado. Nos enseñó trucos con las armas, a mí también, porque yo escuché los comentarios sobre él y en mis tiempos libres me iba directo para donde estuviera para aprender cosas y verlo. No estaba permitido, pero como soy el consentido de mi comandante…

—¿Es el mismo? Porque Teddy me dijo que era médico —le interrumpió Valeria.

—Claro que sí, y si te hubiera dicho que sabía hacer tamales también le habrías creído. Porque aunque lograba husmear en ciertas cosas, en otras mantenía un aislamiento total, en especial cuando estaba con Ónix.

—¿Tú lo has visto recientemente o cuándo fue que lo conociste? —le preguntó de nuevo Valeria, que no podía ocultar su estupefacción.

—Eso fue como por la época de los videos… Sí, sí, por aquel tiempo. Luego pedí el traslado para Medellín porque tuve una situación medio maluca y quería alejarme de Melgar por un rato y ahora que volví, ya casi dos años después, no lo he visto. Hay mucha rotación de personal y todos son buenos, ellos no improvisan, son unos maestros. Pero él era mi héroe. Ja, ja, mentira, pero sí era casi el único que me ha caído bien. El resto son unos creídos o malparidos comecolombianas. Perdón, pero es cierto. Volviendo al tema… Claro que este año, desde que me conozco contigo me la paso más en Bogotá. Tú sabes, nena. Y no, tampoco lo he visto… ya me habría enterado, y créeme que te lo diría, ahora que sé lo que hubo entre ustedes

Jairo le pidió que le dejara ver la foto una vez más. Valeria le acercó la de la lancha que le envió en la USB, donde, en su opinión, se veía muy guapo y aún no tenía tatuajes. Jairo reconoció que aquella instantánea se había tomado en el río Apaporis, en plena zona roja.

Jairo estaba cursando estudios en Bogotá para escalar rango. Valeria no podía creer que este mundo fuera así de pequeño, y que su mismo Teddy fuera el ídolo de su amigo. "Mi Osito Teddy", recordó. Tal vez por eso le regaló en una ocasión un oso de peluche. Ahora pensaba sobre qué más símbolos o mensajes en clave le mandaba y ella, por estar mirándole las nalgas rompenueces, no los veía.

—Un momento… Pero ¿quién era Ónix, un perro o qué? — intervino Angélica.

—Sí y no… era un tipo que nadie supo quién era, qué hacía, cómo se llamaba, ni nada de nada. Solo los que eran entrenados o se reunían con él conocían algo de su vida, pero muy poco, según tengo entendido. Uno en eso no se mete. Son misiones separadas y es mejor ser prudente, pero un amigo que dijo haber oído una conversación comentaba que él era un experto en espionaje y tácticas persuasivas al enemigo; que les enseñaba cómo no dejar huellas, engañar al contrincante, hacer trampas; que les ejercitaba desde hacer unos estiramientos hasta control mental y gesticulación facial, pasando por desarme, neutralización, sometimiento… Mejor dicho: era una mezcla de Steven Segal con Karate Kid y un poco de Jackie Chan. Y se ganó el nombre de Ónix porque era un perro de los entrenados que tenemos en la base y con fama de ser traicionero y sigiloso. La actitud del animal se nos pareció tanto a la del negro, que por eso lo apodamos con su nombre.

Las sorpresas seguían, Valeria identificó que Ónix era la Sombra, aquel siniestro personaje que se había hospedado en la cabaña. Le dio risa cuando recordó las veces en que le ponía trampas para saber por dónde andaba en la cabaña, y ya comprendió por qué jamás había caído en alguna. Le rogó a Jairo que tratara de averiguar algo de Teddy, tal vez con su comandante o con otros gringos. Pero su amigo le dijo que iba a resultar muy difícil.

30

"Las Whiskerías"

Llegando a Melgar, Valeria se había acordado en voz alta de una broma que Fernanda le hizo en aquella época y con cara de sorprendida en ese mismo punto de la ruta, al observar tantas whiskerías. "A mí me habían hablado de aguardiente Tapa Roja; no sabía que en Melgar tomaran tanto whisky", le había dicho Fernanda a Valeria.

—Claro, es que aquí ellas siempre dan la bienvenida a los visitantes con un whisky —comentó Jairo, sonriendo.

Él dijo que esos establecimientos los frecuentaba un grupo amplio y variado de turistas, jóvenes primerizos en el sexo, soldados, gente local, conductores, pero no mencionó extranjeros. Valeria le preguntó si los gringos no entraban dentro de la clientela, y la respuesta fue que, por supuesto, ellos también utilizaban esos servicios, solo que a aquellas chicas las mandaban llevar a las quintas donde vivían. También que los norteamericanos viejitos eran los que daban más plata, y que algunos, en general los que tenían mayor rango, contrataban prepagos famosas y les pagaban millones por un día para luego contarles a los amigos de la base aquellas proezas.

Eso le recordó a Valeria una oportunidad en la que los invitaron a una quinta en el valle de los Lanceros, en los alrededores del pueblo donde vivían dos nuevos compañeros de Teddy. Cuando llegaron en compañía de Brad y Rosa, el ambiente estaba preparado para una gran rumba. Les ofrecieron comida, bebida y luego comenzaron a llegar más personas. Como a las diez de la noche, arribó un colombiano en una camioneta de vidrios oscuros llena de chicas. "Aquí traje a estas peladitas divinas, como las recetó el doctor; pero a esta no me la miren, que es mía", dijo aquel hombre, tomando por la cintura a una de las jóvenes.

Sin ningún tipo de preámbulos, las chicas se fueron directo al trago y, después de tomar sus bebidas, se quitaron las faldas y blusas, y quedaron en vestido de baño. Valeria y Rosa se sintieron un poco fuera de lugar, como si desentonaran ante aquel panorama de bellezas repletas de curvas. No habían llevado sus bikinis, nadie les había advertido. Pero Brad y Teddy las calmaron, explicándoles que ellos habían asistido por puro compromiso y que esperarían un rato para retirarse y así no pasar por descorteses ante la rumba que se les venía encima, que no les provocaba mucho.

Uno de los colombianos palmeaba las nalgas de las chicas cuando pasaban por su lado, y entonces algunos gringos comenzaron a imitarlo. Brad y Teddy se mantuvieron alejados de ese desorden, pero a ellas les quedaba la duda de cuál habría sido su comportamiento en el caso de no estar con ellas en aquella fiesta. Apenas las jóvenes se quedaron en topless y empezaron a empolvarse la nariz, ellos dijeron "Nos vamos". Pero ese recuerdo Valeria no lo comentó a Jairo ni a Angélica.

Más adelante, cuando pasaron frente a un sector de comidas, y con el tema de las whiskerías en los labios, Jairo continuó informando sobre las costumbres de los norteamericanos de la base.

—Sobre las siete u ocho de la noche, los gringos están ahí sentados tomando algo. Y las peladas, ya saben... Llegan en su motico o a pie a exhibirse y a ver qué consiguen.

—Qué consiguen ¿de qué? —preguntó Angélica.

—Pues trabajito, dinero... Claro que esos manes se volvieron muy tacaños, y algunos hasta les hacen conejo a las bobitas. Y cuando pagan, dan por ahí veinte dólares. No es como antes, cuando llegaron. Algunas aprovecharon; otras se lo gastaron, sin pensar que esa minita de oro se les iba a terminar. Ahora esos gringos ya saben cómo es la vuelta.

A Jairo se le podía notar un poco de rabia cuando hablaba sobre los norteamericanos diferentes a Teddy. No era una rabia ajena, se sentía más personal. Angélica y Valeria se miraron y supieron que estaban pensando lo mismo.

—Pero veinte dólares es muy poquito... O, pues no sé, depende de las necesidades de ellas —afirmó impresionada Angélica—. Porque si yo tuviera que cobrarle a alguien, el precio sería más elevado —dijo en medio de una carcajada.

—Por lo visto las cosas no han cambiado —susurró Valeria, recordando a las jovencitas de la cabaña contigua a la que ocupaba con Teddy.

—Yo no quiero pecar de mal pensada. Opino que quienes no sabemos mucho del tema, o vemos exclusivamente la parte negativa de la situación, decimos que lo único que se mueve aquí es la prostitución. Pero es simplemente como las de las moticos, van por dinero instantáneo. Por lo general, son muy jóvenes, y entonces se conforman con andar con hombres diferentes a los de su pueblo, que las invitan a lo que quieren, reciben uno que otro regalo, y en el fondo ambos saben que es un intercambio y no lo ven como un servicio sexual, porque no es su oficio o labor estable. Solo aprovechan ciertas oportunidades y la mayoría trata de ligar a ese primer hombre... Yo creo que desean algo más que un cliente, que buscan un amor o un esposo, ¿no? —dijo Angélica en un tono más serio.

—Sí, pues yo también creo por lo que vi que el objetivo va más allá de cobrar, y quizá sea tener a alguien de ese perfil que les colabore con gastos o necesidades, gustos y caprichos, o de ser posible que les cumpla su sueño, así sea el americano —intervino Valeria.

Llegaron al hotel. Valeria estaba preparada para recibir una ráfaga de melancolía y de buenos recuerdos. En la habitación, se recostaron un momento. Y ella no paró de hablar. Agradeció que Angélica fuera una buena interlocutora: preguntaba, escuchaba y comprendía.

El calor era insoportable y no esperaron a que Jairo las recogiera de nuevo. Él iría a saludar a sus amigos y a un hermano, quienes residían allí. Salieron a tomarse algo y recorrieron a pie algunas calles que se le hacían muy familiares a Valeria. Fue como si la memoria y la nostalgia volvieran a despertarse. Ella recordaba dónde compraban, comían, tomaban, bailaban... Poco a poco, iba viendo aquellos lugares como si formaran parte de una película que se estuviera proyectando frente a ella.

¿Casualidad? Valeria comprobó que los gringos —cuando regresó de sus recuerdos—siempre estaban en grupos de tres, y todos lucían tatuajes. Entonces se acordó de uno que le había visto a Teddy, aparte del de la ola. Tenía un símbolo oriental que traducía dolor. Se lo hizo justo debajo del corazón cuando descubrió la infidelidad de su esposa. Se le veía muy bien. Valeria, al igual que sus amigas, había asociado los tatuajes a personas con las cuales no quería tener contacto, pero le gustó tanto cómo se le veía que en esa época se hizo uno de los temporales: un tribal alrededor del tobillo derecho. A Teddy tampoco le habría gustado que fuera de los permanentes, ya que opinaba que los tatuajes solo los deberían portar los hombres, porque a una mujer la hacían menos femenina.

—Valeria, dime la verdad: ¿a ti nunca te dio miedo? —le preguntó Angélica.

—De qué, ¿de Teddy? No. De los amigos, tampoco. Eran personas confiables. Sin embargo, es bueno tomar precauciones, y siempre estuve muy atenta a todo. A mí se me quitó la prevención sobre el tema de enamorarme, pero nunca de cuidarme en general, de él y del que fuera.

—Me llamaría la atención conocer uno como el tuyo, pero yo soy muy escéptica con los gringos, o en general con los extranjeros. Las noticias que reciben de nuestra tierra son de violencia y miseria, y las que sabemos de ellos son de demencia. Aquí, en casos extremos, matamos o pagamos para que asesinen a nuestro adversario, pero allá lo torturan, le quitan la piel poquito a poco, se comen el resto, lo descuartizan o hacen un llavero, meten las partes en una nevera y cuando ya no les caben los vegetales lo entierran en el jardín y luego adornan la mesa con las flores que nacen.

—Que feo, Angélica. ¿Qué tal las cosas que se te pasan por la mente?

—Yo sé, pero de dónde crees que salen las ideas para hacer tanto documental y película de ese género. Sí, he leído que en Estados Unidos se reportan cientos de desapariciones por año.

31

Fiesta en la piscina

Valeria y Angélica se entretuvieron en caminar por la zona rosa y comercial de Melgar. Les ofrecían entrar y tomar gratis, con promociones como beber cerveza y pagar a partir de la cuarta. En otros sitios, les prometían cocteles, seguramente porque iban solas y así atraerían a hombres para que gastaran y consumieran.

Los bares seguían siendo los mismos de la época en que visitaba a Teddy: unos con luces de neón, otros con iluminación de strober, algunos sin luz y casi a oscuras, otros parecían auténticos hoyos con música y varios estaban destechados. Hasta el de rumba gay permanecía intacto.

Cuando se dirigían al hotel, Valeria observó algo diferente, una entrada con jóvenes de muy buena imagen y uniformes bonitos. Quienes regían aquel local no ofrecían nada regalado ni estaban desesperados por atraer clientes. Las invitaron a conocer el bar y entraron.

El lugar destacaba por su buen gusto en la decoración. No era normal ver algo así en ciudades o pueblos de veraneo cercanos a Bogotá. El administrador les hizo un tour muy completo. El sitio se dividía en varios ambientes: el primero, que era un espacio que parecía estar encargado de dar la bienvenida, se encontraba en torno a una piscina, tenía alfombra sintética roja, mesas negras, sillas y sofás de color blanco; subiendo unas escaleras de madera, al lado izquierdo se hallaba una sección de sofás con base en mimbre y cojines blancos, y en el lado derecho, mesas y sillas de madera pero con patas de metal, ubicadas dentro de una piscina de muy poca profundidad. Encima del primer ambiente, existía otro espacio menos sofisticado, con vista a la calle y estantería de metal con varios plasmas y dos islas de licorería con sus respectivas barras.

El administrador dijo que el dueño era bogotano, que el lugar no llevaba más de un año de servicio y les obsequió una manilla equivalente al cover y un trago gratis.

Después de agotar su trago, salieron del local, pero prometieron al administrador volver más tarde. En la cuadra siguiente comieron ensalada de frutas con helado en una frutería que Valeria había visitado en muchas oportunidades con Teddy. Él siempre comía muy saludable, y no descuidaba su rutina de ejercicio todos los días. Su alimentación era equilibrada, a excepción del domingo, cuando se desordenaba con ella. Su trote diario lo complementaba con sus obligadas sesiones en el gimnasio. Se inscribió en uno cercano a la cabaña. Desde entonces, Valeria seguía su ejemplo en Bogotá. Se levantaba puntualmente a las cuatro de la mañana de lunes a viernes para hacer ejercicio antes de ir al trabajo.

Angélica y Valeria fueron al hotel a arreglarse y refrescarse, para luego salir nuevamente a tomarse unas copas al bar elegante y escuchar música. Jairo las llamó y dijo que pasaría después al lugar donde estuvieran para unirse a ellas.

El local quedaba a unas cinco cuadras del hotel, y pidieron un taxi. De nuevo Valeria recordó que Teddy y sus amigos decían que a las chicas de Bogotá no les gustaba caminar. Y era cierto, ya que a ella, a no ser que estuviera en tenis, no le agradaban las caminatas. Pero como siempre andaban arregladas y con zapatos de tacón, los paseos resultaban casi imposibles. Comentaban irónicamente que vivían escapándose de una gotica de lluvia, que ellos estaban acostumbrados a mujeres más relajadas, pero el precio era justo: "Colombianas más bonitas siempre", decían.

Al llegar al lugar, se veía que la entrada estaba llena de gringos solos, a la expectativa, mirando como zopilotes. El administrador les hablaba en tono conciliador, como si tratara de justificarse. Cuando se bajaron del taxi, las miradas se dirigieron hacia ellas. Entraron sin prestarles atención. Adentro, el lugar permanecía semivacío. Se sentaron y ordenaron dos Coronas.

La niña que trajo las cervezas le pareció familiar a Valeria. Intentó acordarse, pero no pudo.

—Hola, señorita Valeria, tiempos sin verla. ¿Qué más de la doctora? —dijo la mesera, muy amistosa.

Valeria respondió al efusivo saludo y le hizo preguntas generales, sobre cómo le iba y cuánto tiempo llevaba trabajando en ese bar. Le sorprendió que se acordara de su nombre, pero se sintió ingrata al no ser recíproca porque, por más intentos que hizo, no la recordaba. Intercambiaron números de teléfono y la chica le recomendó "Enviar saludos a la doctora".

Angélica se rió de Valeria, a la vez que le criticaba su falta de memoria. Ella, por su parte, confiaba en que luego los recuerdos vinieran a su mente y por fin supiera quién era aquella chica que se había comportado con tanta amabilidad.

En el bar solo había seis mesas ocupadas. Eran las nueve y, según un mesero, la rumba se prendía; el lugar se llenaba alrededor de las once.

Habían pasado quince minutos cuando entraron los primeros gringos. Eran cuatro, y se situaron en una esquina, la de los sofás de mimbre, que era la más discreta y alejada del lugar.

Unos minutos más tarde, llegó un tropel de mujeres jóvenes, como si se tratara de un desfile. Entraban en grupos de tres o cuatro, pero en alguno se alcanzaba a contar hasta diez chicas, como también varias que entraban en pareja: solas y muy arregladas, como ellas. Valeria y Angélica no se dijeron nada, pero se imaginaban el ambiente que se estaba organizando. Las primeras jovencitas en llegar se ubicaron cerca de los cuatro extranjeros y adoptaron una especie de formación de guerra, tratando de buscar un sitio estratégico para atacar. Arribaron también familias, parejas de enamorados y grupos de amigos, creando mucho bullicio en el local

La música comenzó a ser más movida. La gente que iniciaba a llenar el local iba tomando más licor. Al lado de ellas, dos meseras se esforzaban por alistar una mesa grande para acomodar a un gran grupo próximo a llegar.

Jairo llamó y dijo que estaba regresando de Girardot, que lo esperaran, que iba con dos primos y querían tomarse un trago. Valeria y Angélica entonces pensaron en pedir una botella de ron o de whisky, ya que no querían más cerveza. Además, se sintieron un poco obligadas porque a una pareja que estaba sentada junto a ellas le exigieron consumir algo más que cerveza para permanecer en el bar, y no deseaban que les hicieran la misma recomendación.

Llegaron los ocupantes de la mesa central, la que habían organizado las meseras con esmero. Eran los gringos que estaban en la entrada. Entraron con propiedad, como si lo hicieran en su casa. Por su actitud, se supondría que siempre se situaban en el mismo lugar, en el centro, una posición estratégica para mirar quién salía o entraba, convirtiéndose, sin desearlo, en el centro de atención.

Las chicas que se habían situado en torno a los primeros gringos vieron que ahí no habría acción, porque se habían mantenido aislados y con cara de pocos amigos cuando se le aproximaba alguna de las jovencitas en un intento fallido de provocación con una sonrisa llena de picardía y un contoneo exagerado. Pero los gringos solo querían conversar entre ellos, así que pidieron cambio de mesa y se reubicaron para adoptar posiciones frente a un nuevo blanco más accesible.

Al mismo tiempo, los movimientos de las demás jóvenes resultaban muy obvios para Valeria y Angélica, que estaban entretenidas en aquel alocado ir y venir. Algunas iban al baño con sus carteras y salían con retoque en el maquillaje; otras se cambiaban de silla; varias bailaban solas. Pero quizá las que más impresionaron a las dos amigas fueron las que formaban una parejita de niñas que se pararon enfrente de los americanos a bailar seductoramente. No llegaban a los veinte años y se movían como si les faltara algo. A Valeria y a Angélica les dio cierta angustia verlas, y hasta pena ajena. Los gringos eran once, y tres iban acompañados de chicas. De esas tres mujeres, una también tenía aspecto de norteamericana, y lucía una argolla del mismo tipo que la de su acompañante. Las otras dos eran colombianas.

Entre la mesa de los gringos y la de Valeria y Angélica había una con el letrero de Reservada. Era para cuatro personas, y hasta las once de la noche no se ocupó. Por los rasgos y actitudes de las personas que se sentaron en ella, se asumía que eran la mamá y sus tres hijos: un joven y dos jovencitas. Ordenaron media botella de ron. El chico no bailaba, e hizo un par de muecas de desagrado cuando una de las chicas pareció rogarle que la sacara a la pista. Pero se mantenía como aplastado en su silla, como si estuviera sumido en una rara expectación, como pendiente de algo, al acecho. La botella estaba casi de adorno. El primer trago que les sirvieron se mezcló con los hielos derretidos. A ese ritmo, la media botella de ron les duraría toda la noche.

A medida que los tragos aumentaban en la mesa grande, a su alrededor todo crecía también. Los caballeros terminaron por fijar sus ojos en algunas mujeres, y, así mismo, el baile cadencioso de las dos amigas que llegaron solas subía de nivel. Continuaban moviéndose al son de la música aunque nadie les prestaba la menor atención. Bailaban y se contorsionaban como si estuvieran anunciando un show lésbico. Pero sus cuerpos no resultaban muy atractivos: eran de baja estatura, gruesas; por su corta edad, no se veían obesas sino trozudas, con maquillaje colorido, muy perfumadas, y se notaba el empeño por ser vistosas, pero lastimosamente no lucían tan llamativas como las de otras mesas. La competencia no las dejaba bien paradas.

Al ver la situación, Valeria y Angélica creyeron saber por qué el administrador las ubicó en ese sitio. Jairo no llegaba, y sentían la obligación de hacer algo, bailar seductoramente, embriagarse, picar el ojo, coquetear o algo por el estilo, puesto que el administrador las miraba, y también los meseros. Sentadas, parecían bichos raros o que esperaran algo de ellas. Eran las únicas mujeres solas que no estaban exhibiéndose o haciendo algo para conseguir pareja.

Dos de los gringos se levantaron y, luego de secretearse algo, dirigieron su mirada hacia Valeria y Angélica. Uno era medio bizco y el otro tenía gafas.

—No, qué mala suerte, Jairo no llega y lo único que levantamos son los dos tipos más feos del bar. Qué hartera de situación —dijo Angélica, volteándose indiferente ante la inminente llegada de los norteamericanos.

—No te preocupes, que no venían para acá —le respondió Valeria, porque se quedó viendo a ver qué pasaba.

Aquellos gringos habían invitado a bailar a las dos hermanas, a las de la mesa con la mamá y el chico. La señora se puso más contenta que ellas, y miró a Valeria y a Angélica como si acabara de arrebatarles algún triunfo.

—No es que sea mal pensada, pero pareciera que la mamá de esas niñas las está acompañando a trabajar, y el hermano también, pero más como por respaldo, por si algo sucede, ¿no crees? —comentó Angélica riéndose, al darse cuenta de la situación.

—¿Es muy obvio? —le respondió Valeria—. ¡Qué tal la señora, cómo nos mira! Falta que dentro de sus monerías de festejo nos saque la lengua.

Con el pasar de los minutos, los gringos ya estaban recorriendo con sus manos parte de la espalda de aquellas chicas, aproximándose entre risotadas cada vez más a las nalgas. Ante la permisividad de la mamá y del hermano, comenzaron a apretarlas, y luego llegaron los picos en la mejilla. Poco a poco, fueron cubriendo más terreno. La mamá no decía nada, el hermano solo miraba de vez en cuando a las dos parejas, fiscalizando lo que ocurría a su alrededor, siempre serio y sin tomar alcohol.

Valeria y Angélica empezaron a sentirse incómodas. Estaban aburridas de ver la pasarela que las mujeres habían organizado en su trasiego constante del baño a las mesas, y viceversa. Jairo se demoraba y ya no aguantaban ni un minuto más en aquel lugar.

A diferencia de la época en la que Valeria estuvo con Teddy, ahora el ambiente la dejaba sin palabras. No estar involucrada directamente le permitía ver con otros ojos todo lo que sucedía. "Quizá las cosas eran parecidas en mis tiempos con Teddy, pero no tan exageradas", se decía. Y trató de convencerse de que las conductas se habían deteriorado, aquel ambiente había tomado otra dimensión.

Uno de los gringos, que nunca se alejó de la mesa, permanecía más serio que el resto. Era el centro de atención, y se comportaba como el jefe de los demás. Destacaba también por ser un tipo musculoso, grande, fuerte, sobrado, que hablaba en un tono muy enérgico y siempre dando órdenes, aprobando o desaprobando, en una permanente actitud de desfachatez.

Las dos trozuditas ya se habían metido en la piscina de poca profundidad. Se agachaban sin doblar la rodilla, lanzándose agua la una a la otra, pero ni así llamaban la atención. Aquellas chicas constituían ya un espectáculo patético, además de molesto, porque, aparte del ridículo, salpicaban a todas las personas cercanas, que comenzaron a protestar y a mirarlas mal.

En medio del desorden, y mientras se dijeron que solo concederían unos minutos más a Jairo, a Valeria y a Angélica se les subió un poco el licor a la cabeza y les dio por bailar un par de canciones. Fue ahí cuando los camareros de otra sección les enviaron tragos de otras mesas, pero los de su zona los alejaban. Era como si las estuvieran protegiendo. O tal vez las reservaran para ellos.

El jefe de los gringos llamó a uno de sus monitos y se fueron caminando hacía ellas. Valeria no los podía ver acercarse porque estaba de espaldas a ellos.

—Quieta, Valeria, no mires… pero ahí vienen otros dos gringos. Ja, ja, y la mamá de la mesa de al lado no los quiere dejar pasar —le advirtió Angélica.

Después de que pudieron evadir el obstáculo de la mujer, los norteamericanos se acercaron a la mesa y las rodearon. Luego llegaron dos más, en un plan intimidante. Se pararon cerca. Miraban pero no hablaban, ni siquiera entre ellos. Ellas sentían que casi las olían. Aquello era muy perturbador.

Los gringos estaban a dos pasos. En ese momento, llegó una joven de tez blanca, cabello largo y negro, y los enfrentó. Era la novia del jefe de aquella especie de tribu blanca, quien le reclamó con una mano en la cintura y agitando la otra. El amigo trató de alejarla y no lo permitió.

Valeria y Angélica, sentadas en la mesa, disimulaban estar en otro cuento, pero afinaron sus oídos para escuchar la discusión. Él hablaba un español remendado; ella le decía que tenían un compromiso y que lo respetara.

—Mike, tú me dijiste que querías pasar esta noche conmigo, ya sabes que así no estemos me tienes que responder, negocios son negocios… y yo no puedo perder tiempo —gritó la mujer de pelo negro.

El gringo respondió que no había problema, que solo quería saludar a unas amigas, y las señaló. Ella dijo que no le importaban "Esas tales por cuales". Valeria y Angélica no sabían cómo actuar, y optaron por hacerse las locas.

La joven que había increpado al jefe gringo era de Bogotá, y estaba acompañada de dos amigas. Todas viajaban los fines de semana para pasarlos con ellos. Las amigas habían llegado directamente donde otros gringos del mismo grupo. Si no hubiera sido porque a Valeria le causó curiosidad el nombre de ella, cuando Mike lo pronunció, no hubiera volteado a mirarla. Entonces fue cuando la reconoció: era Paula, la exnovia de Camilo, el ex de Mariana. "El mundo es muy pequeño", se dijo Valeria. Fue imposible seguir oyendo, porque la llegada de Jairo y sus primos les impidió continuar chismoseando.

Valeria se sentía rara después de contarle a Angélica que antes viajaba todos los fines de semana para estar con Teddy. No quería que pensara mal de ella. Y aunque pareciera lo contrario, nunca se sintió una mujer a la que se le pagaban sus servicios en la cama. Creía que tal vez le tocó uno que prefirió hablarle de amor que decirle únicamente que quería sexo. De haber sido así de claro, ella trataba de confirmarse en la idea de que se habría negado en redondo.

El otro gringo que acompañaba a Mike no se movía, esperaba atento junto a ellos. Paula seguía reclamando; él solo le decía que se calmara. De todos modos, no les quitaba de encima la mirada. Jairo se dio cuenta y le dijo a los primos que las sacaran a bailar para alejarlas de lo que pensaba que podía derivar en una situación embarazosa.

Un rato después, se les acercó una mesera y les dijo al oído que cuando llegaron los gringos, el de camiseta azul, el que les iba a hablar, el supuesto jefe, es decir, Mike, le había encargado que no se les acercara nadie. Y ella quería saber quiénes eran Jairo y los amigos, para informarle. Esa ayuda le dejaba una propina más que generosa.

Jairo ordenó una botella de ron. Como trabajaba en Tolemaida, se conocía con varios hombres que se hallaban en el lugar. Saludó efusivamente a un gringo que bebía solitario cerveza americana en la barra. Era pelirrojo, pecoso, alto, delgado pero atlético, con los brazos llenos de tatuajes. Un poco ebrio le preguntó a Jairo con quién estaba, y sin dejarlo responder inmediatamente se dirigió dando trastabillones hacia Valeria y Angélica a presentarse él mismo.

Se llamaba Toby, era contratista y llevaba casi un año desempeñándose en mantenimiento de aviones. Debido a una discusión callejera, sus superiores, tanto del país como estadounidenses, lo habían apartado de su cargo, pero por su buen comportamiento laboral los colombianos pidieron que se reintegrara a sus funciones. El conflicto lo había tenido con un militar local, piloto de helicóptero, porque Toby le prestó el carro diplomático en el que se movilizaba y el hombre lo llenó de amigas y amigos recorriendo Melgar con música a todo volumen y en una guachafita increíble. Los superiores de Toby fueron alertados. Cuando el gringo le hizo el reclamo en un tono malgeniado, la cosa terminó a los puños.

Toby bailó con Valeria. Pero se equivocó, bajando su mano y apretándole la nalga fuertemente. Fue como si a ella le echaran por encima un balde de agua helada. No esperaba que hiciera eso y, por tanto, no reaccionó. Jairo se dio cuenta e interrumpió el baile ofreciéndoles un trago. Si hubiera sido otro hombre, no un norteamericano, Jairo habría armado una gresca.

Cuando se superó la situación, Toby observó desafiante a Mike. Valeria llamó a Jairo y le hizo una mirada pidiendo ayuda, ya que estaba en medio de esos dos grandullones malhumorados. Él trató de llevarse a Toby, pero siguieron mirándose con bronca. Con Angélica comentaron lo tenso del ambiente, pero no quisieron ser descorteses con Jairo y decidieron esperar un rato más para pedirle que las llevara al hotel. Aquello podía concluir demasiado mal.

Mientras tanto, los primeros gringos que llegaron, los que se habían sentado en un lugar alejado, se levantaron y se fueron sin llamar la atención. Su manera de vestir y su actitud eran diferentes a las de la manada comandada por Mike.

Las dos jóvenes que hacía un tiempo estaban en la piscina, ya se habían secado, cansadas de no atraer la atención de nadie pese a sus esfuerzos. Ahora jugaban con su pelo y tomaban licor directamente de la botella, que succionaban como si se tratara de un biberón, quizá para promocionar su habilidad en el sexo oral. Nunca dejaron de bailar con poses sensuales, movimientos atrevidos, pero por fin, y aunque continuaban solas, ya habían captado las miradas escudriñadoras de dos criollos. Al menos, para todo el repertorio que habían puesto en escena, no se irían en blanco. El número del biberón había dado resultado.

La mamá competitiva continuaba mostrándose orgullosa de que dos rubios extranjeros altos y acuerpados estuvieran manoseando a sus hijas sin el menor recato. Cuando alguna de las niñas iba al baño, ella verificaba que ninguna otra mujer se le acercara al parejo. Además, trataba de retenerlo ofreciéndole un trago, o se inventaba algo, y como ellos hablaban poco español, esto hacía aún más divertida la escena de ver a la señora empeñada en llevar a cabo su objetivo.

Toby se cansó de mirar y se dirigió a Mike. De inmediato, el administrador del bar se paró entre los dos. Se murmuraban groserías en inglés, sonriéndose de un modo amenazante. Jairo jaló a Toby y le dio una cerveza para distraerlo, y logró que se volviera a tranquilizar. El administrador se fue, pero dejó a dos hombres de seguridad vigilándolos. Toby se sentó, se tomó la cerveza casi de un solo sorbo y se levantó para irse.

32

Let's go, right now!

Jairo explicó lo sucedido: entre los militares y los contratistas civiles había existido cierta rivalidad en sus misiones a los países que Estados Unidos ayudaba o asesoraba en conflictos. Según Jairo, eso surgía por las diferencias que tenían en sus trabajos. Los contratistas creían que el trato no era balanceado, porque mientras los militares disfrutaban de más garantías, más beneficios laborales, mejores sueldos, prestaciones y comodidades, y además ante la sociedad eran vistos como héroes, ellos resultaban menospreciados a pesar de que también corrían el mismo peligro por defender los colores de la bandera y sus aliados.

Cuando Toby partió, Mike lo siguió con una mirada felina. Esperó a que abandonara el lugar y salió con cuatro de sus acompañantes, preparados para la guerra. Al bajar las escaleras, de nuevo el administrador junto a tres hombres de seguridad los detuvieron. Hablaron un rato, pero ellos se mostraban ansiosos, alertas de ir tras la presa. Hicieron el amague de devolverse, y en un descuido de los hombres de seguridad los sortearon y salieron corriendo. Los dos gringos que estaban con las hermanitas, al percatarse de la situación, salieron también.

—¡Hoy hay bonche! —exclamó Jairo.

Seguramente iba a ser una pelea desigual. En esa villa tropical las noches eran más frescas, pero aquella estaba demasiado caliente en todos los sentidos. Valeria entró a la piscina a refrescarse. Varios jóvenes se estaban zambullendo con la ropa que llevaban. Ella bajó unos escalones hasta un poco más arriba de las rodillas sin mojarse el vestido. Cuando sintió que alguien la salpicaba, volteó y comprobó que era Paula con sus amigas. Sus palabras parecían balas de metralleta, decían tantas cosas al tiempo que era como si solo oyese: "Ta, ta, ta, ta, ta". Se estaban acercando demasiado y aunque Valeria decidió no mostrar miedo, sí lo sentía. Pero se quedó impávida, como si no fuera con ella. Afortunadamente, uno de los primos de Jairo percibió lo engorroso de la situación y la rescató, simulando que quería bailar con ella. Fue una tabla de salvación que agradeció con una sonrisa.

Mientras esperaban la cuenta, llegó Mike, que, con la respiración agitada, les gritó una orden enérgica a los gringos que quedaban en el bar:

—¡Let´s go right now!

Sin pensarlo, todos soltaron lo que tenían entre manos, botellas, vasos, licor, mujeres, y se fueron con él.

A los cinco minutos, Jairo, los primos y ellas también estaban afuera. Paula y sus amigas no dejaban de lanzar ofensas, pero ya para entonces les daba igual. Todo era una locura, una pesadilla de la que estaban deseando escapar.

33

¡Una bomba en el pub!

El día siguiente, Valeria y Angélica no salieron del hotel y aprovecharon el sol, hasta que Jairo las llamó terminando la tarde para invitarlas a cenar a su casa con su hermano y el resto de la familia, y así terminar el domingo de un modo relajado y sin sobresaltos.

El lunes gastaron la mañana también en la piscina, esperando a Jairo para emprender el regreso a Bogotá. Pero antes dieron un recorrido por Melgar, porque querían una vista general, en especial Valeria. Se trataba de rememorar viejas sensaciones, atraparlas para vivir apegada a ellas el mayor tiempo posible.

El bar atendido por Max, que solía estar lleno de gringos, ahora era una tienda normal. Aquel hombre se había retirado de la zona porque le llegó el rumor de que los grupos armados de izquierda querían atentar contra el lugar. Jairo comentó que hubo un incidente con disparos y pensaron que era el famoso atentado del que se hablaba. Sin dudarlo mucho, los altos mandos trasladaron a Max. Los extranjeros que antes visitaban el local, ahora se dispersaban en otros bares. Angélica se quedó con ganas de ver lo que Valeria le había descrito siempre sobre ese sitio: la mayor concentración de testosterona extranjera en Colombia.

Valeria recordó que eso había coincidido con un suceso parecido ocurrido en un pub irlandés durante la semana extra que Teddy se había quedado en Bogotá antes de su partida. Esa noche la suerte estuvo de su lado. Eran clientes fijos del pub cuando Teddy visitaba la capital. Allí iniciaban la rumba, y luego partían para otro lugar a seguir tomando. Él ya estaba acostumbrado a este tipo de bares, pero para ella era algo nuevo. Ese estilo de sitio apenas estaba abriendo mercado en Colombia: decoraciones elegantes y sobrias, barras cortas, sillas y mesas en madera, pantallas gigantes con transmisiones de eventos deportivos, y el infaltable rock&roll a un volumen permisivo para que los clientes disfrutaran la música mientras conversaban. A Teddy le gustaban especialmente Factory girl y Begars banquet, de los Rolling Stones. Le decía a Valeria que esas canciones tenían el ritmo más auténtico del blues compuesto fuera de los Estado Unidos.

Ella siempre acudía una hora tarde a todo, y Teddy, sabiendo de su reiterado hábito, hacía lo mismo: llegaba después de lo acordado para no estresarse con la espera. Aquel día era el cumpleaños de uno de los amigos de Teddy, y la mesa en la terraza ya estaba reservada. Aunque no estaba decorado con bombas, al final el festejado sí tuvo una. Valeria lba llegando angustiada en un taxi, porque se demoró más de los sesenta minutos reglamentarios, cuando observó que algo sucedía en los alrededores de su destino. Había muchos carros diplomáticos, bomberos, policías, militares y ambulancias.

El taxista estaba buscando un atajo por el trancón que se había formado, mientras trataba de averiguar lo ocurrido por radioteléfono con sus colegas. Fue cuando le entró una llamada de Teddy, informándole del atentado. Ninguno de sus amigos murió ni había tenido lesiones graves, pero le dijo que lo más conveniente era que regresara al hotel y que ya se pondrían en contacto más tarde.

Algunas personas resultaron heridas, y lo triste fue que una joven que no faltaba los viernes al lugar fue la única víctima fatal del atentado. Los meseros llamaban a las jóvenes como ella las Cazagringos, porque hacían lo posible por estar siempre en el grupo de norteamericanos del momento. Como ellos rotaban, se aseguraban de seguir en contacto con alguno que se quedara para que les presentara a los nuevos. Sabían los lugares que frecuentaban y se les veía allí con reiteración a ver qué cazaban. Les fascinaba su ambiente. Casi todas deseaban terminar casadas o con hijos de ellos. Y, obviamente, a aquella desdichada muchacha la conocían en el grupo de Teddy, tenían amigos en común y a veces se pasaba a su mesa un rato a tomar una cerveza.

Aquella chica que había sido víctima de la crueldad, que había sido asesinada, era una joven muy amigable, no como esas a las que no les importaba nada y se acostaban con todos. Ella, como cazadora, observaba bien a sus posibles presas para luego escoger a su "novio", y como lograba hacerse amiga de ellos, sabía bien quién era casado, separado, mentiroso, quién deseaba solo sexo o, por el contrario, algo más serio. En una oportunidad, Valeria le preguntó si a ella sí le decían todo lo de su labor y respondió que no, y que tampoco le interesaba.

El hecho criminal se atribuyó a los grupos al margen de la ley. Lanzaron una granada de fragmentación hacia la terraza donde estaban los amigos de Teddy, pero cayó al interior del establecimiento, cerca de la chica. Dos minutos después, otra ganada explotó en un bar situado en diagonal al del punto de encuentro. Fueron veintisiete heridos, unos pocos de gravedad y la mayoría con lesiones menores. Pero la chica, la Cazagringos, nunca volvió a soñar.

En Europa, este atentado habría podido ser para cualquiera, porque en este tipo de lugares confluyen personas de diferentes edades y ocupaciones, desde un universitario hasta un ministro. Pero en Colombia iba dirigido contra los norteamericanos. Se esperaba que el establecimiento y los otros de su estilo decayeran, pero ocurrió todo lo contrario. Su popularidad se incrementó y se abrieron más sucursales. Continuaron siendo los mejores lugares para la cacería, el punto de encuentro para muchas mujeres que deseaban luchar con todas sus armas para encontrar un futuro mejor. Continuaron siendo los bares de más Cazagringos, y también de otras mujeres que podían sentarse solas a tomar cerveza o whisky sin que nadie las criticara ni señalara. Y luego llegarían más extranjeros, incluyendo a los escandalosos españoles en busca de rememorar sus tiempos de conquista.

A raíz de aquel suceso, los norteamericanos recibieron la orden de no salir a menos de que fuera necesario. Les habían prohibido ir o desplazarse por las zonas más famosas de rumba y de restaurantes. Pero entre Teddy y Valeria todo continuó normal, como si nada hubiera pasado. Solo tomaron la precaución de cambiar sus itinerarios. Sin embargo, a Teddy sí le tocaba reportarse aunque fuera su tiempo libre.

34

El fin de la bonanza

A la salida de Melgar se detuvieron a esperar a un amigo de Jairo que iba también para Bogotá: Armando, un rubio de baja estatura, delgado, hiperactivo y muy conversador. Jairo recibía repetidas llamadas y las desviaba. Entonces Armando comenzó a molestarlo.

—Parce, conteste. Conteste pues, o si no nunca se va a sacar a Mónica de la cabeza. Ya dos años y nada. No, es que parece que usted hubiera sido el que la cachonió, no ella.

—Un momentico: ¿cuál Mónica?, Jairito. No me habías contado nada, debe ser algo grande para que lo ocultes así —le dijo Valeria.

—Mónica fue una exnovia que tuve por ahí, recién llegué a Melgar, nada más...

—¡Nada más! Que man pa´ mentiroso, si se iba a casar. Nos cansamos de decirle que ella estaba saliendo con otro pero no nos creyó, estaba bobo por esa vieja... Que sí estaba muy linda y todo, pero tampoco... —le recriminó Armando.

Jairo no sabía cómo callar a Armando, así que Valeria trató de cambiar el tema, pero Angélica tampoco lo permitió, preguntándole que si se habían vuelto a hablar, si todavía la veía por el pueblo.

—¡Nunca! Ella ahora vive en California —respondió Jairo.

—No ven que el man con el que estaba era uno de los gringos. Y como a mi amigo le dio por ser el putas boy del pueblo, porque se la pasaba con los nuevos ricos de la base, llegó el otro y tin, tin, tin. Que sus flores, que sus regalitos, que invitaciones, mientras este pendejo la quería mantener a punta de palabras bonitas —explicó Armando.

—Sí, Armando, pero ella me lo pudo haber dicho cuando le propuse matrimonio, pero se quedó callada y me siguió el cuento. Claro, no quería soltarme por si el paliducho ese se iba y la dejaba viendo un chispero...

—Y el que vio el chispero fue otro. Hermano, contéstele a la pelada que lo está llamando, ella no tiene la culpa… Pero, eso sí, no la vaya a traer a Melgar, que todavía hay mucho gringo por aquí.

Todos se rieron con ese último comentario de Armando, pero luego más con lo que le respondió Jairo.

—Pero usted no diga nada, que se la pasaba renegando de los cuerpazos de los gringos. Es que aquí donde lo ven, señoritas, tenía catorce kilos más, parecía una mogollita trotando para que no lo echaran por gordo. Si rebajó fue por hacerles la competencia a ellos. Cada vez que le pasaba un gringo por el lado botaba la empanada que se estaba comiendo y, entre dientes, decía: "Malditos, malditos… mi empanadita".

En el camino pararon en un restaurante a comprar achiras, quesos y arequipes para llevar a casa. Saludaron a una familia sentada en una mesa cercana, quienes parecían disgustados. Armando dijo que no era para menos la expresión de sus rostros, que la vida les había dado dos vueltas en un santiamén, que ellos eran ejemplo de los nuevos ricos de los que había hablado hacía un momento.

Jairo explicó que al señor, de rostro agrio, junto a otros de sus compañeros también militares profesionales, se le había presentado la oportunidad de vincularse a las compañías contratistas estadounidenses y trabajar para el Plan Colombia. Serían capacitados y accederían a los mismos derechos de los gringos. Los sueldos iban prometían ser bastante superiores a los que devengaban, simplemente con renunciar de cierta manera al empleo que tenían en las Fuerzas Armadas de Colombia.

Así lo hicieron y les fue de maravilla. Se multiplicaron sus ingresos, pero también sus agallas. Pocos manejaron bien este cambio en su economía. La mayoría copió el modelo narco y un poco el de los mismos gringos: gastaban desmedidamente, compraban carros lujosos, las esposas se hacían operaciones estéticas, contrataban conductor para los niños, se adornaban como si fueran árboles de Navidad con joyas muy vistosas, e indiscutiblemente las amantes no faltaban.

El cuento de hadas se acabó al cambiar los parámetros de contratación de asesores del Plan Colombia por la reducción de recursos, y el recorte comenzó por ellos. Casi ninguno ahorró. O compraron propiedades que sin los beneficios que tenían no podrían sostener. Y, más que el económico, el golpe fue psicológico, ya que se habían montado en otra película y nunca habían previsto un final semejante. Algunos pudieron nuevamente vincularse al Ejército Nacional, pero a otros no les interesaba regresar a la precariedad de sus anteriores sueldos, así que quedaron recluidos en una amargura sin límites para toda la vida.

Varias jóvenes se habían visto beneficiadas de esa corta temporada de bonanza: ya fueran sus novias, esposas o amantes. Donde comían los gringos ellos también querían comer, y viceversa. Valeria guardó silencio, pero podría jurar que ese señor era el mismo que llegó con las jóvenes a la fiesta de piscina en valle de Lanceros, solo que ahora tenía bigote.

Según les siguió contando Jairo, la inclusión de colombianos de este perfil en el grupo de los gringos permitió que los primeros les enseñaran a los segundos comportamientos regionales. Entonces contrataban prepagos famosas, grupos musicales para hacer rumbas alrededor de las piscinas de las quintas, y algunas veces hasta se rumoró que aspiraban el producto que venían a fumigar.

35

Relaciones contagiosas

María, la joven mesera del bar a quien no recordaba Valeria, la llamó por teléfono, cumpliendo su promesa. Le dijo que estaba agradecida por lo de los medicamentos, y entonces se acordó de que la había conocido en el hospital de Melgar. Ocurrió al volver a aquella ciudad cuando supo lo del embarazo de Rosa y la acompañó para tomarse unas pruebas de rutina. Allí encontraron a María llorando desconsolada y muy nerviosa.

Rosa comentó que era una muchacha que vivía en su misma cuadra y se acercaron para ver si podían hacer algo por ella. En el bar, Valeria no la había reconocido porque en aquella ocasión, en el hospital, tenía los párpados hinchados de tanto llorar y su rostro se veía diferente. Su problema era que uno de los gringos le había contagiado un herpes genital y no tenía para la droga del tratamiento. "Habría preferido quedar embarazada a tener esta enfermedad, porque cuando quiera tener un hijo existe el riesgo de que también se contagie y le ocasione una anomalía en su cabecita", les había dicho, mientras se quejaba de la fiebre y dolor que le producían las llagas.

La doctora que la diagnosticó se llamaba Tatiana. Cambiaron los números de teléfono con Valeria y entre las dos le compraron los medicamentos. Luego la médica le ayudó para que ingresara al servicio gratuito de salud estatal.

María le dijo que estaba al servicio de Valeria, que si volvía a Melgar contara con una amiga más, que no había tenido la oportunidad de agradecerle todo lo que había hecho por ella pero que jamás lo olvidaría. Le preguntó cómo iba con su asunto y respondió que bien y resignada, y bastante más tranquila porque todos los síntomas o signos de los nuevos brotes del herpes cada vez eran más alejados, y cuando tuviera un bebé se podría evitar el contagio con cesárea. Así que estaba más informada sobre el tema y más relajada, pero no se despidió antes de contarle que tenía un novio colombiano con el que se iba a casar, así que llamaría próximamente para invitarla al matrimonio.

Valeria en ese entonces también había averiguado algo sobre ese virus. Ella también había estado con un gringo y, con lo paranoica que era, le había comenzado a dar fiebre y hasta piquiña en la zona pélvica. Se mandó hacer los exámenes, costosos y demorados. Fueron negativos, no tenía nada. Se sintió afortunada porque usar condón no era suficiente, ya que aquel mal se trasmitía por roce y fricción, y además era algo que los gringos, según se había documentado, tenían con más frecuencia de la deseada. En algunas páginas Web, se alarmaba con el dato de que más de un treinta por ciento de la juventud estadounidense portaba aquella terrible enfermedad.

Parte IV

36

Peter, el camarógrafo

Valeria consideraba que ya había pasado suficiente tiempo de soledad, sumida en el recuerdo de algo que pudo haber sido pero que no lo fue. A Teddy lo nombraba en sus oraciones, pero la excursión a Melgar había sido la mejor medicina para su corazón y su mente. Comprendió que aquella relación ya era cosa del pasado, y que en el viaje había logrado esparcir al viento las cenizas de esa difunta ilusión.

Desde que descubrieron el engaño de Tito, Valeria no había vuelto a aquel bar, uno de sus preferidos. Pero ya se encontraba de mejor talante, con ganas de tener algo de diversión. La acompañó Eva, quien ya había concluido su posgrado y el curso de idiomas y tenía tiempo libre. Entre las mesas con grupos de personas colombianas, estaban las de mujeres solitarias, sonrientes y lindas, y las de los hombres extranjeros, varios de los cuales se acercaban a las mesas vecinas para entablar una nueva amistad con unas chicas que no solían rechazar la compañía. Porque ese era el objetivo de estar allí.

Eva pidió su acostumbrada margarita y Valeria una copa de vino tinto mendocino que el mesero le había recomendado. Se estaban contando sobre sus vidas, el tiempo que habían estado alejadas, cuando se dieron cuenta de que un joven no les quitaba la mirada. Estaba con un grupo numeroso de norteamericanos, hispanos y colombianos. Luego se decidió a acercarse a la mesa, saludó y señaló una silla desocupada, preguntando con gestos si podía tomar asiento. Mientras los amigos lo miraban y se reían.

Eva le dijo que sí. Se llamaba Peter, tenía treinta y dos años, y había venido por un par de días a mirar cómo sería su trabajo en Colombia. Era camarógrafo y en un mes regresaría para una temporada de dos años.

No era para menos la risa de sus amigos, que pronto se descubrieron mexicanos por su acento. Si ellas no hubieran sabido inglés, habría sido una situación incómoda. A Valeria y a Eva les agradó que fuera arriesgado, que no se conformara con solo mirar. Se dijeron que seguro que se trataría de una apuesta entre ellos para ver si era capaz de entablar una conversación, o una simple prueba de que sí se iba a amoldar al país.

Valeria siempre fue cordial, pero ya sabía qué hombre quería que se le acercara. Por eso fue al grano y le preguntó si era casado y tenía hijos. Respondió que no, y luego les preguntó si querían rumbear, que ellos también ya habían ordenado la cuenta y les habían reservado mesa en un lugar. No aceptaron. Después de intercambiar correos en el reverso de los portavasos, aquel joven volvió a su mesa. Sus amigos le palmeaban la espalda y le decían "Bravo, bravo". Y Peter mostraba el portavasos tan orgulloso como si hubiera logrado un preciado trofeo.

Eva se moría por conocer algún gringo. Sentía curiosidad, sobre todo después de saber de las experiencias de Valeria, Mariana y Fernanda. Por ella, habrían continuado con aquel joven un rato más e, incluso, le habrían acompañado a rumbear. Pero Valeria la contuvo, advirtiéndole que solo merecería la pena si aquel gringo la llamaba cuando regresara a Bogotá. Por el momento, ni lo conocían. Y, además, aquel grupo era demasiado numeroso y no parecía prudente aventurarse con tantos hombres, siendo ellas dos solas.

Unos días después, Peter les escribió. Contó que el clima estaba perfecto para surfear, que era aficionado a ese deporte y estaba organizando todo para que un hermano y un vecino se encargaran de su casa, su bote y Tonino, su perro, mientras él permanecía en Colombia. Quería verlas de nuevo y si no era mucha molestia, les pediría que lo ayudaran a encontrar apartamento.

Cuando llegó a Colombia, los compañeros le sugirieron que rentara algo en Salitre, ya que le quedaba próximo al aeropuerto e iba a trabajar allí, en un hangar. Pero él estaba más decidido por algo cerca de la zona rosa, donde había visto un ambiente que le gustaba. Ellas le encontraron un apartamento amoblado cerca del la zona T, nuevo y acogedor, propiedad de una señora llamada Lili, que arrendaba apartamentos para gringos.

Peter comenzó a invitarlas a cenar y a rumbear, pero llamaba más a

Valeria que a Eva. Ella pensaba que la razón era porque manejaba mejor su idioma, y esa era la razón de que la telefoneara constantemente para preguntarle mil cosas de ubicación, direcciones, pronunciación. Le aceptaban las salidas, Eva por curiosidad y Valeria porque ese era el ambiente que le agradaba y al que se había acostumbrado. Después de conseguirle el apartamento, y viendo en sus ojos que crecía el brillo, Valeria se dio cuenta de que debía frenarlo. Le dijo que de amigos estaría bien, o que, sí quería, le presentaba a alguien y él a ella algunos de sus amigos. Peter, muy molesto, rechazó el ofrecimiento.

Pero Peter no cejó en su empeñó, e insistió con las llamadas. Valeria le contestaba porque le resultaba gratificante tener a un hombre tras ella, le caía bien, y parecía necesitar a alguien que le ayudara a instalarse. No sabía nada de español y se esforzaba poco, ni siquiera para decir sí en lugar de yes. A medida que pasaba el tiempo, Valeria se fue convirtiendo en una especie de ángel protector. Y hasta le llegó a ofrecer veinticuatro horas de servicio telefónico, siempre y cuando fuera para algo serio. Sin darse cuenta, Valeria estaba abonando un terreno para algo más que una amistad.

El asunto era que para Valeria, Peter no le llegaba a la altura de los zapatos a Teddy, sobre todo en lo físico. Y, aunque esa diferencia no le hubiera pesado tanto, ese nuevo gringo no le interesaba, sentía que no existía química entre ellos. Era más bajo de estatura y su barriga iba en crecimiento. No tenía el cuerpo de Teddy o de sus amigos, porque no era militar sino un contratista que se desenvolvería en el tema audiovisual.

Pero ya para entonces, Valeria tampoco era la ingenua que se iba metiendo de cabeza en una relación solo por una cara bonita, un cuerpo irresistible o unos ojos claros y penetrantes. La misión de Valeria antes de iniciar cualquier avance con un hombre era averiguar si el sujeto quería tener algo serio y duradero. Y, si no lo encontraba, se dedicaría a seguir divirtiéndose sin pensar en nada más.

Peter le preguntó si podía ayudar a un compañero de trabajo que no había podido conseguir un buen apartamento, y que una señora, al parecer comisionista de finca raíz, le había cobrado mucho dinero sin ningún resultado. Le ayudó, le dio los datos de Lili y, efectivamente, se instaló en un apartamento a su gusto. Desde ahí comenzó su amistad con Sammy.

37

Bill Clinton en Cartagena

Por motivos de trabajo, Valeria se tuvo que trasladar durante un mes y medio a Cartagena. Durante ese tiempo, no hubo día en que Peter dejara de llamarla. Allí también conoció a un destacadísimo norteamericano cabeza del Plan Colombia: al ex presidente Bill Clinton. Parte del trabajo era conseguir un acercamiento a él: lo logró, su visita solo duró unas horas, ya que iba para festejar el cumpleaños número ochenta de García Márquez, el escritor al que admiraba desde que había leído Cien años de soledad. Cuando ella le habló, confirmó que su fetiche eran los gringos. Le pareció apuesto, desbordante de energía y carisma, un auténtico churro. Se dijo que definitivamente las cámaras no le rendían fielmente su gracia y porte, era más atractivo de lo que se había imaginado.

Allí, teniéndolo frente a ella, Valeria pensó que se habría entregado a él sin dudarlo. Si siendo expresidente la idea era seductora, suponía que durante su mandato el poder que manejaba se habría convertido en un afrodisíaco irresistible para aquella becaria del "tabaco" cuya imagen había dado la vuelta al mundo.

El contacto con Clinton había sido lo más emocionante y grato de su estadía en Cartagena, porque lo demás resultó extenuante: cocteles hasta tarde y reuniones muy temprano, a las que se añadía el calor, que no podía disfrutar con un bikini y bronceador sino en oficinas y eventos, casi la totalidad del tiempo de pie. Su estómago no soportaba el cambio de comidas y algo le produjo una alergia y brote en casi todo el cuerpo. Al contarle a Peter sus molestias, dijo que le tenía un regalo para relajarla.

El obsequio era él, porque llegó ese fin de semana a acompañarla y a consentirla. Luego de más de un mes sin parar de trabajar, de domingo a domingo, Valeria se tomó libre esos días, cosa que al jefe no le gustó pero que no tuvo más remedio que aceptar.

La noche del viernes, Valeria y Peter fueron a cenar a un restaurante argentino en la ciudad amurallada. Peter se comportaba como todo un caballero: celebraba y piropeaba cada movimiento y palabra de Valeria. Luego recorrieron las calles en un carruaje tirado por caballos bebiendo una botella de vino, como si estuvieran viviendo las escenas de alguna película romántica. Terminaron tomando unas copas en un bar al aire libre sobre la muralla, dejándose acariciar por la brisa y el murmullo de una música que resultaba muy agradable y relajante. Después de entrar en gastos, con licor en la cabeza, mucho tiempo en verano y el aire erótico de la ciudad, aceptó pasar la noche con él.

Pero en la mañana le advirtió que eso había sido solo una noche entre amigos, y que no significaba futuros darling, sweetie, baby u otras palabras cariñosas que pudieran representar una relación diferente. Peter no objetó, quizá dando por bueno el terreno conquistado.

El día siguiente discurrió en plan spa, piscina, playa por la mañana, y en la tarde fueron de compras. Peter se encaprichó con un anillo de esmeralda y unos aretes para la mamá. Le insinuó a Valeria si deseaba algo, pero le dijo que la esmeralda no era su piedra favorita. No quería comprometerse más con él, y aceptar un presente de esa naturaleza habría significado un paso más, complicando la situación que ya comenzaba a enredarse de un modo que no había previsto y que luego sería difícil de deshacer. Era una gran prueba de voluntad, pues le hacían falta los detalles a los que se había acostumbrado con Teddy, pero algo le decía que, si se lo proponía, Peter podía llegar a ser demasiado intenso.

Peter alquiló un yate para pasar el domingo. Le preguntó a Valeria si necesitaba bronceador o si quería un bikini nuevo, pues no deseaba que le faltara nada. Los negritos del negocio de la renta se esmeraban por complacerlo, le traían agua, lo subían, lo bajaban, y ella le traducía.

Se fueron a conocer las islas del Rosario y a pescar, porque también compró cañas. No reparaba en gastos, como si tratara de demostrar con ello su interés por Valeria que, poco a poco, se iba sintiendo como la mujer de un magnate. Miraba a los lados, y a poca distancia pasaban lanchas de excursiones, con los turistas acomodados como sardinas enlatadas y observándolos para ver si reconocían a alguien famoso. Y ella de nuevo con su bikini rojo, que solo usaba en ocasiones especiales, esparciéndose bronceador sobre la amplia y blanca superficie de la nave como si fuera el personaje de un anuncio de una colonia de lujo.

Su jefe y otro compañero de trabajo se habían pegado al plan. Ya no le hacían mala cara a Valeria, y parecían niños pequeños queriendo ser amigos del dueño del balón. Peter invitó a todo, incluyendo la cena de después de llegar de navegar y los tragos de la noche.

Al regresar al hotel, ya de madrugada, entraron en la habitación de Peter porque era la primera al salir del ascensor. Cada uno tomó una ducha. Peter le prestó una camiseta. En la cama comenzaron a besarse, pero justo cuando el asunto empezaba a calentarse y él a pasar sus manos por sitios más íntimos, el impulso se le desvaneció a Valeria. Se levantó, tomó sus cosas, le agradeció las atenciones y salió para su habitación.

Su sexto sentido la había impulsado a salir corriendo, a huir de los brazos de Peter. Tal vez era porque no podía dejar de compararlo con Teddy cada vez que lo veía, escuchaba y olía. Aunque se lo recordaba mucho, eran muy diferentes. En ocasiones, Peter le llegaba a resultar insoportable. Era una relación extraña, en la que el fastidio y el cariño se mezclaban a partes iguales.

El fin de semana había sido extremadamente romántico en algunos momentos, pero Valeria pensaba en lo fantástico que habría resultado con Teddy. A veces, sentía pena de ver a Peter esforzándose en crear una buena imagen sin ser correspondido.

Al otro día, él regresó en el primer vuelo a Bogotá; ella lo hizo a la semana siguiente. Y durante esos días, Valeria se dedicó a descansar y a reflexionar sobre todo lo que le estaba ocurriendo.

A su vuelta, Valeria les contó a sus amigas lo estupendo que lo pasó con Peter y todas le aconsejaron darle una oportunidad, que no se hiciera ideas locas, puesto que desde su llegada él no tenía más que ojos para ella. Valeria sabía que era cierto, lo pensó y terminó por acceder a darle esa chance. "Al fin y al cabo estoy en deuda con él", se dijo.

Escogió el sábado siguiente para aceptarle sus galanterías, porque tenían planeado ir a Andrés Carne de Res. Estaba dispuesta a que aquella salida fuera el comienzo de una relación, el regreso a contemplar y disfrutar las bondades de una vida de primera clase, tal y como la había saboreado en ese yate recorriendo las islas del Rosario.

El grupo de aquella noche lo formaban seis personas: Sandra y su novio Jorge, Eva, Lina, Peter y Valeria. La velada estuvo acompañada de algunas sorpresas. Peter tomó más de la cuenta, y no se recataba a la hora de mirar con descaro el escote de todas las mujeres, delatando la sed de sus deseos. Sus miradas ya no eran solo para Valeria, y se dejó deslumbrar por el magnífico panorama de un local repleto de chicas jóvenes y muy bellas.

Lina, la prima de Eva, también bebió más de lo que era capaz de resistir sin perder la compostura, y se dedicó a coquetearle sin ningún pudor a Jorge, a Peter, a los de la mesa de al lado y hasta a un jovencísimo mesero de cabello negro y unos ojos verdes que todas la mujeres de la mesa habían catalogado como preciosos. Le sentó mal el licor, y trataron de convencerla de dejar de beber. Pero ya estaba my mermada de condiciones y no había manera de hacerla entrar en razón para que dejara de abrazar a cualquier hombre que pasara a su lado.

Valeria fue al baño con Eva, quien le preguntó en qué momento iba a hablar con Peter. Pero ella ya no sabía si aquel era el momento y el lugar indicados. No había calculado que fuera a desquiciarse con la botella de aguardiente. Aceptaría mejor la invitación a cenar a su apartamento. Llevaba tiempo insistiéndole en que deseaba cocinar para ella, y tal vez ese sería el mejor escenario, solos los dos, para iniciar un romance.

Cuando regresaron a la mesa, Sandra se encontraba unos metros antes esperándolas y con un gesto muy serio, casi recriminador.

—Eva, lo lamento, pero tu prima está comportándose como una perra: se cansó de coquetearle a Jorge y siguió con el otro. Nosotros nos vamos, Jorge fue por nuestras cosas. Lo siento, Valeria.

Valeria no alcanzó a comprender en toda su dimensión aquel "Lo siento". Al llegar, lo hizo. El motivo era un apasionado beso entre Lina y Peter. Les faltaba revolcarse sobre la mesa. Así debía ser, supuso. Ella solo le iba a decir sí por su insistencia y buen comportamiento. Lo que observó le confirmó que ese no era su camino. Lina sabía a grandes rasgos lo que ocurría entre los dos y del rechazo, pero no que Valeria estaba pensando en aceptarlo, y por eso no la culpó. Lina había creído que estaba disponible. Eva y Valeria también tomaron sus cosas. No los interrumpieron, salieron y llamaron a Lina para preguntarle si quería que la llevaran. No quiso, y les respondió que se iría con un conductor que Peter había contratado.

Valeria estaba en la cama dispuesta a dormir cuando recibió una llamada de Peter. No le prestó atención. Continuó insistiendo. Y por fin, entendiendo que no iba a dejar de intentarlo, contestó.

Peter le preguntó el porqué de su partida sin avisarle. Valeria le respondió que no quería arruinarle el momento. Ahí supo que no tendría nada más que una buena amistad. Tardó conquistándola varios meses, y con Lina le había bastado una sola noche.

Al día siguiente, Lina llamó a disculparse con Valeria y a decirle que se alejaría, que no sabía de sus planes. Pero ella la tranquilizó y le dijo que no tenía por qué hacerlo, que Peter ya no le interesaba —que en realidad nunca le había interesado—y que sinceramente pensaba que harían una buena pareja.

No se podía negar a sí misma que aquella situación le había molestado. Solo por unas horas, Peter no llegó a ser algo más para ella que un simple gringo que la había paseado en primera clase por Cartagena. Tal vez por ese poco tiempo, ella y él no se habían comprometido con algo más serio. Habían hablado mucho, todo parecía encaminarse hacia una relación más sólida. Y todo se fue al traste por unos tragos de más, por una mayor facilidad en conseguir de Lina los favores que tal vez había esperado lograr más a menudo con Valeria. Por eso le costó un tiempo restablecer su vanidad de tener a Peter a su exclusivo servicio. Pero solo fueron unos pocos días.

38

Peter, ¿un paranoico de las guerras?

Lina estaba recién graduada en Administración de empresas y siempre había sido sentimentalmente inestable a causa de su rara habilidad para atraer las compañías de los hombres menos recomendables. Parecía un imán para los malos partidos, para los problemas. A Valeria hasta le pareció bien que se uniera a Peter.

Él era joven, soltero, se quedaría mucho tiempo en Colombia, deseaba una relación formal, y ella siempre había querido vivir en otro país. Si algo serio resultaba de todo aquello, cada uno podría obtener sus pretensiones. Era un buen negocio para ambos.

Lina era la prima favorita de Eva, aunque en sus tiempos existiera una gran rivalidad entre sus madres por competir a la hora de tener la hija con el mejor novio y el futuro más prometedor. Las dos se parecían en su alta estatura, pero Lina era de piel blanca, con una melena corta y unos ojos de color café.

Por las venas de Peter fluía la sangre de varias nacionalidades. Su madre había nacido en Estados Unidos pero tenía antepasados vikingos, y su padre era italiano, hijo de española y de portugués. Aunque su pasión era todo lo relacionado con el mundo audiovisual y la dirección de películas, se vinculó a la milicia porque su madre le contaba siempre historias sobre sus antecesores guerreros, lo que lo había marcado desde muy pequeño. Cuando llegaba la festividad de Halloween, siempre lo disfrazaban con algún traje de militar. Y pese a que era contratista, debía tener formación militar. Prestó el servicio y estuvo un tiempo más vinculado, pero quiso hacerlo con el ejército italiano. Allí no hizo nada de combate. Por el contrario, tuvo suerte y se desempeñó en algo relacionado con el campo profesional de sus preferencias: presentador del noticiero del ejército.

Al mes de conocerse, Lina y Peter comenzaron a vivir juntos. Ella se fue quedando algunos días y luego Peter la invitó por más tiempo, argumentando que se sentía solo. Hasta que se mudó del todo. Para que no se aburriera mientras él trabajaba, le pagó el gimnasio, actividad que alternaba con presentar varias entrevistas muy competidas, ya que ella aún no había podido conseguir su primer trabajo.

Todas las mañanas, Peter le preparaba un jugo de naranja y se lo llevaba a la cama. Después entraba a bañarse. Entonces ella le hacía un capuchino y un emparedado de tostadas con dos huevos fritos, con la yema casi dura, como él se los había enseñado a cocinar. Lo dejaba servido, el televisor encendido en un canal de surf y volvía a la cama. Luego de que Peter desayunara, se despedían de beso, y él le dejaba dinero encima del televisor, lo que con el tiempo se convertiría en una especie de mesada.

Peter llegaba al apartamento alrededor de las cuatro de la tarde. Y hacían el amor. Después se arreglaban para ir a cenar a algún buen restaurante, casi siempre diferente, porque deseaba conocer al máximo las posibilidades gastronómicas de la ciudad. Algunas veces, coincidían con Valeria o Eva.

Una de las actividades favoritas de Peter era apostar en los casinos. Eso Valeria no lo había sabido. Según Lina, iniciaba con cuatrocientos mil pesos y no era buen jugador. No se limitaba a una cantidad: cuanto más perdía, más apostaba, y el brillo de la mirada le cambiaba mientras se frotaba nerviosamente las manos y los ojos, comenzando a sudar de un modo exagerado. Debían de ser los síntomas de su adicción al juego. Lo que más disgustaba a Lina era que le daba la mitad de las fichas y mientras él perdía, ella ganaba. Tal vez suerte de principiante, se decía. En alguna ocasión, alcanzó a ganar un millón partiendo de cien mil pesos, pero cuando Peter comprobaba las fichas de su pareja las tomaba, las apostaba de una sola vez y perdía todo. Aquella situación le llegó a parecer a Lina que no era sino un deseo desmedido de su acompañante gringo por apostar y que mostraba una satisfacción inexplicable por perder. A Lina le molestaba ese modo de gastar plata en algo que ni siquiera podía entender como una diversión. Era como echar el dinero a la basura, mientras ella rezaba para pasar las entrevistas en alguna empresa para tener sus propios ingresos y no para gastárselos precisamente de esa manera.

Pasado un tiempo, Lina llamó a Valeria para pedirle el favor de darle información sobre unas llamadas de larga distancia que estaba recibiendo y no entendía. La sintió tan alterada y confundida que se reunieron a hablar.

—Valeria, ¿tú sabes si Peter tiene esposa o novia en Estados Unidos?

—De hecho esa fue la primera pregunta que le hice cuando lo conocí. Me respondió que no; es más, tampoco tiene hijos. ¿Por qué?

—Porque me llamaron de un número de larga distancia, me habló una mujer y me dijo bitch y otras cosas más, pero fue muy rápido; lo único que le entendí porque lo repetía mucho era aquello de bitch.

—Pues muy raro… De pronto fue una equivocación. Y tú, viviendo con él, ¿no le has encontrado nada extraño entre sus cosas o documentos?

—Nada. Ni fotos ni datos que me den pie para desconfiar. Pero esas llamadas me dan mala espina y no sé si asociarlo con su cambio de humor.

—¿No será que te estás haciendo una película? Y el cambio de humor tal vez se deba a que como no sabe de qué hablas, le molesta…

—Por eso te llamé. Al comienzo me daba mucha vergüenza por la situación en que comencé con Peter, pero… Tú de pronto lo conoces más que yo.

—No te preocupes, eso quedó en el pasado… Igual no te sirvo de nada, sé lo mismo, o a estas alturas, incluso menos que tú.

A Valeria le quedó sonando el tema y una noche le preguntó sobre Peter a Sammy después de una sesión de sexo tranquilo, pero sin mucha emoción, como todo lo que rodeaba a sus esporádicos encuentros con aquel gringo algo insípido aunque buena persona. Le dijo que al comienzo simpatizaron pero después no tanto. No era muy abierto, ni se integraba mucho, y cuando salía en grupo o se encontraban era por puro y simple protocolo, porque en el lugar de trabajo ya ni siquiera se saludaban como al principio de conocerse.

A los pocos días, de nuevo la llamó Lina, pero esta vez llorando.

—Valeria, este man está loco. Las llamadas siguieron y le insinué que de pronto eran de una exnovia o algo así. Le pregunté por qué ella sabía mi teléfono y le dije que tenía que ser por él, porque quien hablaba era una gringa… ¿Cuál otra gringa me iba a llamar con tanta frecuencia? No había de otra… Entonces cogió unas bolas de porcelana de decoración de la mesa de la sala y las tiró contra el ventanal, y eso después de frenarse, porque yo creo que me las quería lanzar. Me dijo que pensaba que yo era diferente, que no lo molestara, que era una estúpida y estaba loca… Era otro, gritaba como una mujer histérica, hasta le lloraban los ojos de lo furibundo que estaba.

—Lina, mejor vete de ahí, no te expongas a una situación que te pueda perjudicar —le dijo Valeria.

—Estoy en su apartamento, me dejó encerrada con seguro, estoy esperando a que venga más calmado.

—Yo no aguardaría. ¿Qué tal que venga más furioso?

—No te preocupes, ya le avisé al portero que en cualquier momento lo llamo. Estará pendiente de mí. Además, y si no te molesta… también te llamaría a ti.

—Claro que no me molesta. Por favor, llámame. ¿Sabes? Mejor dame el número de la portería, así estaré más tranquila.

Un rato más tarde, Lina llamó de nuevo. Peter ya había llegado. Estaba calmado y le pidió disculpas. Le dijo a Valeria que no se preocupara y guardase el secreto sobre aquel asunto.

Al día siguiente, Lina y Valeria se encontraron muy temprano. Lina le relató la conversación de la noche anterior. Dijo que Peter le había pedido perdón y prometido no perder el control de nuevo, que tal vez extrañaba su hogar, que si no fuera por ella ya habría regresado. Le comentó que había aceptado venir a Colombia porque el salario le ayudaría a salir rápido de la hipoteca de la casa. Y entre una y otra cosa, le propuso que tuvieran un hijo y que sobre la marcha mirarían cómo hacer para casarse.

A Lina le brillaban los ojos recordando las palabras de Peter, que ella entendió muy tiernas y prometedoras. Por eso, no dudó en darle una respuesta afirmativa. Le prometió que no sabía nada de llamadas, que le regalaría un nuevo celular y que olvidara esas tonterías, y mejor utilizara el tiempo en buscar otro apartamento más grande con opción de compra, pensando en el futuro y en el bebé que habría de llegar.

Se fueron ese fin de semana para celebrar la decisión. En la casa nadie de la familia soportaba ya a Lina, incluso Eva había tenido problemas con ella. Y es que creyó que tenía cogido el cielo con las manos y no escuchaba consejos de nadie. Flotaba y su mente ya se había escapado a un mundo lleno de fantasías.

Pasaron meses sin que Valeria supiera nada de Lina. Hasta que un día volvió a llamarla. Valeria ponía todo de su parte para ser de utilidad a Lina, pero no dejaba de sentirse incómoda con la situación. No sabía por qué le tenía confianza y terminó aceptándole una invitación a almorzar en su apartamento, que quedaba cerca de su oficina.

Esta vez, la preocupación de Lina era por un motivo distinto y oscuro. En su búsqueda por hallar respuestas al problema de las llamadas, situación que había continuado, encontró la clave de los archivos privados de Peter en el computador. No se había atrevido a abrirlos, pero cuando lo hizo encontró una carpeta llena de videos.

—Valeria, es que todo es porno. Pero no del normal, no del que a veces uno se encuentra cambiando canales. Mira estos… todos son sádicos, el más normal es de una sola mujer con muchos hombres —dijo con un tono prevenido.

—A los hombres les gustan esas cosas… supongo que es normal.

—No es tan normal cuando también tiene una carpeta con videos de latinas… de colombianas con gringos —le refutó a Valeria.

Abrió los archivos y Valeria pudo ver el nombre Melgar. Con un gesto, le indicó que no se los mostrara.

—Yo no pienso como hombre, pero tal vez los tiene por otro motivo, por curiosidad, o un amigo se los pasaría, aunque confieso que a mí no me gustaría encontrarle este tipo de material a mi novio: ni el de sadismo, ni el de las colombianas. Pero ¿cómo te trata en la intimidad?

—Pues, si no hubiera visto esos videos no pensaría nada malo de lo que él me sugiere. A veces le gusta que bebamos para luego hacerlo, le agrada en distintas posiciones y que grite… que grite mucho… A mí no me gusta gritar más de lo normal… Y pues sí, le gusta que lo hagamos mientras mira videos, y entonces me siento como una muñeca de plástico. Ni me mira. No sé, Valeria, no sé… Aparte, es explosivo. Un día la lavadora se trabó y la cogió a patadas, sudaba dándole golpes hasta que la destrozó. Yo me encerré en el baño. Cuando salí estaba sentado en el sofá cansado, con la respiración agitada, parecía otra persona y hasta sentí miedo.

—¿Por qué sigues con él? Desde que me contaste lo de la rabieta del ventanal yo ya me habría ido.

—Sí, pero igual él es buena gente y hasta tierno. Ese día de la lavadora se calmó, salimos a cenar, caminamos, hablamos, reímos. Yo no podría volver a mi casa… Sería como… hacer el ridículo. Todos cuentan con que esto es en serio, porque yo así se los dije.

—A mí no me gustan las cosas extrañas. No soy miedosa, pero Peter tiene su rayón en la cabeza. Lina, tanta explosión no es normal. Piénsalo y toma decisiones. Si haces el ridículo, es tu familia, siempre te apoyarán y entenderán —le aconsejó.

—Es que también siento que me enamoré. Ya estoy montada en un plan. Él quiere que sigamos intentando tener un bebé. Me muestra las fotos de su casa y me parecería genial vivir allá, enfrente de la playa, con el bebé, el perro… pescando en su barca… No, ya no me bajo de ahí, yo quiero eso para mí, no podría conformarme con otra cosa.

Valeria se quedó con la curiosidad de los videos de Melgar porque en su época no pudo observar ninguno. Se rumoreó mucho sobre ellos, pero nunca los vio. Retomó el tema con Lina y accedió a que se los mostrara.

No eran muchos. La mayoría era más como una especie de recopilación de imágenes tomadas con cámara Web o de chat con video, no propiamente videos porno. Pero encontraron uno que la dejó fría porque le recordó a aquella niña Milena, a la que explotaba su madre. Trató de identificar su rostro, y le resultaba muy parecido. Al comienzo, el video estaba muy pixelado y no pudo ver con claridad las caras. Era una charla entre un norteamericano y una colombiana. Ella iba caminando por una calle de un sector pobre, y en una esquina encontraba a un gringo de pelo negro, quien agradecía la belleza de ella a Dios y auguraba tres días inolvidables. "Oh, my God. She is beautiful, thanks God, thanks. ¿Adónde vas?", le preguntaba. "Allí, ¡vamos!", le respondía ella sonriendo.

La chica abría la puerta de una casa humilde, él entraba detrás y señalándole la cola a la cámara decía que eso era "Un delicioso bocado".

Después, se mostraban en una habitación que no se correspondía con la fachada de la casa. Parecía más un hotel, por el baño y la decoración. El hombre hablaba a la cámara, mostrándole la cara y el cuerpo de ella y diciendo que era lo más perfecto que había visto en Sudamérica. Luego la besaba y decía que era dulce; la tocaba y comentaba en un susurro que era suave. La chica, mientras, permanecía inmóvil. Y el gringo la seguía mostrando como un objeto. Después empezaban a tener relaciones hasta que alguien tocaba a la puerta. Era un negro, quien inmediatamente se desnudaba y comenzaba a usarla, a cada momento que avanzaba con menor cuidado y miramiento. Hasta que los dos gringos decidían hacerle la doble penetración, aunque ella, ya con la mirada desencajada y en medio de un llanto, gritaba "¡No, no!; Dios, no me hagan daño". Su cara de dolor la enfocaba muy bien el camarógrafo, y ella continuaba diciendo que no, pero ellos no le hacían caso y comenzaban a sacudirla sin compasión mientras la insultaban.

Al ver el video completo se notaba que no fue grabado el mismo día, que no había sido cuestión de una tarde. Era verdad lo que había dicho el hombre al inicio del drama erótico: tres días de placer para ellos. Pero, a la vez, y sin decirlo, tres días de dolor e indignidad para ella. El camarógrafo, que tuvo el descaro de enfocarse en un plano muy cercano, era el hombre mayor. Quedó fácil deducir que era al que la mamá de Milena la había vendido. Valeria ya no tenía ninguna duda: era ella, Milena, e identificó su cuerpo curvilíneo, sus ojos y su voz.

El video la dejó destrozada, enojada, llena de una rabia incontenible. Se sentía impotente ante aquella barbaridad, las lágrimas querían asomarse para dejar escapar alguna parte de su indignación, de su asco. No tenía palabras para describir la tristeza y el repudio que le habían producido aquellas imágenes repletas de horror. Lo peor es que aquel video estaba descargado de una página de Internet. La repulsión creció cuando pensó en cuánta gente depravada habría visto esas imágenes sin saber las causas que llevaron a Milena a aceptar esa situación. También había videos con las mismas características, en las que los maltratadores eran colombianos, y otros con menores.

Iban a hablar sobre el asunto, cuando llegó Peter. Por eso cerraron a toda prisa los archivos, pero no tan rápido como para que él no notara que algo estaban haciendo. Peter nunca había mirado tan mal a Valeria, que, disimulando, agradeció el almuerzo con una sonrisa fingida y salió de nuevo a su oficina.

Ya en la calle, Valeria no podía creer que ese Peter fuera el mismo que la había cortejado, que tuviera esos videos y reaccionara tan furiosamente cuando se creyó sorprendido.

Desde la oficina, llamó a Lina, pero no contestó. Ella después devolvió la llamada. Estaba en la casa de su familia recuperándose de un fuerte golpe que había recibido tras la partida de Valeria y como castigo por husmear en sus cosas.

Valeria le preguntó a Lina qué iba a hacer. Para ella, el gringo merecía su castigo. Pero Lina le contestó que no haría nada, que dejaría las cosas así y que sus padres la apoyaban, que preferían el silencio al escándalo. Valeria insistió que en su lugar lo amenazaría con denunciarlo para que se largara inmediatamente de Colombia, y prometió ir a visitarla.

Lina abrazó a Valeria apenas abrió la puerta del apartamento, apretándola con fuerza.

—Menos mal que viniste, Valeria. Necesitaba hablar y sacar esto que me está comiendo por dentro.

—Lina, me siento en parte culpable, si yo no hubiera ido al apartamento, él no sabría que desconfiabas.

—Igual ya estábamos mal. Esa mañana le dije que tenía un retraso. Yo, te puedes imaginar, estaba loca de la alegría. Pero él no dijo nada. Salió apurado para el trabajo y no me llamó en todo el día. No sé, pero me dio miedo. Por eso te llamé, presentí algo… no sé… Cuando llegó y vio que estábamos mirando su carpeta secreta, me dijo que no podía tener una familia con alguien que no le brindaba confianza, me preguntó si yo era una espía o infiltrada, me esculcó todas mis cosas casi destrozándolas y… Me advirtió que si llegaba a ser cierto el embarazo, lo mejor era que abortara.

—Es un loco, está mal de la cabeza. Lina, pero si era él quien insistía en buscar el bebé.

—Yo sé, Valeria, yo sé. Me preguntó qué deseaba a cambio de abortar, porque sabía que yo siempre había anhelado tener un carro.

—No me dirás, Lina, que aceptaste.

—Estaba muy enojado, volvió a ponerse histérico, salió del apartamento mientras yo empacaba y ordenaba mis cosas y regresó con... no
recuerdo muy bien... cuatro o cinco pruebas de embarazo de diferentes marcas, y me hizo orinar enfrente de él para usar cada test.

—¿Y qué pasó?, ¿cuál fue el resultado?

—Todas dieron negativo. En lugar de calmarse se enfureció más,
me dijo que cada vez yo le daba más sorpresas, que si pretendía engañarlo, que me olvidara de todo lo que habíamos planeado. Pero créeme
que no era mi intención. Otra en mi lugar habría manejado bien la
situación y le pediría mucho dinero. Se le notaba que quería dar lo que
fuera por no tener el bebé... No entiendo el motivo de ese cambio extremo.

—Mira, es mejor que no pienses en eso. Ya pasó y ahora estás bien.
Tómalo como una experiencia más, y dale gracias a Dios de que no
estés embarazada.

Valeria volvió a abrazarse con Lina, y pensó en lo afortunada que
había sido al no prosperar su relación con Peter, y también recordó ese
pálpito que tuvo en Cartagena y que la hizo levantarse de la cama y no
enredarse de un modo irreversible con aquel gringo.

39

Llega Kelly, la esposa de Peter

Valeria le contó a Sammy los pormenores de la actitud agresiva de Peter, que le contestó que todos sus compañeros estaban cansados de su modo de ser dentro del grupo de trabajo. Le habían sugerido hablar con un psicólogo porque ya contaba en su debe con varios llamados de atención, respondía mal y era muy individualista en sus labores. Según Sammy, eso último era lo más peligroso, porque a veces arruinaba la misión del día, poniendo demasiadas cosas en riesgo.

Las extrañas llamadas de la mujer extranjera continuaron. Lina optó por contestar y seguirle la conversación para así averiguar de quién se trataba y cuáles eran sus intenciones. De ese modo, se enteró de que era Kelly, la esposa de Peter y madre de su bebé. Lina se quedó fría. Aquella mujer le contó todo sobre su matrimonio. La mujer, por su voz chillona, se notaba que era algo fastidiosa y nada dispuesta a renunciar a lo que era suyo. Según ella, Peter la maltrataba. Era un hombre que se irritaba y deprimía con mucha facilidad y que siempre se sentía solo y excluido. Kelly maldijo el trabajo en Colombia porque había interrumpido la terapia de pareja en la que estaban, y también las sesiones de grupo para el manejo de la enfermiza y a veces peligrosa ira de Peter. Lina atinó a responderle que no se preocupara porque ella únicamente aspiraba a olvidarlo.

La conversación terminó con una advertencia y revelación de Kelly sobre la conveniencia de que lo que Lina le acababa de decir fuera cierto y abandonara cualquier idea de mantener una relación con su esposo, puesto que en unos días llegaría a Colombia con el bebé. Y si no deseaba que le continuara husmeando el correo y seguidamente publicando fotos de ella con Peter en la intimidad que estúpidamente se dejó tomar, lo más inteligente sería que se esfumara de la vida de Peter y que hiciera buena su promesa de olvidarlo para siempre. De no ser así, se arrepentiría. Y hubo algo en esa frase final, en el tono que ella empleó para decírsela, que hizo de Lina se sintiera realmente amenazada.

A los pocos días de su separación de Lina, se podía ver a Peter con un bebé y una mujer con los aretes de esmeraldas que supuestamente había comprado para la mamá. Era imposible no encontrárselo, ya que él, su esposa y el niño iban a las mismas zonas que había frecuentado tanto con Valeria como con Lina.

Una de aquellas tardes, Peter se topó de frente con Lina. Ni la miró, y al día siguiente la llamó a decirle que no quería encontrársela, que le prohibía ir a los lugares que ella sabía que a él le gustaban. Y que ni se apareciera por el apartamento porque ya había dado órdenes de que no le abrieran la puerta del edificio y llamaran a la policía si no se esfumaba de inmediato. "Estás loco, Peter. Y que te quede claro que no tienes derecho de prohibirme nada, y menos andar libremente por mi ciudad, por mi casa, porque tú eres solo un visitante. Quien sí debe abstenerse de andar por ahí engañando y paseando como Pedro por su casa eres tú", le contestó Lina.

Aunque Valeria se sentía mal por ella, no podía dejar de sentir el alivio de no ser ella quien se encontrara en esa situación. En parte, le debía a Lina el haberle arrebatado ese espantoso petardo, un problema que más tarde o temprano también le habría estallado en sus propias manos, y quién sabe con qué consecuencias.

Una semana después de su última llamada a Lina, y en una reunión con los amigos de Sammy y sus novias, apareció Peter acompañado de su esposa. Inmediatamente, el ambiente cambió. Valeria le confesó a Sammy que quería irse, y mientras pagaba la cuenta ella quiso hacer tiempo yendo al baño. Pero Peter la alcanzó.

—¿Por qué te vas? Es muy temprano.

—Qué descaro. Tienes mil rostros, y ninguno me gusta. ¿Piensas que no sé lo que le hiciste a Lina?

—Fue un error, ella me tenía al borde. No sé que me pasó, ya le pedí disculpas… Pero ten presente que contigo habría sido diferente, y ella no estaría aquí, mi separación sería un hecho. Discutimos y terminamos, yo me sentía culpable por no contarle sobre mi hijo y con tanta insistencia por quedar embarazada, preferí terminar, no deseaba hacerle daño.

—No deseabas hacerle daño... Y el golpe para qué fue. Y esos videos tan fuertes... —le recriminó Valeria, zafándose de un brazo que trataba de sujetarla por la cintura.

—¡Golpe! Yo nunca la toqué, o es que acaso te parecí agresivo alguna vez. Y los videos, esos me los vendió un cabo en la base cuando llegué. Sí, me gusta ver porno, pero ni los he mirado todos. ¿Y a qué te refieres con eso? Es mi intimidad...

Sammy se acercó rápidamente porque se había percatado de que aquella conversación podía terminar mal.

—Ya está bien, Peter. Deja en paz a Valeria —se despidió Sammy de él, dando por zanjado el encuentro y tomando la mano de Valeria de un modo protector para salir del local.

La versión de Peter hacía necesario revaluar la de Lina, quien, según se dijo Valeria, pudo crear una película para no quedar mal por la terminación de su hasta entonces amante. En cualquier caso, todo el mundo se sintió complacido cuando a las dos semanas Sammy dio la noticia de que Peter había sido despedido no solo por su actitud, sino porque la esposa en sus ataques de celos y experta en hackear para obtener los números e información de Lina, también le husmeó su cuenta de correo del trabajo, la cual se asumía era de completa reserva. No era algo que pusiera en riesgo la seguridad nacional de su país, pero sí era de gran importancia porque estaba lo que debía hacer, sus reportes y demás indicaciones. Y de inmediato el sistema lo reportó, por lo que sus superiores tomaron las medidas de manera inmediata.

Después de decidir estar sin celular y correos por un buen tiempo, Lina abrió cuentas nuevas, cambió de números y hasta de teléfono fijo. Porque las llamadas continuaron desde que Kelly llegó a Colombia hasta unos días después de su partida. Le decía que era feliz con Peter, y que ninguna perra podría separarlos. Le preguntaba si estaba llorando mucho. Era un martirio, y a esas alturas no sabía decir quién estaba más enfermo, si Peter o Kelly. En cualquier caso, convino en que eran tal para cual.

Parte V

40

Valeria de Sammy a Bob...

En una de las salidas a tomar tragos, Sammy invitó a Valeria a un local que acababan de abrir en la zona rosa y en el que se había citado con varios de sus amigos y compañeros de trabajo. A algunos los conocía, pero a otros no. Siempre había caras nuevas en los encuentros con Sammy.

Desde que entró al local, alguien atrajo su atención. Se lo presentaron: su nombre era Robert, aunque la mayoría lo llamaba Bob.

Valeria, pese a que lo intentaba, no podía dejar de mirarlo. Había algo muy fuerte que le atraía. Aquel hombre, se dijo, sí era digno de comparación con Teddy. La sensación no era solo por el aspecto, sino que también le adivinaba que era poseedor de una energía increíble, casi espiritual. Tenía una mirada muy bonita, de pureza, por sus ojos extremadamente azules, y un pelo rubio con algunas canas que lo hacían más llamativo.

Se sentó a su lado. Robert comenzó la conversación contándole que hacía solo dos horas que se había bajado del avión y que necesitaba una profesora de español con urgencia porque inicialmente no entendía que para todo le dijeran "Tranquilo". Pues desde que cogió sus maletas y tropezó con alguien, la respuesta había sido esa: "Tranquilo, tranquilo". Y aquello le hacía pensar que tal vez proyectaba una imagen de un ser demente. Quería aprender las expresiones correctas para no equivocarse y adaptarse mejor.

Ella se ofreció a buscarle alguna profesora. Pero él insistió en que deseaba a una persona seria: no buscaba una chica para pasar el rato como sus compañeros, sino realmente alguien que le enseñara. Y quería una mujer, porque resultaría más comprensiva y paciente. Aunque había intentado aprender el español en varias oportunidades, ese idioma le parecía muy difícil.

Robert le pareció caballeroso y sincero a Valeria. Era algo mayor, y quizá notara por la expresión de su rostro la diferencia de edad entre ambos. Valeria acababa de cumplir veintiocho y él cumpliría cuarenta y cuatro, según se sinceró.

Una tarde, días después, sonó el celular de Valeria: era Robert. Le había pedido a Sammy su teléfono y la invitó a salir. Fueron a cenar a un restaurante japonés. Ella se sintió muy cómoda, como hacía tiempo que no le ocurría con un hombre. Era una comodidad diferente a la calma de intrascendencia que disfrutaba en sus encuentros con Sammy. Era como si ya conociera a Robert de mucho tiempo atrás y le inspirara una total confianza, como si adivinase que entre sus brazos se iba a sentir una mujer segura y realizada.

Valeria trató de buscarle una profesora particular, porque en una academia los horarios no se ajustaban a las necesidades ni a la disponibilidad de tiempo de Robert. Pero no fue posible. Las pocas que contactó cobraban como si fueran a enseñar a comunicarse por telepatía, y le pareció que era un abuso que no estaba dispuesta a consentir pese a la advertencia del gringo de que el dinero no era un problema.

Robert tuvo la idea de que Valeria sería una excelente profesora, y le ofreció, con toda formalidad, que aceptara el cargo. Además de que le caía muy bien, su horario coincidía. Ella sonrió, y él dijo que no había nada más de qué hablar. Valeria tuvo el convencimiento de que comenzaba para ella una nueva etapa. ¿Y por qué no darle una oportunidad?, se cuestionó.

Compraron un cuaderno y ayudas didácticas para generar mayor retentiva. El cuaderno lo eligió él, y fue uno de esos que tenían fotos de modelos colombianas cada veinte páginas. Comentó, en medio de una pícara sonrisa, que sería perfecto para separar los temas.

Robert era mayor de la Fuerza Aérea, piloto militar, contratista. Es decir, había venido a Colombia por medio de una empresa que brindaba soporte aéreo militar a países en conflicto, y a la vez trabajaba con la Fuerza Aérea de los Estados Unidos. Su permanencia era por rotación: quince días en Colombia, quince en su hogar. Por eso siempre se hospedaba en un hotel. Las primeras veces que salieron se encontraron en algún restaurante, pero cuando acordaron lo de las clases, decidieron que lo harían en el hotel.

El primer día que Valeria llegó al hotel, las personas de la recepción la examinaron de un modo incómodo, y le pidieron la cédula como si fuera una puta. Luego llamaron a Robert a la habitación y la hicieron seguir, no sin acompañarla hasta que entró al ascensor con una mirada cargada de desdén.

Comenzaron las clases con lo básico. Valeria le enseñó las típicas preguntas y respuestas en un taxi, en un restaurante, a pronunciar detalles como la dirección del hotel, a mostrarle el método para buscar las carreras, las calles, las diagonales, las principales avenidas, a ubicarse en la ciudad a través de los cerros que la bordean.

No todas las clases eran en el hotel, porque Valeria, además de profesora, también se había convertido en algo parecido a una guía turística. Por esa razón, programaban visitas a diferentes lugares, sesiones prácticas que le facilitaban la posibilidad de ir mostrándole la ciudad y evaluarlo como cualquier profesora, cosa que les permitía hacer bromas, reírse y fomentar, poco a poco, las bases para una relación más estrecha.

La primera de aquellas salidas fue a Monserrate. La altitud lo afectó y se quedó sin aire. Robert le confesó a Valeria que todas las noches se tomaba una aspirina, porque desde que aterrizaba el dolor de cabeza le resultaba insoportable, además de sufrir algunas diarreas.

De Monserrate bajaron a la zona colonial. Fueron al chorro de Quevedo y a sus alrededores. Él había comprado una guía turística de Bogotá en su país, la leía y pretendía explicarle por dónde iban, como si supiera más que ella. Aquella guía mezclaba información de libros de historia con rumores actuales. Algunos de los datos le daban mal genio a Valeria, pero otros le movían a la risa, porque no eran verdad, cosas pequeñas pero ridículas. Mencionaba aquel panfleto que el parque de la 93 era el sitio de mayor concentración gay en la ciudad, que en algunos restaurantes drogaban a los clientes para secuestrarlos o robarlos, y que la Piscina, el burdel en el centro de Bogotá, era uno de los sitios de entretenimiento más frecuentados por los bogotanos. De onces, Valeria le dio el menú de la CH, es decir chicharrón, chorizo y chicha con una chica al lado. Inicialmente no le gustó la idea de la chicha, pero después no hubo poder humano que le quitara la totuma con el elixir muisca.

El fin de semana siguiente, los amigos —incluido un Sammy que ya sabía su nuevo estatus con Valeria sin que ella le tuviera que explicar nada—armaron un grupo para que los llevaran a los mismos lugares y a comer lo mismo. Robert fue un buen propagandista del recorrido.

Después de aprender lo básico, el tema que más le interesaba a Robert era el de los detalles, como las malas palabras o groserías colombianas, no para repetirlas, sino para saber si se las decían a él. Quería saber expresiones populares y cómo reaccionar a lo colombiano en ciertos momentos, dónde dejar propinas, consejos de seguridad. Todo lo escribía en un cuaderno.

41

Sammy: "prefiero un sueño Colombiano"

Erick no tardó en enterarse del nuevo gringo que había llegado a la vida de Valeria. Aunque ahora el único sentimiento que lo movía era el de la amistad, la invitó a almorzar para sermonearla. Afirmaba que aquellos tipos de paso le habían dañado la cabeza y el corazón. Que ahora los únicos que medio podrían compararse con ellos serían los traquetos. Un pelado normal no le iba a dar lo que ella tenía por costumbre recibir, por más adinerado que fuera un joven colombiano de buena familia, porque no tendría esos hábitos de consumo ni de flirteo.

Valeria tomó una parte como verdad, pero la otra no. La que se basaba en el dinero y en los regalos era totalmente cierta. Ella tenía como mínimo un regalo por día o buenas invitaciones, salvo con Sammy, que había sido un eventual para cubrir la vacante en los días en los que la apretaba el deseo, una especie de amigo gringo con derechos. Pero también estaba la parte del buen trato. La cuestión no era el tamaño de un ramo de flores, podía ser una sola rosa, sino el detalle. Y eso solo lo había encontrado con los norteamericanos.

Cuando ya se despedían, llegó Sammy o el Flaco, como le gustaba que lo llamaran, quien se había convertido para Valeria en un excelente amigo, en un alcahuete consentidor. Ella le presentaba amigas y él a sus amigos, hasta que encontrara el que le quitara el sueño. Había quedado de encontrarse en ese restaurante para acompañarlo a comprar algo de ropa y unos artículos de aseo que necesitaba.

Valeria los presentó. Erick fue un poco petulante al comienzo, pero los convenció para que fueran a tomar juntos un tinto. Hablando de multitud de cosas, Erick y Sammy comenzaron a caerse bien. Había química entre ambos.

A Sammy no le interesaba una relación sentimental seria, él deseaba la variedad y no lo ocultaba. Decía que si llegara a encontrar a alguien que le quitara la respiración, de inmediato se consagraría a ella con cuerpo y alma. "Pero hasta entonces... ", decía en medio de una sonrisa burlona. Y dudaba de que aquello le pudiera suceder. Por el momento, estaba cegado y extasiado con las oportunidades que disfrutaba en Colombia, y se sinceraba diciendo que ni en sueños en Estados Unidos habría tenido un catálogo tan extenso de mujeres en su cama. "¡Patrañas lo del Sueño Americano!; ¡lo mío es el Sueño Colombiano!", repetía riéndose y en medio de una gran euforia.

Simplemente no podía perder la oportunidad. En Colombia comía a la carta, y allá, en su país, las mujeres ni lo miraban. Sammy explicaba que las gringas eran muy complicadas y de nariz parada, y siempre lo habían contemplado por encima del hombro. Pero en aquella bendita tierra, como él repetía, tenía cierto poder y marcaba la diferencia frente a los otros hombres, pese a no ser atractivo. Además de que las mujeres eran muy cálidas, ofrecían una buena compañía, excelente conversación y un proceder diferente e interesante, además de no tener que esforzarse mucho para lograr lo que deseaba: "Una invitación a cenar, un trago, de pronto un baile... y a lo que vinimos". Pero en el fondo, Valeria sabía que Sammy sí había sentido en algún momento algo especial por ella. Y le agradecía esa manera de ser, de aceptar su rol sin protestas, quizá dándose por bien servido con la oportunidad de haber disfrutado de ella.

Al escuchar su filosofía de vida, Erick casi experimentó una especie de amor a primera vista, una afinidad fuera de lo común y que jamás habría pensado tener con un gringo. No lo podía creer. Él, quien hablaba pestes de ellos minutos antes, ahora, y sin saber muy bien si solo fue por su sinceridad sin tapujos, se había convertido en un compinche de Sammy. Luego, con el tiempo, llegarían a formar una especie de dúo maravilla en el bar.

Erick antes no podía levantar demasiado por estar pendiente de sus negocios, ya que realizaba dos o tres rondas a los restaurantes y bares por noche. Cuando llegaba a Contrapuerta, su favorito por ser el primero de su propiedad, se quedaba mirando qué faltaba, cambiando la música, monitoreando el licor, fiscalizando al administrador. Los únicos contactos que tenía con clientes coquetas eran porque ellas lo buscaban y se le acercaban. Con Valeria todo se había transformado para entonces en una buena y sosegada amistad.

Sammy actuaba solo, salía únicamente a explorar, se sentaba en la barra de algún local, conversaba con el administrador o el dueño del bar, y desde su silla observaba cuál era la mejor opción para acercarse o enviar una copa. Era un cazador solitario.

Ahora continuaba con ese proceder, pero en Contrapuerta. Ser amigo del dueño le permitía ciertos privilegios para complacer a jovencitas solitarias, como cuando querían oír alguna canción. Sammy pedía ponerla y de inmediato lo hacían. Erick podía trabajar mientras su nuevo amigo gringo concretaba la vuelta y obtenía números de teléfonos. Cuando cerraban el bar, se iban juntos, con las chicas del levante, a rumbear a algún club. Algunas veces se turnaban la llamada "Oficina del amor", en la que Valeria ya había "trabajado" en su época.

Sammy, como sus demás colegas, podían llevar una acompañante al hotel sin pagar excedente. La única condición era ingresar antes de las nueve de la noche, aventura que él repitió muchas veces. Se estaba yendo para el otro extremo, pues cada día llegaba con una mujer diferente. En oportunidades pagó el excedente por una tercera persona. Luego, contaba risueño que fue violado por dos amigas, quienes habían deseado hacer un trío, pero no se atrevían con un colombiano por miedo a comentarios o consecuencias de las vueltas que da la vida, así que lo buscaban con frecuencia. Hasta ahí le llegó la criticadera a Erick, que seguramente sí cumplió el sueño del trío con la colaboración de su nuevo y ya inseparable compañero de aventuras.

Sammy se había convertido en una atracción en Contrapuerta, en un gancho que le hacía disfrutar a Erick de algunas compañías que nunca habría imaginado. Era un gringo agradable y educado, bien arreglado, que hablaba español y que bailaba como un caleño. Porque, según contó, de adolescente había comprado videos de bailarines de salsa y demás ritmos tropicales para saber bailar cuando encontrara su diosa meridional. Nunca le habían gustado las gringas, pero sí, en cambio, desde pequeño le había encantado ver en televisión la belleza de las mujeres latinas, moviendo las caderas o bailando algún ritmo tropical y exótico. Por eso Sammy era el mejor reclamo para Erick y sus nuevas andadas, aunque nunca le aceptaba a Valeria que él hacía algo más que bailar o hablar, que no era uno de esos gringos en busca del sexo a cambio de unas monedas o cualquier regalito.

42

Daniel o Daniela, entre gustos...

Valeria continuaba con Robert. Habían construido una sólida amistad, que prometía seguir avanzando. Los quince días que venía a Bogotá los pasaban juntos. Lo único malo era que no había progresado mucho en el uso del español y se resistía a practicarlo porque siempre estaba con ella. Se sentía confiado, pues no se iba a perder ni a cometer algún error grave. Y se le notaba feliz.

Por su parte, Valeria seguía perfeccionando su inglés. No solo por Robert sino por entrenar el oído con los diferentes acentos de sus compañeros. En especial, el de Jonathan, un amigo de Robert a quien no le entendía muchas de sus frases. Era de Nueva York, y por eso hablaba más rápido y con otras expresiones que hasta entonces no había escuchado. Debido a que era muy apuesto, y en su papel de Cupido, Valeria se acordó de la sugerencia de Valentina para que le hiciera posible conocer a algún gringo, y la compaginó con la invitación de Jonathan para que le presentara a algunas amigas. "Y ojalá le gusten los videojuegos. Son mi hobby y traje todos mis equipos y accesorios para jugar aquí. Que sea descomplicada y le fascinen las hamburguesas, no me gustan las mujeres que hacen dieta o se maquillan", le recomendó Jonathan a Valeria.

Jonathan era ingeniero de sistemas, con porte de nerd. Siempre analizaba todo con la mirada. Pero no era de esos que miran solo por mirar y se guardan sus opiniones, haciendo únicamente algún gesto en su rostro de aprobación o disgusto.

Repasando a sus amigas, Valeria se dio cuenta de que ninguna de ellas tenía específicamente las dos primeras características. Pero de todos modos decidió presentarle a Valentina, tal y como lo tenía planeado inicialmente. Pensó que, sin lugar a dudas, se impresionaría con su belleza y no le importaría si jugaba o no a las maquinitas. Valentina era una dura en comegalletas y solitario, y quizás eso la ayudaría.

Quedaron unos días después para cenar. El grupo lo formaron Valentina, Robert, Jonathan, Dani y Valeria. Dani era Daniel, a quien le habría encantado nacer Daniela. Cocinaron en el apartamento de Valentina, y a medida que iba pasando el tiempo Jonathan hablaba más, porque por lo general sus intervenciones eran cortas, al igual que sus medidos movimientos. Tenía buenas relaciones interpersonales, pero a veces resultaba muy precavido a la hora de entablar nuevas relaciones. Pasaron una velada muy entretenida y Valeria se sintió muy complacida de ser la promotora de una nueva pareja. Porque era obvio que Valentina y Jonathan se habían caído más que bien.

Pasados unos días, Valeria le preguntó a Valentina cómo le iba, porque no volvieron a ver a Jonathan cuando se reunían todos. Supuso que andaba de galanterías con su amiga. Pero no era así, ya que nunca la había llamado. Con quien sí andaba el gringo para arriba y para abajo era con Dani.

Jonathan le enseñó a jugar y se reunían en el apartamento a practicar. A Dani le estaba comenzando a gustar todo el cuento de los juegos electrónicos y Jonathan comenzaba a perder su cortedad. De igual manera, no lo iban a extrañar, acababa de llegar y cuando acudía a las reuniones o cenas ni hablaba. Era extraño, pero al final se unió a una pareja. Era evidente que el Sueño Americano se podía ajustar a todos los gustos… y sexos.

43

La chiva: una discoteca andante

Jeffrey, el jefe de Robert, organizó una salida en chiva con todos los del grupo de trabajo. Robert invitó a Valeria y le dijo que podía ir con otra amiga porque ellos eran muchos hombres, así que llevó a Eva.

El recorrido de la chiva se inició en el parque de la 93, para luego ir por la zona rosa, la zona G y llegar hasta el mirador de la ciudad vía a la Calera. La música era muy tropical, y los gringos se emparrandaron. Eso de desplazarse en una discoteca rodante, en un bus antiguo de madera, sin ventanas y con luces, los tenía extasiados. Y también contribuía a ese estado de alegría y euforia el aguardiente que no paraban de consumir.

Mientras Robert hacía lobby con su jefe, Valeria hablaba con la esposa, la misma Lili, dueña del apartamento que rentó Peter, y el de Sammy también. Valeria no podía creer la coincidencia, pero resultó que era la esposa del jefe de Robert. Nunca había tenido contacto con ella más que por teléfono, y solo sabía que era propietaria de apartamentos amoblados para arrendarles a los gringos y que se había casado con uno de ellos. Jeffrey tenía setenta años y ella aparentaba cincuenta y cinco, aunque el cuello y las manos a veces delataban mayor edad.

Lili era una señora muy bonita y elegante, de buena procedencia familiar y condición económica. Estaba separada y con un hijo, que fue adoptado con mucho amor por Jeffrey, quien no había tenido hijos ni una relación estable, en gran parte debido a sus rotaciones de país en país. Desde el comienzo, a Lili le pareció un hombre muy noble, educado y atento, y lo único que le molestaba era que Colombia no le significaba gran cosa. Hablaba de París, Roma, Venecia, Tokio y muchas ciudades de Estados Unidos, y siempre criticaba las costumbres colombianas. "Pero finalmente se enamoró; ahora que viajamos a esos países de los que tanto hablaba y con los que nos comparaba, no para de hablar fenomenal de Colombia", le dijo Lili a Valeria, llena de orgullo. "Y usted y Robert hacen una pareja muy linda —añadió sonriente y en un tono maternal—. Los gringos no molestan, son muy formales, siempre le dan a uno lo que necesita y les encanta ser muy hogareños. En mi caso creo que mi hijo está más apegado a él que a mí. Aproveche, no lo deje ir, enamórelo, atiéndalo, ellos andan muy solos y se dejan consentir… Hágame caso y verá que le va muy bien. No espere a que llegue un patán de aquí y la engañe con peladitas o se porte mal… Mire cómo la contempla. No se porte mal con él, si me permite que se lo diga, es un poco fría y distante… Hágame caso —le terminó de aconsejar Lili a Valeria, para después incorporarse a la bulla de la chiva.

Valeria no paraba de darle vueltas a lo que aquella mujer le dijo. La había escuchado atentamente, sin saber cómo detenerla y explicarle que él solo quería una amiga y profesora.

Pararon la rumba en la chiva por un rato para comer en un restaurante vía la Calera, desde la que se podía apreciar una excelente vista panorámica de Bogotá, que parecía extenderse a sus pies como una alfombra.

Eva simpatizó con Pablo y otros amigos suyos. Robert y Valeria se quedaron hablando del clima y cosas intrascendentes, sentados en una cerca de piedra con el espectacular paisaje de la ciudad como telón de fondo. Hacía mucho frío y Robert le ofreció a Valeria su chaqueta, en un gesto que le pareció muy tierno, de película de Hollywood. Cuando se la puso, la sorprendió con un beso en la boca. Sintió su calor en los labios y desapareció. Ella se quedó con los ojos cerrados y los labios estirados, esperando un segundo beso más largo. Pero no lo hubo. Robert se había ido.

Volvió a los diez minutos, pero entonces ya no le hablaba ni la miraba. Fue una situación incómoda porque a ella sí le llamaba mucho la atención, y aunque no tenía una argolla y no le había preguntado para no importunar, sabía que tenía al menos una novia en su país. Afortunadamente, no siguió con algo más que aquel furtivo beso, porque ella le habría caminado con tan solo insinuárselo. Tampoco era gratis gastar tanto tiempo en él y dejar de lado su vida social para simplemente hacer el papel de guía y profesora. Valeria estaba confusa, no lograba ordenar sus ideas. Solo con un beso ya la había alterado. Pero desde aquel roce de sus labios, Robert pasó a ser Bob, y así lo sintió en el fondo de su corazón.

La chiva los dejó en el lugar donde los había recogido. Como estaban cerca de Contrapuerta, Valeria los convenció de continuar la rumba allá. Ellos todavía tenían los motores prendidos y no pusieron oposición a la propuesta.

Erick, al ver un grupo tan numeroso, se puso feliz y se portó maravillosamente, llenándolos de atenciones. Por un momento, Valeria lo sorprendió observándola de una manera especial. Luego, al darse cuenta, le regaló una sonrisa, pero enseguida tuvo que apartarle la mirada.

Media hora después de la llegada de Valeria y su grupo, Sammy apareció en el local y se unió a la fiesta. Y luego, dejando sus labores de dueño, se sumó Erick, que se integró bien, como si nunca hubiera dicho que los gringos eran unos gatos, que en su país no eran nadie y que venían a Colombia a hacer lo que no podían allá, que eran solo soldados como los colombianos, pero que en lugar de ser morenos y bajos eran rubios y altos, y que no dejaban de ser unos cualquiera en tierra extranjera, que se aprovechaban de su porte de héroe americano y perfil adinerado para enamorar a niñas hermosas y bobitas, a las que dejaban plantadas. Y ahora aquel Erick tan crítico con los norteamericanos estaba codeándose con ellos, riéndose de sus bromas y compartiendo todos los tragos del mundo.

Eva decidió quedarse un poco más en Contrapuerta. Pero Valeria y Bob optaron por marcharse, ya que era demasiado tarde para que ella regresara sola a su casa. Por otro lado, Valeria pensó que podría ser un momento muy celestino y permisivo para pasar a mayores. Pero cuando llegaron al hotel, lo primero que hizo él fue dirigirse a la recepción y preguntar por un taxi que la llevara a su hogar. Ella, tras el paréntesis de algún tiempo en el apartamento de su amiga Fernanda, continuaba viviendo con su familia en Zipaquirá.

En los siguientes días no hablaron del tema del beso. Valeria dedujo que todo había sido efecto del alcohol y del agradecimiento por lo bien que se había portado, porque estaba siendo casi su niñera. Le habría gustado que aquel pequeño atrevimiento, que sintió tan dulce, hubiera sido el preludio de algo más. Y estaba confusa, pues las palabras de Lili se contradecían con ese gesto de Bob. Era ella quien ahora esperaba, quien se había quedado literalmente con la miel del gringo en los labios.

A mitad de recorrido hacia Zipaquirá, Valeria recibió una llamada de Bob. Pensó que era para saber cómo iba, pero la sorprendió preguntándole si se quería devolver, que no le contestara sino que llegara de nuevo al hotel o que siguiera su camino y entonces hablarían al día siguiente. Ella meditó qué hacer solo unos segundos, y le dijo al conductor del taxi que regresara al hotel. Y se prometió a sí misma que aquella oportunidad no la iba a desperdiciar. Todo era un tanto extraño, pero, al contrario de lo que le había ocurrido con Peter, no existía en su mente ninguna prevención hacia Bob.

Cuando el gringo abrió la puerta de su habitación, Valeria se lanzó hacia él, devorándole a besos. Bob acaba de salir del baño, y solo se cubría con una pequeña toalla blanca enrollada en su cintura, que Valeria hizo que cayera al suelo. De lo demás, ella se encargó con pasión.

44

Eva, del sueño a la pesadilla

Eva siempre había obtenido excelentes calificaciones en el colegio y en la universidad. Había sido campeona nacional de las olimpiadas de matemáticas por tres años consecutivos y luego de química. Y también fue la capitana del grupo de danzas, coros y manualidades. Pero todo lo que tenía de talento para las matemáticas y otras asignaturas lo tenía de desafortunada en sus relaciones con los hombres, siempre se convertía en un auténtico imán para los vividores. Siempre le tocaba invitar a ella. Sus mayores atractivos eran unas largas y bien torneadas piernas y una sonrisa tan blanca como la nieve.

A Páblo le encantó Eva desde el primer momento en que se cruzaron sus miradas. A los dos les gustaba la rumba y cuando la música sonaba no se sentaban en toda la noche. Él era hijo de mexicana y estadounidense, de piel morena, estatura promedio, buen bailarín, que pese a que manejaba perfectamente el español solo hablaba en inglés y siempre más duro de lo necesario. Resultaba muy alegre y fiestero, y poseía un aire entre cursi y romántico cuando conversaba con cualquier mujer. Adoptaba unas poses que se veían demasiado afectadas, al menos para Valeria.

No había quién parara a aquella nueva pareja, siempre haciendo un show de baile. A veces, Pablo se excedía y era el único momento en el que ella se frenaba, como para bajarle un poco la euforia. A él le encantaba que lo miraran y le dijeran lo buen bailarín que era, se pavoneaba cuando respondía: "Sorry, no español, yo de Estados Unidos".

En el primer paseo por un centro comercial, Eva preguntó por una blusa en una boutique de moda, y Pablo se enloqueció. Se emocionó más que una mujer y estuvo más de una hora pasándole prendas para que ella se las midiera. Daba conceptos de moda, pedía el mismo vestido en otros colores o tallas y solo le faltaba entrar al probador. Al final, Eva dijo a los empleados que la blusa que entró a mirar no le gustaba, dio las gracias y se dirigió a la puerta. No vio a Pablo, y era que estaba en la caja pagando seis prendas para ella y tres para Valeria. La cuenta pasaba de los tres millones de pesos. El motivo del regalo para Valeria, según le aclaró Pablo a Eva, era en señal de agradecimiento por habérsela presentado.

A la semana siguiente, Pablo se mudó del hotel a un apartamento. Viviría a tiempo completo en Colombia. Y le dio la copia de la llave a Eva para que dispusiera de aquel espacio como si fuera suyo.

Como ocasionalmente Eva se quedaría con él, fueron a hacer un mercado para ella: champú, acondicionador, secador, plancha, una crema humectante y otra para la cara, para la noche, para el día, perfume, maquillaje, jabón, toallas íntimas, algodón, cepillo de dientes, pijama, sandalias y todo lo necesario para que cuando se quedara se sintiese como en su propia casa.

—Valeria, gracias. Esto es un sueño. Aparte de que es un as en la cama, porque hasta el momento no he tenido que fingir ni el primero, nunca me había tocado un hombre que no fuera tacaño, o que no se le quedara la billetera en el carro o que el cajero no estuviera muy lejos, o la típica de hoy tú y mañana yo... Me mima más que a una niña boba —Eva le agradeció a su amiga una mañana por teléfono.

Eva jamás había disfrutado de tantos detalles seguidos y todos provenientes de la misma persona. Pensaba que era como la novia de un mafioso, solo que Pablo no estaba en ese bando, en el de los malos, sino en el contrario, en el de la lucha contra los narcotraficantes. Aunque su comportamiento era casi idéntico, el de los gringos resultaba genuino, mientras que los otros, los malos, era copias exageradas con gusticos anexos y propios de la tierra. Se sentía como una princesa al lado de aquel hombre bien parecido, con un Rolex en la muñeca y la billetera rebosante de dólares para atender todos sus caprichos, que iban en aumento. Y como ella, el resto de aquellas niñas colombianas también pensaba lo mismo, y no les importaba que las miraran como a las que acompañaban a los torcidos. No, ellas no eran esa clase de muñecas, formaban parte del selecto grupo de las elegidas mujeres del Tío Sam y presumían de ello.

Valeria estaba convencida de que los gringos eran los auténticos, porque el billete verde es su moneda, porque la mayoría de marcas reconocidas de prendas de vestir son de allá, y generalmente pueden gastar más que un colombiano promedio por las ventajas del cambio de la divisa. Y hombre que sabe que tiene ventaja en lo económico por el dinero, siempre estará con mujeres lindas. Aquellos hombres deseaban ir a los mejores lugares porque en Colombia se podían permitir esos lujos, y, además, a unos precios que ni podían soñar en su país. Aunque algunos, porque siempre había excepciones, salían tacaños, sobre todo cuando se les comparaba con la general generosidad de la mayoría de sus compañeros. Pero eran los menos.

Eva y Pablo vivían juntos unos días a la semana: de jueves a sábado, en cuyas noches no faltaba la rumba. Ya conocían todos los lugares de moda y se habían convertido en asiduos a los que los meseros trataban de una manera más delicada gracias a las generosas propinas que él dejaba.

La madre de Eva no estaba muy de acuerdo con aquella situación. Pesaba sobre ella la experiencia de su sobrina Lina, y coincidía con todos los prejuicios de Erick en su versión antigringo. Consideraba que su hija y sus amigas estaban perdiendo el tiempo, relacionándose con un auténtico don nadie en su tierra y que en Colombia se hacía el importante, alardeando de su dinero.

Pero como reza la expresión popular: "No hay mejor augurio para una relación que la suegra no quiera al yerno o a la nuera". Y Eva y Pablo se casaron. Fue una decisión sorpresiva, ya que solo llevaban unos meses de noviazgo. Valeria fue la madrina de un matrimonio civil, ya que Pablo no alcanzó a llevar a Colombia los documentos que exigía la iglesia para el rito católico.

Sin embargo, y a petición de Eva, hicieron una ceremonia religiosa simbólica de compromiso. Ella vistió de blanco, como siempre había soñado. Vinieron algunos familiares de Pablo y dos parejas de amigos, más los compañeros de trabajo. Los demás invitados eran colombianos.

En la fiesta se complacieron los gustos de las dos nacionalidades: hubo orquesta tropical, mariachis y banda de rock; la cena fue también la fusión de las dos gastronomías, pero básicamente predominaron las costumbres colombianas. La luna de miel fue en San Andrés, porque sus trabajos no les permitían tomarse más que unos pocos días de vacaciones.

Pablo se había propuesto vivir en Colombia. Su contrato de trabajo así se lo permitía. Así que la pareja planeó instalarse en una casa campestre, que sería el regalo de bodas de la madre de Eva. Él se haría cargo de amoblarla.

Todos los acontecimientos que rodeaban la vida de Eva y Pablo se sucedían a una gran velocidad. En la luna de miel, ella quedó embarazada. Estaban muy felices, hasta que se enteraron en uno de los controles médicos que había algo anormal. Por herencia genética, existía la posibilidad de que Pablo le hubiera trasmitido una deficiencia al feto, problema que se manifestó en la ascendencia familiar de su padre. Estaban estudiando el caso.

Fue una angustiante situación, porque nadie quería pensar en una malformación o algo peor. Afortunadamente, después de unos días los exámenes daban unos alentadores resultados sobre el estado del bebé y su futuro. El embarazo de Eva iba por buen camino y ya nada había que temer.

Ahora, el problema era Pablo. Dicen que los primeros cachos que los hombres ponen a sus esposas son cuando están embarazadas de su primer hijo o dan a luz. Y él no fue la excepción. Se le disparó el deseo carnal.

Pasada la incertidumbre sobre el futuro de la gestación del bebé, en una conversación muy seria le comentó a Eva que el error no había sido casarse, sino que quedara embarazada tan pronto. Antes de venir a Colombia tenía la idea de divertirse, pero que la encontró a ella y todo estaba perfecto porque se entendían a las mil maravillas. Pero ya no tenía con quién salir, rumbear, trasnochar, y esto para él no podría acabar con el nacimiento de la criatura.

Pidió que lo perdonara y entendiera, argumentando que en la ciudad donde vivía no existían tantas mujeres, ni tan bellas como en Colombia. Se sentía como un niño en una dulcería y le aterraba la idea de cambiar su diversión por la rutina de cambiar pañales y calentar teteros para el bebé.

Aquellas confesiones alteraron la relación con Eva. Después de dialogar sobre el asunto, Pablo creyó que ya tenía permiso para salir a tomar y bailar como había sido su costumbre. A Eva, solo le importaba que su bebé naciera sano. No podía luchar contra el apetito de su marido y todas sus fuerzas se debían concentrar en tener un embarazo lo más normal posible. Pero la amenaza de una separación estaba latente.

Hasta que Pablo, casi de un día para otro, le comunicó a Eva que se marchaba a Estados Unidos. Parecía no importarle conocer a su hijo a través de una cámara Web. No hubo conflictos económicos en la separación: Eva solo exigió la mensualidad para el niño que iba a nacer.

45

Un beso en la calera

El beso en la Calera y la llamada telefónica en la que le había pedido que regresara al hotel le dejó varias ideas y pensamientos dando vueltas en la cabeza a Valeria. No deseaba sobresaltos, así que comenzó a preguntarle a Bob más detalles sobre su vida sentimental. Aprovechaba para hacerlo después de tener sexo, cuando él parecía más relajado. Era justo, ya que estaba desarrollando ciertos sentimientos y no podía arriesgarse a que le sucediera algo parecido a lo que le estaba ocurriendo a Eva y a otras. Antes de enterarse de su historia, él le hizo una pregunta que al parecer no tenía que ver con nada.

—Valeria: si tú estuvieras pasada de kilos, ¿te daría pena hacer el amor con tu pareja?

—Una pregunta difícil de responder, Bob. Tal vez optaría por ponerme lencería sexy que pudiera usar mientras hago el amor y a la vez oculte ciertas cosas y exalte otras. Pero, no, no me daría pena hacerlo. Es más, trataría de hacer ejercicio y comer menos para no llegar al punto de esconder partes de mi cuerpo, y, si ya es imposible, pues nada, me relajo y lo disfruto —le respondió, riéndose, porque eso era realmente lo que ella haría.

Entonces Bob comenzó a contarle que había tenido dos relaciones importantes: la primera no fue realmente un matrimonio, vivió en unión libre seis años y todo acabó cuando descubrió en la basura de su casa papeles que probaban un aborto que su compañera se había practicado sin comentárselo mientras él estaba de misión; la segunda fue con su amiga de toda la vida, y que lo apoyó en la pena de su separación y la pérdida de su hijo no nacido. Se consolaron mutuamente, porque ella también acababa de divorciarse. Era una agente de bienes raíces con mucho éxito en los negocios y una excelente persona. Pero las cosas empezaron a torcerse y la relación se deterioró, porque con el tiempo ella había subido mucho de peso y se encontraba muy acomplejada. Lo máximo que compartían corporalmente era un beso en la mejilla, y muy de vez en cuando.

Cuando Bob se despertaba por las mañanas, aquella mujer ya estaba arreglada, y en la noche se vestía con grandes pijamas. Hacía mucho tiempo no le veía más piel que la de su cara, tobillos y muñecas. Los últimos años de los doce de matrimonio dormían en la misma cama, pero distanciados de cuerpo y alma. Cuando la buscaba sexualmente, ella se sentía agredida y él ya no sabía cómo manejar la situación. No quería dejarla sola. Había sido una buena mujer y compañera, pero su complejo físico estaba destruyendo a la persona que él había conocido y enamorado. Se hizo cirugías plásticas, pero no le funcionaron, porque su metabolismo la llevaba físicamente a una obesidad sin retorno. Para ella también era su segunda experiencia matrimonial, y de la primera había concebido dos hijos para luego hacerse la ligadura de trompas.

Bob, según le siguió contando a Valeria, le compraba lindos atuendos de lencería para intentar convencerla de que los kilos de más no eran un problema y hacerla sentir bien, porque él no tenía la intención de ser infiel, pero sí necesitaba el afecto físico. La reacción de ella era destrozar las prendas y ponerse a llorar desconsoladamente.

Valeria comprendió entonces lo importante que es el sexo para un hombre. Y se convenció de que ellos no lo tienen entre las piernas, sino incrustado en la mente, como si fuera su mejor talismán.

Esos temas le comenzaron a resultar incómodos a Valeria. Ella era quien había iniciado el interés por conocer detalles de su pasado, pero ahora se arrepentía. Se sentía mal cada vez que Bob le comentaba sus pormenores íntimos con aquella mujer. También le contó que no tenía hijos, pero que, por contra, había mantenido una excelente relación con los de su esposa. Al principio no soportaba la idea de tener uno propio, pero el tiempo pasó y a veces hablaba de su paternidad como de algo deseable. "No me estoy volviendo joven y quiero conocer un hijo mío antes de ser viejo", se sinceró en una ocasión con Valeria.

Pero no dijo con quién, o cuándo, o cómo. Valeria esperaba que no fuera una indirecta hacia ella, porque no se veía siendo madre soltera o que la gente la mirara como una más de las que salen en documentales de televisión triste y abandonada, con una criatura rubia en los brazos, buscando como alma que lleva el diablo a un padre que se ha esfumado.

Bob comenzó a viajar a otras ciudades de Colombia. Los vuelos eran muy largos y se concentraban en zonas alejadas de Bogotá. Por aquella razón, sus superiores consideraron que sería más conveniente que se hospedara en otra ciudad. Siempre iba en compañía de Glen, que era de su grupo de rotación y el único que no tenía novia, profesora o amiga, un gringo al que le gustaba la soledad, pero, más que eso, su objetivo aparte de su misión eran las mujeres de raza negra, aunque todavía no había encontrado su fruto del deseo.

En una cena, Glen conoció a Angélica, quien acompañaba a Valeria, y aunque no era de raza negra sí resultaba una morena muy llamativa. Y entre los dos hubo química desde el mismo instante en que los presentaron.

46

Angélica y Glen: amor entre razas

Era evidente que Angélica había tenido en su familia una ascendencia de raza negra: su abuelo, casado con una paisa. Y aunque tenía rasgos delicados, su piel era morena oscura, lo cual hacía que sobresaliera aún más una sonrisa resplandecientemente blanca. No se maquillaba ni usaba ropa ajustada para no atraer muchas miradas por sus curvas, que en ocasiones incluso le parecían un tanto exageradas a ella misma. Era abogada y trabajaba en la misma compañía que Valeria. "Los polos opuestos se atraen", se dijo un día Valeria, cuando pensó en que un hombre como Glen, extremadamente rubio y blanco, se interesara de un modo especial por su amiga.

Lo de Angélica y Glen se convirtió en una relación tranquila, o al menos eso parecía. Glen era mecánico de aviones y lo comenzaron a enviar con más frecuencia a Tumaco, donde se quedaba algunos fines de semana. Y entonces ella empezó a sufrir el calvario de las ausencias. Sabía del gusto de su pareja por las mujeres de raza negra, y ahora estaba rodeado de ellas. Glen le explicó que no era nada divertido estar allá, y que ni siquiera salía de la base porque no se lo permitían por seguridad, que no era como en otras ciudades, tales como Bucaramanga, Popayán o Pasto, en las que podían al menos caminar por las calles y dormir en hoteles de cinco estrellas. Angélica no le tocó más el tema, y se sintió un poco ridícula por reclamarle sin conocer su verdadera situación.

Una noche, en la suite del hotel de Bob también se había quedado Glen a tomar unos tragos. Valeria se había dormido y ellos continuaron con la conversación.

Valeria se despertó justo cuando Glen le contaba a Bob sobre unos amoríos con una joven que atendía el restaurante en la base militar de Nariño. Permaneció quieta como si estuviera soñando con los angelitos, sin hacer el menor ruido. Escuchó que a Glen, a pesar de su fantasía, no se le había pasado por el pensamiento tener una relación con alguien en ese lugar, pero un día la joven, guapísima, con atributos que matan a cualquier hombre, de ojos rasgados y negros, de senos y nalgas sensualmente torneadas, se sentó frente a él cuando tomaba un snack entre comidas, mientras pelaba unas papas. Aprovechando que no había nadie más, abrió las piernas y dejó ver que no tenía interiores, mostrando el vello abundante, rizado y negro que envolvía a su sexo como si fuera un obsequio que le estaba ofreciendo para que lo tomara y disfrutase. Esa imagen lo trastornó. Ella le sonreía y le picaba el ojo. Glen dijo que un deseo muy fuerte se apoderó de él, y ella le siguió coqueteando, hasta que se revolcaron en medio de una pasión incontenible y aquella mujer le tomó con sus manos el pene y se lo introdujo mientras lanzaba un gemido de placer más propio de una bestia que de una mujer. "En fin, tú ya sabes Bob, cuales son las tres ce más famosas de Colombia: la coca, el café y las cucas de sus mujeres", le soltó Glen en medio de una risotada que trató de contener sin éxito ante un gesto de advertencia de su amigo para que no Valeria aquellos comentarios.

Bob se había dado cuenta de que Valeria no estaba durmiendo. Manejó el asunto con discreción. Glen continuó muy descriptivo, añadiendo que su sueño de fantasías se le había hecho realidad, que ella no le exigía nada, que siempre estaba sonriente y que solo se dedicaban al sexo y de un modo salvaje y desenfrenado, sin ninguna restricción. No resultaba muy fácil encontrar los momentos para verse, pero lo lograban. Glen también comentó que había comprobado el mito que existe, según él, de que en su vagina las negras tienen los siete colores de las siete razas humanas.

Bob le preguntó por Angélica, y Glen respondió que eso era diferente. Con ella hablaba y la presentaba a los otros compañeros, a los jefes, y se tomaba fotos para enviar a sus amigos y familiares en Estados Unidos. Pero que una cosa no tenía que ver con la otra. "Ni se me ocurriría pedirle a Angélica que me lo dé como lo hace aquella negra", le dijo Glen.

Lo que casi levanta de la cama a Valeria para protestar fue la proposición que le hizo Glen a Bob para que también probara a hacerlo con una negra. Pero se contuvo. Habría quedado muy ridícula, primero porque se darían cuenta de que los escuchaba y segundo por reclamar como si tuviera una relación seria con él. La respuesta inicial fue una carcajada contenida, pero luego le dijo que no le llamaba la atención. Aunque no era racista, no se veía intimando con una negra. Él prefería los traseros pequeños y redondos que insinuaran delicadez y feminidad. Dijo que sería como estar con un hombre, y que aquello no se le pasaba ni por el pensamiento.

Ellos siguieron hablando y a Valeria la dominó el sueño. Cuando despertó, Bob dormía en el sofá. Lo miró y pensó que era mejor distanciarse. Sintió algo parecido al miedo, una dualidad entre lanzarse y despertarlo a besos o salir corriendo justamente para no enredarse en una noche de amor. Una vez más, le asaltaban las dudas, el temor de sentirse engañada y abandonada en cualquier momento.

Valeria se sentía apenada e inquieta por la información que había oído, pero al saber que Glen ya no tendría más trabajo en esa zona del país, se liberó de la obligación de prevenirle a Angélica. Aquel suceso no pasó de ser una impactante fantasía sexual. Y era obvio que la niña de la base no pasaría de ser un capricho. Ellos, como hombres, competían por tener la mejor novia, no solo físicamente, sino la joven que fuera más preparada, de buena familia y que tuviera algún tipo de aspiración. Independientemente de que fueran casados o con alguna relación en Estados Unidos, siempre buscarían la compañía de una mujer para disfrutar de unos cuantos polvos o tener una amistad, pero que los dejara bien parados ante sus compañeros.

Glen había estado enamorado platónicamente de una joven negra en su secundaria, idilio que su padre, de estar al tanto, nunca habría aprobado porque era un intransigente racista. Y en Colombia por fin había realizado su sueño con un erótico ángel negro a orillas del Pacífico, muy lejos de su tierra.

Pero aquel vínculo con la negra, no varió para nada la convivencia entre ambos. Las cosas iban tan bien para Angélica que renunció a su trabajo y se marchó con Glen, que aceptó una oportunidad que a la pareja les pareció imposible de desperdiciar: un destino en Italia. Ella había barajado dos opciones: continuar en Colombia, a la espera de que de la noche a la mañana a Glen lo enviaran a cualquier misión al otro extremo del mundo o decidirse por acompañarlo a Italia. Angélica eligió la segunda, ya que su sueño desde pequeña había sido viajar. No tenía nada que perder. Con veinticuatro años podía darse el lujo de aventurar unos dos o tres años más y de paso probar los efectos de la rutina a la hora de compartir todos los días de su vida con él. Ya llevaban seis meses de relación. Lo comentó en su casa y se fue.

47

El amo encontró a su bella Genio

Como Bob comenzó a viajar y el tiempo compartido se reducía, invitó a Valeria en la primera oportunidad que tuvo a que lo acompañara a Bucaramanga. En principio había temido que Bob fuera igual que Teddy, que le apeteciera solo el sexo oral, que, aunque lo había disfrutado en su momento, no era todo lo que esperaba de un hombre que compartiera con ella el lecho. Así que pensaba que cada oportunidad de estar a solas con él y de un modo diferente, era la ocasión para ir avanzando en su intimidad, en practicar cosas nuevas.

Valeria estaba entusiasmada con la idea de viajar con Bob. Hizo la maleta con sus atuendos más llamativos. La rutina del gringo en Bucaramanga era la misma de Bogotá: madrugaba para ir al aeropuerto, y, alrededor de las cuatro, volvía al hotel.

La primera noche salieron a cenar y Bob le lanzó varios piropos durante la velada. Cuando regresaron a la habitación, Valeria se puso una pijama fucsia de algodón. No era nada provocador, pero al cepillarse los dientes, y cada vez que ella se inclinaba para enjuagarse, sentía su mirada en la retaguardia. "¿Por qué no me lo pides así?", se dijo Valeria

Antes de meterse en la cama, se abrazaron y se besaron muy despacito. Lo hicieron mientras se miraban a los ojos. Luego él apagó la luz. Por unos momentos, ella no sintió el menor roce, pero sí sabía que él la estaba observando. Y eso la complacía y hacía que se sintiera deseada. Se preguntó si tal vez debía de ser más decidida, tomar la iniciativa como aquella noche en que regresó al hotel, abrazarle con más fuerza, apretarle hasta sentir que su sexo se erguía de un modo irrefrenable y después preguntarle qué quería hacer, qué le gustaría aquella noche. Pero optó por continuar con su rol de seducción, y se hizo la dormida, dando pequeños botes, destapándose para que en la penumbra de la habitación se vieran sus piernas, sus caderas. Comenzó a respirar de una manera incitante. Aquel modo de jugar lo había aprendido de Teddy, y su famosa manera de aguantarse las ganas hasta el momento en el que la pasión se desataba y llegaba la estocada final. Bob, como un leopardo, saltó sobre Valeria como si lo hiciera sobre una presa, desnudándola precipitadamente para luego montarla sobre él y penetrarla mientras cabalgaban como dos locos y entre jadeos.

Cuando Bob salía a su trabajo, le dejaba dinero para almorzar si no quería hacerlo en el hotel o para ir de compras. Luego, cuando llegaba, dependiendo de la hora, iban a hacer un poco de turismo. Conocieron San Juan de Girón, la plaza donde decían que hubo una enorme ceiba a la sombra de la cual se había sentado Simón Bolívar, los parques, el jardín Botánico, los museos y también los centros comerciales. También preguntaron por las famosas hormigas culonas, pero no era temporada.

Un día, al regresar del trabajo, Valeria le dijo a Bob que se encontraba en la piscina, que estaba en el último piso del hotel y contaba con una vista espectacular. Bob pasó por la habitación para ponerse su traje de baño. Le preguntó por qué no se sumergía en el agua y ella le respondió que no sabía nadar. La convenció para aprender, para que él le enseñara. Lo molestaba diciéndole Mitch Buchannon. Él ni ponía atención. Estaba profesionalmente concentrado en la tarea, la sujetaba de la cintura, de la cadera, le decía que confiara, que no la soltaría, que cerrara los ojos y se relajara. Cada una de sus explicaciones la excitaba: cómo respirar, cómo moverse; sus manos se posaban en algunas partes de su cuerpo por mero accidente cuando ella se resbalaba, y el juego comenzaba a calentarse. En un momento, al percibir que estaban solos, pararon la clase de natación y salieron de la piscina, que más parecía un jacuzzi por la temperatura. En una mesa del restaurante que estaba junto a la piscina, apuraron a toda prisa un par de ceviches de camarones que habían ordenado y corrieron a hacer el amor en la habitación.

Aquella noche salieron a cenar y, al regresar, de nuevo se repitió la rutina del baño, la cepillada, el abrazo y las buenas noches. Después de apagar las luces, Bob se encaramó de nuevo como un felino sobre el cuerpo de Valeria. Ella lo estaba esperando, y lo agarró con fuerza entre sus piernas. Se acariciaron, se buscaron con rapidez y se entregaron con una enorme intensidad. Después de sus experiencias con Teddy, Peter y Sammy, aquel modo de hacer el amor le parecía el primer premio del Baloto. Y aquella noche, después de descansar de la primera tanda de arremetidas, fue cuando Bob le insinuó que se diera la vuelta. A ella no le importaba, era un modo de ofrecerse sin contemplaciones, una manera de mostrarle su deseo de hacerle feliz. Y mereció la pena: Valeria lo disfrutó como nunca.

Los dos quedaron satisfechos. Estaban necesitados de un sexo sin límites, y aquella noche había sido un completo desahogo y hasta la extenuación, el pago de muchas deudas pendientes con sus cuerpos, con el deseo. Desde entonces, cada tarde, cada noche o cada madrugada era un momento ideal para dar rienda suelta a sus fantasías, para calmar tanta sed de sus tiempos de sequía, de romper todos los tabúes. La lengua, las manos y el pene de Bob le parecían a Valeria una auténtica bendición llegada del cielo. No hablaban mucho, solo se miraban, se tomaban de las manos y se apasionaban. Bob le decía que era como su Bella Genio y él su Amo. Y así bautizó Valeria al pene de Robert: el Amo.

Valeria y Bob regresaron a Bogotá con un semblante diferente. Él partió para Estados Unidos y ella para la casa con una sonrisa de oreja a oreja, feliz y satisfecha por tener un nuevo Amo. A partir de ahí, el gringo le comenzó a dejar dinero para los quince días que él no iba a estar. Nunca se lo dio en la mano, siempre lo encontraba en alguna parte camuflado. No era mucho, pero sí lo suficiente. Era como un pequeño regalo, un bonito detalle al que pronto se acostumbró.

En su siguiente rotación, Bob le dijo a Valeria que como le había gustado lo del tema de la piscina y del salvavidas, le tenía un regalo. Eran tres fotos: la primera, de él muy joven, con un uniforme de salvavidas con flotador en la mano y en la playa; la segunda, con su compañero de trabajo, un golden retriever, y la tercera, su preferida, de pie en un fondo negro, vistiendo únicamente un pantalón de mezclilla con la cremallera abajo e insinuando con la mirada que se lo quitaría en cualquier momento.

Como la tercera fue la preferida de Valeria, lo animó para mostrarle la serie que tenía guardada en el portátil. Eran fotos de una reconocida marca de jeans norteamericanos donde él había trabajado temporalmente como modelo. Cuando trabajaba de salvavidas en las playas de Miami, un cazatalentos lo había visto y así fue como se desempeñó ocasionalmente en esa profesión. Eso no duró mucho porque Bob era más de la onda de ayudar al prójimo, y no se veía como un vanidoso personaje de la farándula.

Eso le dio pie a Valeria para opinar que no estaba de acuerdo con que escondiera su buena figura, porque, a pesar de tener sus años, tenía un cuerpo privilegiado que no acumulaba grasa. Comía todo lo que se le cruzara: empanadas, perros, pasteles, helados. Y lo hacía a diferencia de sus compañeros militares, que eran muy rígidos hasta en sus horarios de comida. Se vestía con camisetas dos tallas más grandes que la suya y se veía como un típico gringo con ropa holgada. Valeria se lo comentó y le sugirió un estilo diferente. Pero a él no le convencía el cambio y le respondió que de pronto para Colombia estaba bien, pero en Estados Unidos sus vecinos y familia lo verían extraño, en especial su esposa, quien siempre había sido de la corriente hippy en su estilo de vestir.

48

Entrenamiento contraguerrilla

Sammy, Ryan, Francisco y Bob conformaban el grupo de amigos que tenían la misma rotación y estaban en el mismo equipo de trabajo. Una tarde en la que todos se habían reunido a tomar unas cervezas, con la presencia de Valeria, mostraban una preocupación inusual en ellos, en especial Bob. Le habían disparado a su avión, con la fortuna de no ser alcanzado, pero mantenía la intranquilidad de que no iba a ser la última vez. Confesaron que albergaban los mismos temores y precauciones que cuando llegaron a Afganistán, en donde los cohetes tierra-aire, que ya se estaban incautando en Colombia en los operativos, significaban la mayor amenaza. Bob no quería ni pensar en correr la misma suerte de sus tres compañeros que habían caído en manos de la guerrilla varios años atrás, y que aún permanecían cautivos, en poder de las FARC. Y Valeria empezó a sentir pánico al escuchar aquello, considerándose también una privilegiada, ya que era la primera vez que los gringos hablaban sin el menor reparo de sus labores ante una de las mujeres que los acompañaban.

En la siguiente rotación, partieron para Tolemaida a un entrenamiento de supervivencia. Permanecieron las dos semanas en la selva colombiana informándose sobre plantas, animales, víboras, insectos y todo el resto de la flora y de la fauna del país, y la ayuda de los mismos para sanar heridas, picaduras y calmar la sed y el hambre. Aprendieron hasta a cazar una gallina y desplumarla. Ellos venían con el rótulo de secuestrables y debían estar preparados para cualquier cosa, según le comentó Bob a Valeria.

No tenían celulares durante ese ejercicio. Debían estar incomunicados, pero sí podían tomar fotos. Cuando Bob regresó a Bogotá, a Valeria le parecía estar ante un niño pequeño contando todos y cada uno de los pormenores del entrenamiento. Según él, aquello no era comparable con el trabajo de adiestramiento que hacían en Estados Unidos. En las fotos vestían camuflados, cargaban fusiles, dormían en tiendas de campaña, comían lo que cazaban, acompañándolo todo con panela, buena para el frío y para dar energía.

Había una foto muy cómica con un pollo antes de ser sacrificado. Eran varias poses, con el mismo pero en una olla humeante. Salían con mimetizaje, con más soldados colombianos y con uno cuyo aspecto era diferente. Se trataba de Frenchi, de Francia, también soldado como ellos. Bob tomó también varias instantáneas de plantas y de animales, pero a lo que más le dedicó su atención fue a las serpientes venenosas, algunas de las cuales el instructor cazó durante el recorrido. Eso al parecer resultó lo más excitante para ellos, quizá por la descarga de adrenalina que significaba pensar en el riesgo de ser mordidos por uno de aquellos reptiles.

Entre ellos intercambiaban las fotos de los paisajes naturales de Colombia a manera de monitas de álbum. No solo de las que se tomaban en los entrenamientos sino de las capturadas los días en que bajaban a la selva. Esas jornadas eran en las que lograban las fotografías más preciadas, de árboles de más de cincuenta metros de altura y de tallos de inmensos diámetros, de animales desconocidos hasta entonces, de paradisíacas caídas de agua, de ríos tropicales, y hasta de sus compañeros secuestrados, bañándose a lo lejos en algunas paradas de descanso, aunque ellos no sabían que ya los habían localizado. Bob, ya con toda su confianza depositada en Valeria, compartió con ella todas aquellas fotos, incluyendo también las que tomaba desde las alturas en los vuelos de trabajo.

Al terminar el entrenamiento y las clases de supervivencia, descansaron ese fin de semana en Melgar porque al enterarse de que había un reinado de belleza en Girardot, el de turismo, se la pasaron allá, viendo las carrozas, los desfiles y las reinas, y bebiendo cerveza y rumbeando.

Bob llamaba cada hora a Valeria, reiterándole en cada contacto que solo pensaba en ella, que le dijo que se tranquilizara y disfrutara. En un principio, él se había imaginado que podía llegar a molestarle a Valeria porque hasta la invitó a pasar esos días con él, pero le contestó que no. Finalmente, era lo que él quería escuchar. Le haría bien un momento de solo hombres mirando mujeres bellas. En opinión de Valeria, a los hombres había que dejarles un poco de libertad, hacerles sentir que no se les agobiaba.

Francisco fue el beneficiado de ese asunto, porque volvió con novia. En uno de los desfiles quedó sin habla cuando vio a una de las participantes. A partir de entonces, no se quería perder ni un evento al que fuera posible ir. A aquella chica se la encontró en una de las muestras. Siempre estaba en la tarima, pero lucía algo diferente. Y se atrevió a acercarse.

—Soy tu admirador, tú debes ganar, eres muy bella —le dijo Francisco.

—Creo que estás confundido, yo no estoy participando.

Con una sonrisa deliciosa y una simpatía desbordante que cautivó a Francisco, aquella joven le explicó que quien estaba concursando era su hermana gemela.

Él se disculpó, pero le preguntó que si le molestaba darle el número de teléfono, a lo que ella no puso ninguna objeción.

49

Gringos y narcos en una rumba

María Teresa tenía veintiún años, y era casi idéntica a su hermana Andrea, y, como ella, modelo publicitaria. Lucía muy atractiva, con un pelo castaño brillante y sedoso, los ojos como la miel, una piel bronceada, con una mamoplastia y lo demás natural. Estudiaba publicidad; su hermana no, porque su novio excesivamente celoso se lo tenía prohibido.

Francisco era hijo de padres mexicanos, que entraron ilegales al país del norte pero luego accedieron a formalizar su situación. A él, y siendo aún muy joven, la decisión que lo había llevado a la vida militar fue la misma que a Teddy: un buen futuro, sabiendo que partía de una humilde familia y de unos recursos justos para vivir. Era un moreno atractivo, alto, simpático y siempre de buen humor. De aquel grupo de gringos era el que más disfrutaba a la hora de darse lujos, comprar, salir, comer, conocer, dar propinas, limosnas. No ponía problema por nada, y casi siempre estaba tranquilo y sonriente.

Andrea participaba por Cundinamarca. Quedó entre las finalistas pero no ganó. Cuando regresaron a Bogotá, María Teresa comenzó a salir con Francisco. Luego, en el apartamento de las hermanas, Francisco organizaba reuniones en las que preparaba comida mexicana. Era un excelente cocinero. Traía diferentes chiles y de todos los estilos para ellos. Las mujeres comían tortillas, burritos y demás delicias básicas, pero sin picante, que lo remplazaban por las margaritas que también servía Francisco con una maña especial. En una de esas ocasiones, conocieron a Juan Raúl, el novio de Andrea.

Juan Raúl se integró muy bien con el grupo de extranjeros. Era el único colombiano y tampoco tenía nada que ver con las Fuerzas Armadas. Para corresponder a todas las atenciones, aprovechó el cumpleaños de un socio para invitarlos a un asado en su finca.

La reunión fue a las afueras de Bogotá, en una finca elegante aunque algo pomposa. El lugar estaba adornado con buen gusto, con muchas esculturas, cuadros y muebles antiguos. También había numerosos empleados prestos a servir.

Al llegar al parqueadero, lo primero que llamaba la atención era que casi todos los carros tenían vidrios polarizados y eran blindados. La reunión se llevaba a cabo en una especie de plazoleta de piedra situada entre las caballerizas y un quiosco, amenizada con música mexicana, tequila, whisky y aguardiente. Alrededor del espacio que ocupaban los invitados, había varios escoltas de algunos de los asistentes que ya se encontraban allí.

Juan Raúl tenía la apariencia de un señor común y corriente, gentil y muy atento. No era alguien de renombre ni reconocido en el mundo político ni empresarial. Un chef argentino, que había sido un famoso futbolista un par de décadas atrás, estaba preparando el asado.

Como a la hora de haber llegado al lugar, apareció un disc-jockey para encargarse de la música, y así continuaron surgiendo sorpresas durante toda la noche: un conjunto vallenato, un grupo de mariachis y unas jovencitas que se acomodaron con los amigos del anfitrión, que estaban solos.

Los empleados sacaron caballos de paso fino, muy hermosos e imponentes, y ellas montaban y dejaban ver lo resistente de sus implantes al compás de los brincos que les producían el paso de las bestias. Los hombres miraban atentos, y les ofrecieron montar a las acompañantes de los gringos también: por parte de Valeria no había ni silicona ni pasión por esa actividad, al igual que las otras. Tomaron whisky, y cuando las mujeres se bajaron de los caballos, comenzaron a bailar. No se quedaban quietas, atendían a sus parejas, pero por lo general dejaban solos a los hombres hablando de sus negocios.

Juan Raúl se turnaba entre sus amigos y los norteamericanos, aunque había momentos en los que todos se integraban, como cuando el chef terminó de preparar un corte de carne y llamó a la mesa anunciando las delicias que acababa de alistar.

De regreso a Bogotá, Valeria le comentó a Bob la impresión que le había dejado la fiesta y sus invitados. Él le aconsejó que no dijera nada si no estaba segura. Quizá pensaba lo mismo pero prefería no pretender saber ni predecir nada. Bob le confesó algo que debía guardar en secreto: por su cercanía a las agencias de inteligencia de su país, había pedido información sobre Juan Raúl, y no encontraron nada. Por eso se tranquilizó y había aceptado la invitación del novio de Andrea.

Otro fin de semana repitieron el plan. Los del grupo no se negaron, ya que en la primera ocasión lo habían pasado bien. Bob fue porque le interesaban los caballos. Su gusto por los animales se reflejaba con los que tenía en casa: una serpiente pitón, cuatro perros, una pareja de hurones, cinco caballos y un pony, pero nunca había visto en vivo caballos de aquel estilo. Trató de hacerlo en Costa Rica y en España, pero no pudo. Preguntó precios, cuidados, historia, detalles y más información a Juan Raúl. Después expresó que le gustaría comprar uno, y que además quería aprender a montarlos y dirigirlos para hacer todas las piruetas que había visto que eran capaces de hacer.

Precisamente esa noche, aunque de entrada se había resistido, aceptó montar uno: Nocturnal, el consentido de Juan Raúl, campeón de varias competencias, pero que ahora solo se dedicaba a procrear. Cada salto de ese animal costaba lo impensable.

Después de unos días, era un hecho la compra de un caballo, un nieto de Nocturnal. Bob estaba muy emocionado, y ya tenía planeado que prepararía un lugar en sus caballerizas para estabular el caballo. Junto a Juan Raúl iniciarían los trámites para tener lista la documentación necesaria para poder exportar el animal.

Valeria, sin embargo, no dejaba de sentirse rara en esas reuniones. Le pasaba lo mismo a Adriana, una paisa espectacular muy poco habladora que era la novia de Ryan. Por el contrario, María Teresa y Andrea se sentían en familia. Del resto de las otras mujeres, no había una que repitiera en aquellas fiestas. Y es que las chicas llegaban de todas las clases y estilos. Algunas muy bien montadas, con ropa, joyas, carro, peinado y todo al ciento por ciento, que eran las destinadas para los invitados. También, y en algunas ocasiones, Juan Raúl mandaba traer compañía para sus empleados o socios de menor rango, y entonces se dejaba notar la calidad de las mujeres. A los ojos de cualquier persona no ocurría nada extraño. Sin embargo, Valeria era muy observadora o peliculera, porque cuando ellas iban las situaban con los gringos en una esquina diferente a la que ocupaban los socios y también a la de los empleados.

Cuando Juan Raúl estaba concentrado hablando con algún amigo, ordenaba a Andrea que bailara con alguno de sus socios, pero solo lo podía hacer si él se lo indicaba. De lo contrario, debía estar atenta a qué necesitaba. María Teresa la apoyaba a veces, pero también le susurraba en el oído a manera de desaprobación que no se sentía muy conforme con algunas de las cosas que Juan Raúl le pedía que hiciera.

En una oportunidad, Juan Raúl se pasó de tragos, lo que no solía ser habitual en él. Con una botella en la mano sacó a bailar a Andrea a la mitad del quiosco, y lo que se pensó había sido un divertido incidente resultó que lo había hecho a propósito: dejó caer su pantalón al piso. Andrea, con una actitud sumisa, se agachó a subírselo, y de nuevo una y otra vez lo dejaba caer, y ella repetía la operación y se lo subía. Sus amigos no paraban de reírse, pero el nuevo grupo de gringos no sabía el porqué de esa desfachatez y maltrato contra ella. Andrea, al ver sus caras de extrañeza, no quiso seguirle la pendejada, y simplemente Juan Raúl la amenazó diciéndole que si deseaba que la mandara a llorar unos cuantos días. Al ver que los gringos y sus novias inmediatamente se levantaban para irse, él se disculpó. Juan Raúl no había calculado que ellos habrían entendido perfectamente su agresiva advertencia.

Desde aquel día, no volvieron a aceptar las invitaciones. Cordialmente siempre respondían que tenían otros compromisos, declinando la oferta para pasear aquellos caballos, escuchar algún grupo de música u otras sugerentes ofertas de entretenimiento. Francisco sí continuó frecuentándolos por su relación de cuñados.

Después de aquella desagradable noche, María Teresa, Andrea, Francisco y Juan Raúl decidieron adherirse al grupo de los gringos, acompañándolos en donde se encontraran. Pero aunque resultaban agradables, ni Bob, ni Sammy ni Ryan se sentían del todo cómodos con su presencia. Y, poco a poco, lograron distanciarse.

Luego de un tiempo, Francisco no volvió a viajar con Bob. Ahora lo hacía con Juan Raúl. Llegaban y se iban juntos, pero luego eso siguió cambiando. Francisco se quedaba más tiempo en Colombia o regresaba antes. Bob pensaba que había algo extraño entre su compañero y Juan Raúl. Notaba que Francisco recibía varias llamadas de aquel machista empedernido, y su comportamiento no era el mismo que con otras conversaciones por celular. Se volvía más cauteloso y se alejaba para hablar confidencialmente.

En una rotación, Bob le contó a Valeria que Francisco no había llegado y que tampoco había reportado ningún inconveniente. En esa semana los medios informaron brevemente sobre técnicos militares de Estados Unidos comprometidos con el tráfico de cocaína y dólares, que camuflaban en sus pertenencias cuando viajaban de Colombia a Estados Unidos.

El hecho no tuvo gran difusión, porque los gringos manejaban sus trapos sucios con mucha discreción, lo que no significaba que no sancionasen a quienes habían cometido algún delito. Pero, por regla general, sus desafueros no salían a la luz pública para preservar inmaculada la imagen del Plan Colombia.

Ninguno del grupo supo nada, o, por lo menos, eso fue lo que comentaron. A María Teresa tampoco se le volvió a ver y el celular sonaba como bloqueado. Era muy fácil deducir que Francisco y otros compañeros habían sido los protagonistas de aquella noticia, pero nadie se refería al tema. Hasta que un día Bob se lo confirmó a Valeria.

A los pocos días, Juan Raúl fue capturado también. Se le señalaba de ser un narcotraficante de rango medio que enviaba significativos cargamentos de cocaína al exterior. Francisco ya estaba para entonces a disposición de las autoridades militares de su país.

Apareció nuevamente María Teresa. No tenía muchas amigas y menos después de lo que había sucedido con su novio y con su cuñado. Aclaró que ni ella ni su hermana habían sabido nunca de aquellos turbios negocios, que solo estaban al tanto de que Francisco le traía a Juan Raúl aparatos de una tecnología que en Colombia no se conseguía o era muy costosa.

—¿Qué aparatos? —le preguntó Bob.

—Ni idea, porque no les gustaba que las mujeres se metieran en sus negocios —respondió.

María Teresa y su hermana debían rendir testimonio cada vez que así lo requiriera la justicia, cada una por aparte. Pero según relató ella, las preguntas iban encaminadas a crear un vínculo entre sus parejas. Andrea seguía visitando a Juan Raúl mientras estaba en Colombia, porque aunque sí lo amaba, también tenía miedo de que él pensara que lo había abandonado en ese momento y mandara a sus amigos a hacerle daño. María Teresa, por su parte, había perdido cualquier tipo de comunicación con Francisco.

50

Prepagos no son

Andrea y María Teresa continuaron haciendo parte del grupo. Todos, de una u otra manera, comprendían su situación, porque la sociedad no perdonaba un mal paso y nadie estaba exento de darlo.

Por lo general, cuando ellos no estaban, las chicas salían juntas. Entre ellas existía una buena relación, así que iban a tomar tragos y a comer algo de vez en cuando. Era una relación sana, porque sus otras amigas fuera de aquel círculo no estaban de acuerdo sobre sus vínculos sentimentales con los gringos. Pensaban que no estaba bien visto, pues en la época inicial con Teddy no era tan espinoso salir con ellos, sino solo al final. Pero ahora, con el boom de prepagos y acompañamiento a extranjeros, y noticias de las violaciones a menores y las faltas cometidas por algunos, muchas de sus conocidas hasta sentían vergüenza de ellas y miedo de los gringos, señalándolas como unas auténticas prostitutas.

En el caso de Valeria, aunque Bob se comportara como un caballero, sus amigas miraban con recelo aquella relación. Su mamá ya no le decía nada, la consideraba un caso perdido, pero le daba mal genio que las hijas de sus amigas, vecinas, conocidas y no conocidas estuvieran comprometidas, casadas, organizadas o al menos ennoviadas, mientras ella aceptaba invitaciones a tomar y cenar sin ninguna proyección a un futuro real.

Julio, su papá, quien nunca hacía apariciones en su vida ni opinaba nada sobre los pasos que había dado su hija, al saber que andaba con un gringo se le despertó cierto interés por su adorada Valeria, y ya de vez en cuando la visitaba.

Pero todo tenía su precio. Para Valeria era normal sentirse como una prepago ante los ojos de una sociedad conservadora, chismosa y superficial. Y en alguna ocasión se preguntó si quienes así la etiquetaban tendrían razón. "Al fin y al cabo, acepto su dinero", se dijo.

En una oportunidad, Valeria y Bob caminaban por una calle de la zona gastronómica y un indigente les pidió unas moneditas. Como no se las dieron, el hombre la cogió contra ella, y los siguió hasta la entrada al restaurante gritándole que era una puta.

—Perra, ¿quiere todos los verdes solo para usted? ¿Qué le cuesta decirle que me regale un billetico?

No fue la única vez. A veces sin gritos, solo con la mirada, la llamaban así: puta. En esas ocasiones, Valeria recordaba a su madre, implacable, y sentía vergüenza. Hasta su cerebro llegaba un bombardeo de ideas e imágenes atacándola: "¿Dónde está mi dignidad?; ¿de verdad parezco una prostituta?; ¿qué tanto está ofreciendo Bob para mi vida que yo no pueda conseguir por otro lado?". Aquello se había convertido en una obsesión que la hacía dudar hasta de cómo se vestía y actuaba.

Solo en el hotel se sentía segura y resguardada. En el primer establecimiento todo estuvo bien. Ya la conocían, y el trato era cordial, hasta que un día Bob la llamó a comentarle que cambiaría de lugar, pues la noche anterior otros gringos se habían comportado mal y el gerente había decidido cancelar inmediatamente el convenio de hospedaje con ellos. Aquellos tipos se habían embriagado con unas mujeres, protagonizando un espectáculo bochornoso, y cuando los empleados del hotel intervinieron, se produjo un altercado que acabó a puños y con la llamada a la policía.

Cuando Valeria preguntó por Bob la primera vez que se acercó hasta el hotel, recordó que le habían pedido los documentos e hicieron esperar argumentando que debía hablar con el jefe de seguridad, porque aquella clase de compañía siempre seguía ese procedimiento. ¿Aquella clase de compañía?, ¿jefe de seguridad?, ¿procedimiento? Obviamente pensaron que ella era una prepago. Se sintió desnuda, miró su indumentaria y analizándose a sí misma no se vio como tal. Bob bajó al lobby cuando notó la demora, y ella le dijo que la estaban maltratando. Discutieron con el jefe de recepción, y desde ese instante cada vez que ella ponía un pie dentro del hotel se dirigían a ella como "Señorita Valeria". Pero por mucho tiempo no podría olvidar aquel bochorno y el trato recibido, por el cual se sentía rebajada.

Una tarde, en la recepción estaban haciendo a una joven el deno-
minado "Procedimiento para aquella clase de compañía". Cuando se
volteó, se dio cuenta de que era Eva. Iba a visitar a Pablo, quien había
llegado a pasar unos días allí antes de casarse.

51

Ryan: fantasmas de la "tormenta del desierto"

Adriana era la chica que salía con Ryan. Lo conoció en el aeropuerto, donde le había ayudado con una información que lo sacó de un apuro. Era administradora de empresas, muy trabajadora, y tenía una belleza básica, es decir, un buen conjunto aunque no sobresaliera en nada. Resultaba una persona extremadamente noble y comprensiva, y anteriormente a su relación con Ryan había tenido solo un noviazgo de cinco años. En las reuniones, se mantenía callada, interviniendo poco en las conversaciones, aunque siempre se mostraba muy risueña. Por alguna razón que ella misma no acertaba a comprender, a Valeria le caía muy bien, cada día mejor, y comenzó a tener una buena amistad con aquella niña y a sincerarse en muchas ocasiones sobre las cuestiones que la preocupaban.

Ryan era experto en explosivos, construcción, manejo y desactivación de armas. Había estado en medio del campo de fuego en la operación Tormenta del desierto, en la Guerra del Golfo. Desde aquel entonces, solo había participado en misiones en zonas en donde se combatía al llamado Eje del Mal. Luego de un descanso, le destinaron a Colombia. Soltero, su única familia era una hermana mayor, un cuñado y dos sobrinos.

Adriana y Ryan, a partir de una época, se volvieron en ocasiones muy misteriosos, poco amigos de contar demasiado sobre la manera en la que tenían organizadas sus vidas. Su comportamiento, desde entonces, parecía animado por claves exageradamente herméticas. Quien se dedicara a observarlos, no podía entender ese tipo de personalidad ni de relación, porque ella hasta ese tiempo había sido una persona muy normal, quizá siempre un poco callada. Pero cuando estaban juntos, se volvía más extraña, muy introvertida, como si se mudara a otra galaxia. Para Valeria, pese a todo, seguía siendo una persona muy cercana y entrañable.

Después de un tiempo, Adriana le fue confesando a Valeria los motivos de su proceder, y que ella no desconocía que resultaba chocante para todo el grupo. Ryan le tenía prohibido comentar que era un militar estadounidense que se había desplazado a Colombia para apoyar labores para la erradicación del narcotráfico y del terrorismo. Prefería mantenerlo en secreto por seguridad. Él sí se había tomado muy en serio las advertencias para aceptar una misión en Colombia.

Nunca se sentaban en un establecimiento público dándole la espalda a la entrada, ni guardaban ni escribían números o direcciones, que, cuando era necesario, se aprendían de memoria. No hablaban por teléfono más de un minuto seguido, colgaban y volvían a marcar; cambiaban rutas, los horarios o las citas anteriormente confirmadas. Después de saber esto, a Valeria le parecía asombroso el parecido de Ryan en su fisonomía, gestos y movimientos con los de Max Steel y Robocop.

Adriana le seguía la cuerda, porque le creía el cuento. Tal vez se lo comentó a Valeria porque estaba aburrida de que la vieran como una lunática usando códigos raros que solo ella comprendía. Antes no hablaba de su vida privada, y, aunque estaba relajada, sus conversaciones giraban estrictamente alrededor del trabajo. Ser manipulable también era parte de su personalidad.

Para Ryan era algo excitante mostrar sus cicatrices a Adriana. Cada una tenía una historia, y sus relatos, actuados y con mímica, se convertían en la recreación de las escenas de las películas de James Bond. Resultaba algo cómico ver cómo Adriana se emocionaba cuando contaba esas anécdotas de su novio, llegando incluso a interpretar los gestos de arrastrarse por el suelo, coger armas, disparar, correr.

Valeria también se emocionaba con solo ver a Adriana describiendo aquellas aventuras. Era fanática de las películas de acción, de héroes armados y espionaje, desde MacGyver hasta Jakie Chan, pasando por el agente 86 y Misión Imposible. Molestaba a Adriana diciéndole que de no ser administradora, ella habría tenido todas las capacidades y el talento para ser una gran actriz de teatro, porque lograba transportarla al corazón de esas historias con su narrativa llena de gesticulaciones.

Pero al verlo en vivo, Ryan la superaba. En una oportunidad en la que habían acudido a una fiesta en la finca de unos conocidos, y cuando todo el grupo estaba relajado y tomando unos tragos entre bromas, ocurrió algo insólito. De repente, Ryan pareció enloquecer, gritando como un poseso. Le quitó el arma a uno de los guardaespaldas del anfitrión y salió haciendo piruetas como si lo estuvieran bombardeando. Sus ojos miraban cosas que no había, corría, brincaba, se arrastraba, se ocultaba tras los árboles de la finca, mientras los hombres trataban de cogerlo y calmarlo. Sus compañeros actuaban con más cautela pero también tratando de controlar la situación.

En un momento se les perdió. Duraron más de una hora sin saber de él. Las mujeres se encerraron en un salón de juegos, detrás de unas mesas de billar. Adriana se sentía avergonzada, dijo que nunca había pasado algo así, tan exagerado, y que jamás lo había visto bajo el efecto del licor, lo cual era cierto, porque mientras todos bebían, él siempre tomaba agua o jugos, atento a los movimientos de las personas de las mesas cercanas.

Afuera se veía una correría de lado a lado, todos sigilosos, haciendo señas, tratando de desplazarse sin hacer el menor ruido. Hasta que los perros comenzaron a ladrarle a algo que se encontraba tras una de las camionetas. Ryan estaba sujetándose de los tubos y armazón de la parte baja del automotor. Los escoltas del dueño de la finca no se habían enfrentado a un personaje así antes, y no sabían cómo manejarlo. Se apartaron de la camioneta y hablaron sobre la mejor forma de sacarlo de allí, puesto que todavía estaba armado.

Después de unos momentos de gran tensión, Ryan salió frotándose los ojos como si se acabara de despertar de un largo sueño. Por más que le insistieron en hacerle recordar, no lo lograron. Todo se le había borrado de la memoria.

De todos modos, aceptó que si ellos lo decían, sus compañeros no podían engañarlo. Así que, con una naturalidad que hizo sorprenderse a todos, incluyendo a unos más que molestos escoltas, se disculpó y atribuyó el show al mal efecto que le producía el licor. Explicó que su comportamiento era algo mecánico guardado en su mente, la acción rutinaria de muchas horas de entrenamiento, pero que seguro que no habría causado mayores problemas. "Óiganlo, haciéndose el marica, pero si seguía así de loco el que habría quedado mal sería otro", masculló el jefe de los escoltas, visiblemente disgustado. "O mínimo se arma la balacera, por culpa de este pedazo de guevón", añadió.

Adriana y Ryan un día comunicaron al resto que realizarían un viaje a Miami, a descansar. Ella estaba muy emocionada, y no podía ocultar en su rostro una gran felicidad. Aunque era una joven profesional y trabajadora, lo que ganaba solo le alcanzaba para pagar las cuentas de su casa y las deudas que había adquirido su familia a raíz del sonado despido de su padre de la empresa en la que había trabajado toda su vida por culpa de unas irregularidades que se habían detectado en la contabilidad. No tenía los recursos para ir de vacaciones, y menos al extranjero. Por eso, los gastos de la visa y los pasajes fueron una invitación de Ryan. Irían también a Orlando, a conocer a Mickey Mouse, porque a sus veinticuatro años ella seguía siendo fanática del ratón, y además Ryan le iba a presentar a su familia.

Cuando Adriana regresó de su viaje con Ryan, se encontraron con Valeria, que le había encargado algunas cosas y estaba ansiosa por ver sus nuevas adquisiciones y escuchar cómo le había ido a su amiga. En solo doce días, Adriana había cambiado, y lucía más delgada y con una grandes ojeras. No parecía muy contenta. Valeria pensó que la encontraría con otro semblante.

Adriana no conoció a la familia de Ryan. Los primeros días fueron normales, y ella vivió una experiencia diferente, porque nunca había pasado una noche entera con aquel gringo, puesto que después del consabido polvo él siempre la llevaba a su casa. Pero habían pasado muchas cosas y Adriana parecía deseosa por desahogarse con Valeria.

—Habíamos tenido un día grandioso. Fuimos a malls, caminamos por las calles, me sentía en una nube. La gente, los almacenes… Yo estaba muy feliz, tomándole fotos a todo, parecía una japonesa. En la noche estábamos viendo televisión… Fui al baño. Al salir, todo estaba apagado, intenté prender la luz de la habitación, pero no funcionaba. Lo llamé y no me respondía, así que me devolví a encender la luz del baño. Con el reflejo pude ver su silueta en una esquina de la habitación: estaba acurrucado y totalmente comprimido, su tamaño no correspondía al que yo veía, supongo que por lo flexible que es pudo adoptar esa posición, era un bonsái humano —le confesó Adriana a Valeria.

—Pero ¿se dañó el bombillo y él se asustó?, ¿le da miedo la oscuridad?, ¿qué le pasó?, ¿había bebido alcohol otra vez? —le preguntó Valeria.

—No, no habíamos tomado nada y me quedé sin saber qué le pasó. Llamé a la recepción para preguntar por qué los bombillos no funcionaban. Subió un empleado y encontró que habían sido desenroscados. Obviamente, fue Ryan. Porque... quién más... Yo me acerqué y no paraba de repetirle su nombre, hasta que levantó la cabeza, me miró, se puso de pie, hizo un movimiento como si se sacudiera, se estiró y ya... Todo normal, me dijo: "Mi amor, ¿tienes hambre?, ¿pedimos que nos suban algo a la habitación?; estoy muy cansado para salir".

—Qué tipo tan raro. Pero, bueno, afortunadamente no fue agresivo, violento o loco como la vez pasada. ¿Los pasajes los tenías tú? En caso de querer devolverte, ¿lo podías hacer?

—No, no. Cuando llegamos me pidió el pasaporte y demás documentos para guardarlos por seguridad. Pues yo se los di... Lo que te he contado pasó como al quinto día. Luego todo fue relativamente normal. La hermana estaba de viaje con la familia porque no hubo una buena comunicación y las fechas se confundieron. Durante esos días todo transcurrió sin ningún otro sobresalto. Fuimos a un show de botes, a almorzar y a cenar en restaurantes muy lindos con comida deliciosa, a las playas. Son muy parecidas a las de San Andrés, pero me divertí más.

—Qué delicia de viaje, y me alegra que te divirtieras. ¿Al fin fueron a Orlando?

—Claro que sí, pero faltó tiempo. Eso es inmenso. Yo no pensé que fuera así de maravilloso. Te confieso que me gustaría vivir allá.

De pronto, cambió la expresión de su rostro y Adriana volvió a la tristeza inicial.

—¿Qué te pasa? Te creo que hubieras querido quedarte allá por ese gesto, pero igual volverán, ¿no? Aparte de esos lapsos de locura, Ryan es muy atento contigo y te quiere mucho —intervino Valeria.

—Sí, pero la que no quiere estar con él soy yo. Te he contado la parte rosa; ahora viene lo que me hizo terminar con él.

Adriana tenía sin respiración a Valeria. Lo que le relató a continuación fue su versión macabra de los parques temáticos de Disney. La ficción de Ryan rayaba en lo increíble.

Adriana siguió relatándole a Valeria que una noche, mientras ella dormía, él comenzó a moverse fuertemente. A primera vista parecía una pesadilla, pero luego los movimientos eran más parecidos a convulsiones. Gritaba, se revolcaba. Ella se paró y permaneció al borde de la cama, sin saber cómo ayudarlo. Pensó hacer lo que aprendió en primeros auxilios para ataques de epilepsia, pero en ese momento Ryan arrancó el espaldar de la cama que estaba empotrado en la pared y lo tiró hacia el frente. Se despertó, porque ella le vio los ojos abiertos, la mirada fría, metálica. Luego, se levantó y se encerró en el baño destruyendo lo que encontraba a su paso. Adriana empezó a llorar de los nervios, estaba en shock, permaneció con el oído en la puerta del baño, y cuando oyó un estruendo tras otro, se alejó. Inconscientemente, abrió el armario y sacó sus pertenencias y empacó, se puso una camisa, jean y tenis, llamó a la recepción para que la ayudaran pero ya otros huéspedes de habitaciones cercanas habían informado sobre el escándalo. Ryan luchaba contra los fantasmas de su guerra: eran gritos de angustia y dolor.

Ninguno de los empleados del hotel se atrevía a entrar. Era tan terrible lo que se escuchaba y lo que podría estar pasando adentro, que sin la policía presente habían decidido mantenerse al margen.

Pero al quedar todo en silencio, un rato después, abrieron la puerta. Ryan estaba en el piso, mojado de sudor, extenuado por la fuerza que había gastado destrozando el baño: había despegado la taza, los accesorios para colgar objetos, los espejos. Tenía las manos cortadas y lloraba y moqueaba como un niño desconsolado. En el hotel, y ante aquel panorama, varias personas preguntaron si era necesario llamar a un doctor o querían transporte para ir a un centro clínico.

Unos minutos más tarde, llegó la policía. Ryan se tranquilizó, pidió excusas, y dio sus datos prometiendo pagar los daños y atribuyendo el mal momento a un resbalón que tuvo en el baño.

Entregó los documentos a Adriana y le pidió el favor de que ese incidente no saliera de los dos. Ella le aconsejó buscar ayuda profesional, porque cada vez que le preguntaba sobre su vida pasada o sus misiones reales cambiaba de tema o se iba por el lado de la aventura y la anécdota fantástica, reviviéndolas de un modo que ya comenzaba a asustarla.

Ryan canceló el contrato en Colombia y retomó el tratamiento psicológico que le brindaban después de volver de la guerra. Lo había dejado por su gran mejoría, y, según los médicos, ya estaba superado el estrés postraumático. La raíz de su tragedia había nacido en Irak. Vio morir a su mejor amigo y a un primo con quien se había criado. Una bomba los hizo volar en mil pedazos. Esa imagen no podía superarla ni en su mente ni en su corazón. Parecía una historia cliché de película de soldado universal, pero era verídica. Ryan se sentía impotente y culpable.

Al buscar a Adriana, deseaba una segunda oportunidad en su vida. No había tenido una relación estable antes de conocerla. Se alistó en el ejército demasiado joven, y aunque había tenido varias mujeres, todas resultaron asuntos pasajeros. Pero ella, realmente atemorizada, ya no quería saber nada de él. Sentía que un escalofrío recorría todo su cuerpo cuando recordaba aquella noche de espanto en el hotel.

Adriana, después de un tiempo, comenzó a salir con un joven empresario. Su forma de ser cambió, se relajó y dejó sus aires de superagente espía. Empezó a ser una joven normal. Se cumplió su sueño americano de volver a la tierra del norte, pero por parte de la compañía en un grupo de trabajo que tenía como objetivo abrir una sucursal en aquel país.

Tras graduarse en la especialización en negocios internacionales, Adriana quedó como directora del proyecto de la oficina en Miami. Sebastián, el nuevo novio, viajaba frecuentemente a visitarla, hasta que acordaron vivir juntos, ya que su microempresa la podía manejar desde la Internet y el teléfono.

La situación marchaba sin contratiempos, hasta que de nuevo apareció Ryan.

Había conseguido su paradero a través de la hermana menor de Adriana, quien sin precaución le dio datos básicos para ubicarla. En sus llamadas, en sus correos, él prometía cambiar, atribuyendo el éxito de su terapia a la esperanza de volver con ella y de ofrecerle una relación sana.

Adriana inicialmente le brindó su amistad, lo felicitó por su mejoría y le dijo que sería mejor que iniciara una nueva vida. Pero él estaba empeñado en que ella fuera su compañera, y hasta le propuso matrimonio. Únicamente pedía que le diera una sola oportunidad y si la embarraba jamás la volvería a buscar. Fue tan insistente que finalmente Adriana le solicitó el favor a su novio de que hablara con Ryan.

La conversación con Sebastián fue la solución. Hablaron casi por dos horas y concluyeron que lo más beneficioso para el futuro de Adriana sería dejarla tranquila en su nuevo trabajo y en su nueva vida de pareja. Después se despidieron y desde entonces Ryan pasó a ser parte de la historia, se esfumó para siempre. Murió de ausencia. Tiempo después reapareció para agregarla como amiga en Facebook. En sus fotos estaba acompañado de una mujer que etiquetó como guatemalteca y con la que aparentaba ser muy feliz.

Parte VI

52

Bob se divorcia

Poco a poco, y a base de ausencias y distanciamientos, el grupo se fue desintegrado. Quedaron Bob y Valeria, a los que, a veces, acompañaba Sammy, sobre todo cuando Erick lo dejaba libre. Por aquel tiempo, Bob se volvió muy amigo de Sammy, al que ya siempre llamaba el Flaco, que era diez años menor que él. Hablaban como si fueran amigos desde la adolescencia. Desarrollaron una gran empatía y complicidad.

En una ocasión, Sammy, quien tenía muchos vellos en la espalda, y como Valeria era de su confianza, le preguntó cómo quitárselos, ya que el efecto de la máquina de afeitar hacía que le salieran más. Ella le contestó que el láser era una buena opción, pero que podía probar con cera depilatoria y así se iban debilitando. Eso le produjo curiosidad. Agregó que era fuerte y aguantaría cualquier dolor, que no creía que fuera como lo mostraban en televisión o tan doloroso como solían comentar las mujeres.

Compraron el lienzo, la cera, y pidieron en el hotel que la calentaran. Después del primer jalón, Sammy dio un grito tan aterrador que fue motivo de risa durante varios días en el hotel. Inmediatamente, y con cara de cordero degollado, preguntó el sitio para someterse al láser.

Valeria le pidió la cita. Bob lo acompañó y también se decidió a comprarse un plan de sesiones para depilarse unas cuantas zonas del cuerpo, entre ellas la nariz y las orejas. Los compañeros, cuando se enteraron, iniciaron una temporada de bromas, apodándolos las Divinas. Y no fue solo por la depilada, sino que a veces Bob y Sammy quedaban en recoger a Valeria en el salón de belleza, y, ante cualquier demora, aprovechaban la espera para hacerse la manicura y la pedicura.

Como Bob cambió de horario y salía del trabajo casi dos horas antes que Sammy, y Valeria había iniciado la asesoría en un proyecto de su antigua empresa, ella le presentó a Simón, que compartía uno de sus hobbies: volar aviones a escala.

Simón era fanático de esos juegos, un actor y modelo que en algún tiempo había sido muy apetecido por las mujeres colombianas, y que acababa de ganar un reality. Desde entonces, Bob y Simón se hicieron casi inseparables. Salían a almorzar, a comer postres, de compras, al cine, a pasear a Jota, el perro de Simón, y claro a las pistas de vuelo de sus aviones. Bob decía que nunca le agradó demasiado la idea de tener solo un círculo de conocidos de su misma profesión y que siempre había deseado tener un amigo colombiano.

Aquella amistad provocó algunas discusiones entre Valeria y Bob, ya que cuando él estaba con Simón parecía olvidarse del mundo. Y a ella le daba mucho coraje ese desinterés, ya que, desde que supo del incidente que había sufrido Bob cuando le dispararon a su avión, le tenía advertido que no estaba tranquila hasta no hablar por teléfono con él al terminar sus misiones.

Simón le enseñó muchas palabras y expresiones colombianas a Bob, que aprendía más rápido que con Valeria. Cuando veía a alguna mujer con un gran escote, falda pequeña, provocadora, decía: "Mira, una grilla, una loba". También aprendió otras palabras: ñero, parce, güevón, paila, chimba, pilas, la verga, y varias más entraron a formar parte de su vocabulario en español.

—¿Por qué me dices que a los gay los llaman florecitos? Simón me comentó que se les dice maricones, y que yo me veía muy maricón diciendo florecito —le recriminó cariñosamente Bob a Valeria, sin poder contener la risa.

Una tarde, Bob apareció irreconocible para Valeria. Estaba en el hotel y mostraba otro look, muy al estilo de Simón. Ella llevaba meses insistiéndole en que cambiara de estilo sin ningún éxito; Simón, en un par de días, lo había convencido. Se había comprado ropa de su talla, más a la moda y llamativa. Se encontraba muy emocionado porque sabía que se veía muy bien, como si fuera un auténtico sexy latin lover.

Las bromas de sus amigos no se hicieron esperar. Ya no solo era una de las Divinas sino que la de mayor rango. Sammy era la Divina menor y Bob la Divina mayor. A ellos no les molestaban aquellas chanzas y se divertían con el tema.

Bob había cambiado, era otro. Cómo no, cuando con Simón llegaban a algún lugar, despertaban la curiosidad de todas las mujeres, que no paraban de observarlos. Algunas, cuando lo reconocían, se acercaban a Simón a pedirle autógrafos, fotos o simplemente a saludarlo y decirle que soñaban con él. Esto impulsó a Bob a continuar cambiando su imagen. El problema era que entonces le gustaba más a Valeria, y al crecer el interés también lo hacían los celos y el temor a que alguna de aquellas jovencitas pudiera sacarla de su reinado de comodidades y caprichos.

Aunque lo hacía disfrutar con un sexo cada noche más atrevido, no podía ocultar cierto pánico a perderlo. Existían varios motivos para que renacieran sus dudas: la esposa, que continuaba ahí como algo de lo que no se hablaba ni para bien ni para mal; el nuevo aspecto y la compañía de Simón, que lo exponían a la voracidad de algunas chicas que tal vez quisieran probar fortuna con él para ver cumplidos sus sueños por alcanzar una vida más fácil. Pensaba que era una persona leal, pero aquella misma virtud se constituía en un inconveniente. "¿Será capaz Bob, llegado el caso, de abandonar a su esposa?", se preguntaba Valeria.

Así que se decidió por tomar una actitud diferente hacia él, ser un poco más acaparadora y buscar el modo de atraparlo con un compromiso. La próxima rotación sería el inicio de su misión secreta con el objetivo de conquistarlo y ganárselo, de agarrar para siempre entre sus manos y no soltar jamás a su Amo.

La amistad entre Bob y Sammy provocó que este se sumara al grupo. Le cayó muy bien Simón, quien estaba encantado con la compañía de los gringos. Formaban una sociedad perfecta: ellos pagaban las cuentas y él se encargaba de atraer a las chicas. Pero no solo se dedicaron a frecuentar casi todas las noches los locales de moda, sino que también le cogieron el gusto a hacer algunos paseos en el carro de Simón, mapa en mano, como les enloquecía hacerlo a Bob y Sammy. Las poblaciones elegidas solo debían tener una condición: que su distancia de Bogotá les permitiera el viaje de ida y vuelta en el día, sin necesidad de hacer noche.

Fueron a Villa de Leyva, Ráquira, Guatavita, Anapoima, Chía, Cajicá, Tabio, Tenjo, Cota y también a la Catedral de Sal de Zipaquirá, uno de los pocos desplazamientos al que invitaron a Valeria.

Ella aprovechó aquel viaje para presentar los extranjeros a su madre. Todos actuaron muy educados, serviciales y atentos, pero al quedar Valeria a solas con su mamá comenzó lo duro. Le dijo que al menos Teddy era joven, que este parecía su tío o su papá, que con dos separaciones encima qué esperaba, que muy gentil y caballero sí era, pero eso sería lo menos que se podía pedir de una persona normal, así que no tenía gran mérito.

Pese a que tenía que compartirlo con Sammy y Simón, Valeria no podía quejarse del trato que recibía por parte de Bob. Ya tenían cine preferido, centro comercial preferido y restaurante francés preferido, al que fueron por recomendación de Lili y Jeffrey. Estaba situado en la vía a la Calera y poseía una hermosa vista. Era un lugar pequeño, acogedor, ambientando con música francesa. Inicialmente a Valeria le recordó al de Melgar, pero luego se convenció de que no admitía comparación alguna. El menú que se ofrecía era muy amplio y se podía ordenar además una gran variedad de platos internacionales.

Empezaban con vino. Luego, y de entrada, pedían ensalada César, que según Bob estaba mejor preparada que la original proveniente de Las Vegas, del Caesar´s Palace. Los chefs eran dos primos con una privilegiada sazón y amenos conversadores, muy estudiosos sobre el tema gastronómico. La ensalada la preparaban en frente de la mesa, como debía ser, y en cada visita ordenaban algo diferente como plato fuerte.

En cada regreso, Bob le continuaba llevando regalos a Valeria: perfumes, chaquetas, tenis, jeans, cremas, chocolates. Era asombroso su buen ojo para las tallas, ya que toda la ropa le quedaba como hecha a la medida. Él argumentaba que aquello no tenía mucho mérito, que era como vestir a un maniquí, porque a ella todo le quedaba perfecto. Esos detalles, impensables para los colombianos a los que aspiraba su madre para ella, la mataban, haciéndole perder parte de sus miedos.

Cuando Bob se enteró de que ella le había encargado ropa interior a Adriana, cambió la línea de sus regalos. Se concentró en tangas, sostenes, ligueros, medias de encaje… Y seguía acertando con la talla. Le encantaba llevarla ese tipo de obsequios y ella cada vez se sentía más segura de que jamás la abandonaría su Amo.

En uno de aquellos regresos, Bob le dio la mejor noticia que podía esperar: estaba firmemente decidido a separarse de su esposa. No le dio grandes detalles a Valeria, ni ella tampoco preguntó. A partir de entonces, él comenzó a recibir llamadas de su abogado y de su familia. Valeria casi no podía ocultar su felicidad. Se alegraba, no solo por el camino libre que se abría para afianzar su futuro, sino porque él se estaba atormentando en sus intentos por sobrellevar los problemas con su esposa. Notó que ya no le interesaba estar sentimentalmente bien con ella, y la dejaba en Estados Unidos junto con cualquier sentimiento del pasado. Bob, según le confesó a Valeria, deseaba vivir tranquilo y no sentirse culpable, salirse del hueco, liberarse y, claro, disfrutar del sexo sin restricciones que le ofrecía ella.

Valeria se sintió como una triunfadora desde el anuncio de la separación de Bob. Sin haberlo pensando antes, concluía que la espera no había sido en vano, un tiempo perdido. Ya nunca más tendría que escuchar los negros nubarrones que para ella predecía su mamá.

Valeria quiso aprovechar todas las opciones que le brindaba la ruptura matrimonial. Adoptó un aire comprensivo, interpretando durante el día el papel de la amiga leal que le ayudaba a sobreponerse y por la noche esmerándose como nunca en darle el mayor placer posible. Le dijo que ella entendía que no habría sido una decisión fácil, y menos conociendo su sensibilidad y lo buena persona que era. Pero que también se tenía que dar cuenta de que había hecho más que cualquier otro esposo en sus circunstancias y que jamás se podría culpar de nada.

Bob explicó a Valeria la diferencia que tenían los dos frente al matrimonio por conversaciones anteriores que habían mantenido. Siempre la cuestionaba sobre el futuro y su forma de ver la vida familiar o de pareja. Uno de sus cuestionamientos le dejó claras las diferencias a Valeria en estilos de vida y cultura. Bob le preguntó en qué lugar de uno a tres situaba a los padres, los hijos y la pareja en una situación de crisis.

—Obviamente, cuando tenga hijos ellos estarán en primer lugar, y dependiendo el tema… Luego mis padres, y después mi pareja. Pero todos serían importantes en mi vida. Esa clasificación solo la pondría en un caso extremo o a la hora de entretenerme rellenando un test —le respondió Valeria sin titubear.

—Para mí es diferente. Mis padres ya vivieron lo que debían y en algún momento que ellos necesiten alguna atención especial siempre estará la opción del asilo o de un centro especializado donde los atiendan. Los hijos crecen y se van, reclaman su independencia, porque deben hacer su vida, así sea basada en la prueba y el error. Es tu pareja quien te acompaña y te apoya hasta los últimos días, con quien vas a envejecer y tener los mismos propósitos... No sé si fue mi equivocación o la de ella anteponer factores tan superfluos como el físico y lo sexual en nuestra relación y dejar que se expandieran en nuestro proyecto de vida.

Ella le dijo que ahora veía la diferencia, pues la construcción de su sociedad es distinta a la de Colombia, en donde a los padres generalmente los cuidan sus hijos: en ocasiones, es una gran ofensa decirles que serán enviados a un ancianato. En cuanto a su reflexión, ella no le refutó. Tenía razón, era la pareja quien sería el acompañante del camino por la vida. Tuvo que ser un gran golpe para él que su segunda relación tampoco funcionara. Como mujer, la teoría de Valeria en una situación de crisis habría sido que si se separaba se refugiaría en sus hijos con el apoyo de su madre. Entendía la gravedad del paso que él dio, porque no estaba en los veinte ni en los treinta. Permanecía mucho tiempo viajando, y tal vez sentía miedo a la soledad, porque también antes tenía una compañera en casa. Bob se enfrentaba a períodos de arrepentimiento frente a la separación, pero aquello no le preocupaba demasiado a Valeria, ya que los documentos estaban firmados y aceptados.

A medida que pasaba el tiempo, Bob logró relajarse más, contribuyendo a ello un cierto distanciamiento de Sammy y Simón. La relación con su ex-esposa se fue volviendo más cordial y amistosa, puesto que la separación había sido de mutuo acuerdo. La división de bienes tampoco resultó traumática: cada uno había tomado lo suyo. Bob dedicaba su tiempo libre a estudiar para subir de rango, tratando de conseguir el ascenso de mayor a coronel. Eso significaba más salario y cumplir uno de sus sueños: comprarse su propio avión, armarlo él mismo y pilotarlo.

53

¿Lo cazo con un hijo?

Para defender su relación, Valeria tenía que luchar en contra de la familia —en especial de Sol María, su madre, que pese a la separación del gringo continuaba pensando que algún día se volaría—y también con otras mujeres que querían cazar a Bob. Su mamá no daba su brazo a torcer. Ya se estaba convirtiendo en una manipuladora que deseaba que el prometido de su hija perfecta fuera un yuppy metrosexual, con carro de alta gama último modelo. Soñaba con verla enredada con una especie de Ricky Ricón criollo sin gracia y de papás adinerados.

El padre de Valeria también había experimentado una mutación: de ser un cero a la izquierda, ahora aspiraba a ser el papá perfecto. Le parecía muy buena la idea de que su hija formalizara algo con Bob. Él sí tenía en mente su particular "Sueño Americano", y para ello no dudaba en utilizar a Valeria para cumplirlo. Era el único que no estaba en contra de sus decisiones. En cambio, su mamá no desaprovechaba ocasión para buscar la manera de protestar. A veces, ponía grabaciones de cuando era niña, simulando que no sabía que Valeria estaba cerca, en las que vestía las enaguas blancas de su abuela que tenían encaje, una en la cabeza de velo y otra de vestido, y caminaba arrastrándolas por el corredor de la casa con algún florero, tatareando una marcha nupcial, su música preferida por aquel entonces. También se pasaba el tiempo moviendo la cabeza, mientras asentía con los labios apretados y entonces decidía hablarle como si la estuviera sermoneando.

—Valeria, usted ya sabe qué pienso de los gringos. Además, está muy crecidita para que sea tan ingenua. ¿Quiere perder más años de su vida, de su juventud? Usted verá, ya sabe cómo son las cosas con ellos. Por pasarla bien un ratico, va por la vida perdiendo buenas oportunidades con jóvenes decentes y trabajadores que sí querrían formar una familia estable y normal.

Valeria no sabía qué responder. En el fondo, consideraba que su madre tenía razón, pero no debía sentirse culpable. Tampoco podía rebatirle ese supuesto interés de tantos y tan buenos pretendientes. De haber existido alguno que la hiciera sentir lo mismo que Bob y que la consintiera tanto, tal vez habría cambiado el sueño americano por el sueño colombiano. Bob era un hombre tan válido como cualquier otro, como los que su propia madre decía que estaban detrás de ella. Pero esa actitud ya no le molestaba.

Con el tiempo, quien sí se volvió molesto e insoportable fue su padre. Su discurso a favor de Bob era que todo el mundo se equivocaba, que él no tenía la culpa de que la primera mujer hubiera abortado y que la segunda ni le hablara, que lo comprendía, que además no tenía hijos. Su planteamiento consistía en que Valeria podría darle uno sin necesidad de retenerlo. Quería venderle la idea de que lo mejor sería tener un bebé de Bob, argumentando que el día que él muriera aquel niño sería el único heredero, que las pensiones de los militares de Estados Unidos eran muy buenas, tendría doble nacionalidad, visa made in USA y una lista interminable de beneficios, justificándose en que por su edad esa era la mejor opción. Su padre estaba mejor documentado que Valeria, pero ella casi prefería que asumiera la conducta crítica de su mamá.

El que estuviera con Bob y que aún permaneciese soltera no quería decir que ella ya no concibiera la idea del matrimonio o de una relación estable. En eso, tanto su padre como su madre estaban equivocados. Pero por el momento se cuidaba, desechando cualquier tentación de darle un hijo a Bob —lo que significaba un paso sin posibilidad de marcha atrás—, y, por mutuo acuerdo, él siempre usaba condón.

Valeria tenía claro que no se iba a separar de Bob. Siguió como usualmente lo hacía, porque los otros que deseaban brindarle una familia estable, según su mamá, lo que en realidad pretendían era abrir la lonchera antes del recreo. O como siempre había escuchado: "Amigo, el ratón del queso". Con ellos tampoco había nada seguro ni tenían la billetera tan repleta y abierta para que ella tomara lo que deseara.

54

"Disfraz play boy"

Bob tenía a Miguel como a uno de sus alumnos pilotos de la Policía Nacional, de la División de Antinarcóticos. Una noche, él y su pareja, Viviana, acompañaron a Valeria y a Bob a cenar. Miguel estaba aprendiendo a pilotar el Caravan, el aparato en el que Bob hacía sus vuelos junto a Sammy, operador de cámara multiespectral aero-controlada. Otros dos gringos los acompañaban como apoyo.

No fue una velada romántica ni agradable para Valeria, pues Miguel como Viviana la ignoraron por completo. La pareja colombiana solo prestaba atención a Bob, con un evidente desprecio a Valeria que le resultaba muy incómodo. Ella no entendía qué pasaba: trataba de ser cordial, como siempre, pero ni con la mejor de sus sonrisas lograba que aquella pareja colombiana la tuviera en cuenta en sus conversaciones. Parecía que para ellos no se encontrara allí. En un par de ocasiones estuvo tentada a levantarse y pedir a Bob que la llevara a su casa.

Un tiempo después, Valeria comprendió el motivo de la permanente descortesía de aquella noche: Miguel tenía una prima que quería meterle por los ojos a Bob, que era a la vez la mejor amiga de su novia Viviana. El plan lo habían organizado al saber que su profesor gringo de aviación se acababa de separar y era, por tanto, una pieza muy apetecible. Bob lo supo de boca de otro de sus alumnos, al que no le parecía bien esa estratagema de su compañero, y se lo contó a Valeria, a la que también le dijo que declinó una invitación de Miguel y Viviana. Tenían la intención de ir acompañados de la prima, pero él les contestó que estaba saliendo con ella, se encontraba muy a gusto y no quería conocer a ninguna otra mujer.

Pero Viviana no cejó en su empeño por colocarle al gringo su prima. Una mañana, Bob recibió la llamada de Viviana, invitando a almorzar a Bob con la excusa de que deseaba su consejo ante la posibilidad de un viaje a Estados Unidos.

Bob le pidió a Valeria que lo acompañara al almuerzo, pero ella no se sentía de humor para aguantar uno más de los desaires que esperaba de aquella colombiana entrometida. Por eso, prefirió no sumarse al almuerzo. Además, aquel gesto lo podía capitalizar de cara a Bob como una muestra de su confianza en él.

A Valeria y a Bob les agradaba caminar sin rumbo por el parque de la 93 y sus alrededores. En uno de aquellos paseos, se encontraron con Viviana y Miguel, que vestía de uniforme. A Bob no le gustó aquel detalle de ir de uniforme, porque siempre insistía en que no se debía salir a tomar unos tragos o ir al cine con la ropa de trabajo. Valeria le dijo que en Colombia a los que tienen esa actitud se les llamaba fantoches. "Pues entonces Miguel es fantoche", concluyó Bob.

No pudieron esquivarlos, así que fingieron cierta alegría por el encuentro. Viviana y Miguel estaban en compañía de la prima. Al verla, lo primero en lo que se fijó Valeria fue en sus caderas. Y entonces se sintió tranquila, ya que a Bob no le gustaban los traseros o las colas grandes, y, por el contrario, le hacían gracia las pequeñas y paraditas. Por eso no fue directo a los brazos de una pelinegra latina, sino a los de ella, a los de una colombiana blanca y rubia con medidas menos exageradas. Y tampoco se intranquilizaba cuando debía trasladarse a Tumaco, Florencia, Larandia o Popayán. Sin embargo, debía estar atenta porque sabía los alcances de las paisanas, y esas mujeres sí le parecían unas grandes competidoras.

Valeria confiaba en Bob. Le ponía más atención a la comida que a las mujeres. Por ejemplo, en Tumaco disfrutaba de los langostinos frescos y de buena calidad; de Popayán, hablaba regular de los restaurantes que frecuentaba. Pero de Larandia se quejaba siempre que acudía.

—No puedo más con menú Larandia: papas, arroz, verdura, carne y jugo. Siempre los mismos sabores.

No lo resistía, y se lamentaba diciendo que si iba a arriesgar su vida, al menos deseaba una buena y variada comida. Comenzó a traer un arsenal de alimentos envasados al vacío: carnes curadas, pastas precocidas, e incluso algunos enlatados para ella. A Valeria, aunque nunca se lo confesó, aquella comida no le gustaba porque la consideraba adulterada por los aditivos, los conservantes y los colorantes.

Lo que también le daba seguridad a Valeria era el saber que ya se había decidido por ella para darle rienda suelta a su pasión después de su largo verano, pues aparte de traerle peluches, ropa y perfumes, siempre llegaba con un paquete con varios condones troyanos.

Un día llegó con una caja envuelta en papel regalo. Le susurró al oído en un tono pícaro que se trataba de una sorpresa: un disfraz de colegiala marca Playboy, muy sexy, pero que tenía menos tela que un vestido de la Barbie. Aparte, se tomó la molestia de comprar dos moñas y pidió que se hiciera las dos colitas. A Valeria le pareció simpático. Desde el disfraz de militar con Teddy le quedó gustando la idea de disfrazarse.

Antes de ponerse aquel especial uniforme de colegiala, Bob le pidió un favor: que se dejara rasurar por él. Quería que su parte íntima fuera como la de un bebé. Aunque al principio la resultó extraño, le dejó hacerlo. Al fin y al cabo, aquello podía resultar muy erótico, y ella se había propuesto acceder a cualquier deseo de Bob. Y la experiencia resultó agradable porque el gringo fue muy delicado.

Desde aquel día, el disfraz era un tercero en la cama, ya que siempre lo usaban en ocasiones especiales, o cuando le decía que quería hablar con su alumna sobre las calificaciones. Valeria se fue emocionando y le compraba accesorios al atuendo, como medias blancas, aretes, una maletica, manillas y collares de niña, cucos blancos y tiernos, y hasta una regla para que le pegara nalgadas por ser mala estudiante. Esa era la fantasía de Bob y ella se decidió a no pensar demasiado en lo que hacía e intentar disfrutar de esos juegos.

Según pasaban las semanas, Valeria parecía más segura de su relación con Bob. Él era casi del mismo corte de Teddy, pero tenía un comportamiento sexual más complaciente para una mujer. Aunque, a veces, aquellas escenificaciones con el disfraz de colegiala y los accesorios le resultaran un poco cansonas, impropias quizá de una persona de la edad de Bob.

55

La amargura del engaño

A Valeria le llegó una solicitud de amistad de Rosa en Facebook. Después de marcharse a los Estados Unidos, habían perdido el contacto. De inmediato aceptó, y así pudo ver fotografías de ella junto a Brad y su hijo Scott. El niño seguía siendo un Brad en miniatura, y Rosa aparecía joven y bella, como siempre. Eran la viva estampa de una familia feliz.

A los pocos días, Rosa se conectó con Valeria para decirle que estaba en Bogotá. Quedaron en verse al día siguiente y así chismosear con calma y ponerse al día.

Se reunieron en un café Juan Valdez. Ella estaba con Scott y su hermana Milena, y las dos se veían muy lindas. Milena lucía más sofisticada, pero en cualquier caso se mostraba dichosa. Se había teñido el pelo, cambiado su estilo, y eso ayudó a desconectarla de las imágenes del video que Valeria había observado en el apartamento de Peter.

Milena se fue con Scott a comprar un helado y así permitir que las dos amigas hablaran con toda tranquilidad. Llevaban mucho tiempo sin saber la una de la otra. Se miraron con detenimiento, sin vergüenza, simplemente reconociéndose. Rosa llevaba puesta ropa de marca, usaba gafas oscuras, bolso. Ya no era la chancletuda de Melgar que de niña le gustaba bañarse en el río, según le dijo entre risas a Valeria.

Rosa le contó que todo había sido un sueño desde el comienzo, desde aquel día en que ella y Brad decidieron irse de Colombia: viajar en avión, llegar a Estados Unidos, tener una casa linda y grande donde era la dueña y señora. Brad la matriculó en una escuela para aprender inglés, y le contrató una nana para que le ayudara con el bebé. Iba a los mejores malls a hacer las compras, disponía de una tarjeta de crédito oro, aprendió a manejar y tuvo su propio carro. Era algo increíble para una persona cuya única aspiración en la vida había sido un puesto de secretaria y vestir de sastre en alguna oficina en Bogotá, esperando a que algún compañero de trabajo le insinuara que juntar dos salarios y tirar juntos sería una buena idea.

Rosa estaba en Bogotá en una especie de receso en su vida en pareja con Brad. De mutuo acuerdo, habían tomado la decisión de darse un tiempo y un espacio. Él le había dado el suficiente dinero para que rentara un apartamento en el norte, comprara muebles y matriculara al niño en un buen colegio bilingüe. Pese al paréntesis en su relación, Rosa y Brad se hablaban a diario por Skype.

La razón de Rosa para aceptar ese tiempo de alejamiento era que le había dado muy duro la convivencia con alguien de una formación cultural muy distinta a la suya. Existían momentos de fuertes choques entre ambos por la manera de criar a Scott y de organizar la casa. Resaltó cosas buenas, como la fidelidad de Brad, pero también algunas tristes, como el aburrimiento de su vida solitaria.

—Allá nadie habla con nadie —le dijo a Valeria en un tono cargado de tristeza.

El desconocimiento del idioma, con el que no avanzaba mucho en su aprendizaje, también deterioró las cosas poco a poco. Además de sentir que paulatinamente la emoción de su unión se iba opacando con la rutina y la sensación de estar en el lugar equivocado.

Según Rosa, Consuelo, su madre, había cambiado su forma de ser después de ingresar a una iglesia cristiana. Les pidió perdón a ella y a Milena. Y terminó conquistando a un gringo bastante mayor que se había quedado rezagado en Colombia y que pertenecía a su misma iglesia.

Charlaron de todo, pero Valeria no quería que le preguntara por la pérdida de Teddy. Era un capítulo triste y cerrado. Pero lo hizo. Y ella terminó por contarle lo de su despedida, la resistencia de Thomas a darle información sobre lo sucedido y la versión de Jairo.

—Los hombres, no importa su nacionalidad, son todos igualitos —intervino Rosa en medio de una sonrisa que escondía mucha resignación.

Valeria no la entendió y le pidió que le explicara aquel comentario. Rosa entonces le contó que después de lo de Afganistán, Teddy continuó viniendo a Colombia en rotaciones de un mes. Pero tal vez no le había dicho nada porque era una misión secreta, y con el negro de la hamaca como compañero. Ella lo supo porque Brad y Teddy seguían comunicándose telefónicamente. Le aseguró que ellos no estaban en la base de Tolemaida en este nuevo contrato. Valeria entendió que tal vez por eso Jairo no lo volvió a ver.

—Ahora que me lo confirmas, me siento ridícula. Estuve sufriendo, preocupada por su muerte, rezando por su alma, y ahora resulta que sí está vivo y no fue capaz ni de buscarme para decirme: "Hey tú, estúpida". Porque la verdad, yo quiero mucho a Jairo, pero no le creí la historia que me contó. Pensaba que pudo ser un mito de voz a voz que algo real lo del Osito Teddy —confesó Valeria con la mirada perdida.

Valeria volvía a sentir la amargura del engaño y la burla. Pero en lugar de mandar su recuerdo al olvido, quiso saber más de él, si estaba en Colombia o volvería pronto. Deseaba iniciar la cacería y tenerlo al frente para ver qué cara hacía. Recordó a Fernanda y comprendió su decisión rotunda de no volver a involucrarse con alguno de un talante parecido.

Rosa la calmó y la abrazó. En ese momento entró una llamada de Bob. No le contestó para no descargar su rabia contra él. Le agradeció a Rosa la información y salió a caminar por la ciudad en medio de un bombardeo de ideas en su mente. Pronto comenzó a sentir un enorme dolor de cabeza.

Esa semana no se quedó en el hotel con Bob. Se notaba lastimada y no quería seguir haciendo cosas de las cuales podría salir nuevamente herida. Tampoco estaba de humor para soportar las tonterías de Bob en la cama. Se convenció de que nunca conoció a Teddy en realidad. Tal vez, sí una sola faceta. Estaba confundida, recordaba sus promesas, sus cariños. Y, de repente, el sueño del príncipe azul había volado en pedazos. Habría preferido quedarse con el cuento rosa y romanticón en sus recuerdos, creyendo que había sido dado de baja en alguna operación en un lejano país.

Ahora, Valeria analizaba a Bob y empezó a mirarlo con cierta desconfianza. No creía ciegamente ni en sus palabras ni en sus gestos de cariño. Llegó a decirle que quería ver los documentos del divorcio. Ya no era tan apasionada como antes, y se dedicó a recaudar el dinero que Bob le daba con una avaricia que hasta entonces jamás había tenido. Él se dio cuenta y trataba de comprender sin saber aún lo que ocurría. A Rosa, con quien volvió a ser confidente, le contó todo sobre Bob. Su amiga la aconsejó relajarse y no ser injusta; debía ser precavida, pero no tratarlo mal porque de hacerlo podía dañar su futuro.

Afortunadamente, las rotaciones le ayudaron a tranquilizarse y quitarse el mal genio. Optó por alejar de nuevo a Teddy de su mente. Se estaba torturando inútilmente, y se había vuelto obsesiva con el tema de encararlo. A fin de cuentas, no deseaba volverlo a ver, no sabría qué decirle. Y no quería hacer el ridículo. Ella nunca le diría: "Me quedé esperándote; ya vi la casa que podemos comprar; cómo te fue en las cuevas, ¿aullaste mucho?; ¡te extrañé!".

No había nada sensato o digno que hablar, así que lo olvidó. Comprendió que lo que tenía era rabia, porque él no estaba ya en su corazón, así que si había vivido con la idea de su muerte física, solo debía matarlo en sus recuerdos y seguir como si nada. Porque todo aquello continuaba siendo absurdo.

Bob no sabía qué hacer para que la antigua Valeria renaciera. La llenaba de detalles y cariños. Cuando ella recapacitó, le pidió excusas. No se lo merecía. Él siempre le respondía que todo iba a estar bien, que si necesitaba algo solo debía decírselo, que iba a ser su protector, su ángel, su soporte.

Ni Peter, ni Sammy, ni Bob ni ninguno de ellos sabía sobre su historia con Teddy. Sin embargo, la posibilidad de encontrárselo en algún restaurante o bar cuando estuviera con Bob la hacía entrar en pánico, porque sin la calentura en su mente no podía saber cómo reaccionaría. Le dieron ganas de confesárselo a Bob, quien le preguntó con anterioridad si había salido con uno de ellos, y ella le respondió que no, negando también la noche de copas en Cartagena con Peter y sus esporádicos devaneos con Sammy. Sabiendo que a todos los hombres les gusta la exclusividad, y si la iba a presentar como la novia, no quería correr el riesgo de que sus amigos pensaran que era una más de las que se rotan entre ellos. Y, como le había dicho Rosa, "No te juegues el futuro".

56

Teddy, ¿no estabas muerto?

Brad llegaría con su hermano para el bautismo de Scott, algo que él y Rosa habían aplazado debido a su separación. Tras aquel tiempo de reflexión, habían decidido volver a vivir juntos porque se necesitaban mutuamente. Además, Brad echaba mucho de menos al niño.

Pensaron en celebrar el bautizo por el ritual católico en Melgar. Rosa invitó a Valeria y a Fernanda, pero esta no asistió: estaba casada con un paisa muy tradicional y ni por los bordes se podía enterar de que ella había sido la amante de un gringo. Por eso, se disculpó y envió un regalo. Valeria, por su parte, no le dijo nada a Bob porque la fecha coincidía con un viaje que tenía previsto a Popayán.

A la iglesia fueron llegando personas del pueblo y también gringos, ya que algunas amigas de Rosa continuaban siendo novias de los marines que arribaban al país.

También fue Lorena, a quien al final su sueño se cumplió. Una dueña de una de las quintas la contrató para el cuidado de su casa por tiempo indefinido. Era solterona y pensionada, y no tardó en encariñarse con el niño que había tenido. Los adoptó casi como a su hija y a su nieto. Y Lorena pudo terminar su bachillerato. Después de unos años, la señora falleció, le dejó una suma de dinero que la permitió irse para Girardot y comprar una casita donde montó inicialmente un negocio de celulares, en el que la ayudaba su hermano menor.

Rosa volvía a estar con Brad, que lucía más grueso y pesado, con barba, muy al estilo de las fotografías de Teddy en la USB. De inmediato, Brad se acordó de Valeria. Se saludaron rápidamente mediante gestos porque la ceremonia daba inicio.

Oyendo el sermón del padre, Valeria tuvo la fuerte sensación de que alguien de atrás la miraba. Volteó y allí estaba Teddy, observándola fijamente. Estuvo a punto de desmayarse, pero se pudo sobreponer, aunque las piernas casi no soportaban su cuerpo. Se hizo la indiferente, y clavó su mirada en el Cristo que tenía enfrente, buscando fortaleza. Su mente se paralizó y comenzó a temblar en medio de un sudor frío. No pensaba, el tiempo se había detenido. En lugar de acelerarse, su corazón había dejado de latir.

Un aluvión de imágenes, voces, olores, sonidos y otras sensaciones llenaron su cabeza. No paraban de arremolinarse de un modo atropellado todos los recuerdos de sus días con él. Sentía de nuevo la emoción, el enamoramiento, la ilusión, el desamor, la tristeza, la rabia. Era un resumen del tiempo que pasaron juntos el que se proyectaba delante de ella. Valeria se empezó a sentir muy mal, como una mujer sucia e infiel por el mero hecho de tener esas sensaciones al ver a Teddy. Esperaba con ansias que terminara la ceremonia para salir corriendo, pero a la vez deseaba que el tiempo se detuviera para no tener que enfrentarlo.

El acto terminó, y Valeria se dirigió hacía Scott, simulando una gran compostura. Rosa se acercó y le hizo saber que lamentaba el invitado sorpresa, que no tenía ni idea de que iba a acudir y que tal vez fue Brad quien le había pedido que fuera por su amistad con él.

—Ya ni modo, al mal paso darle prisa. Si me habla, le hablo. Si no… pues así será, yo no voy a tomar la iniciativa de nada, que al fin y al cabo está muerto —le dijo Valeria a Rosa.

Tenía todos sus sentidos aguzados. Teddy iba saludando a la gente, y Valeria podía percibir que el sonido de su voz y sus pasos se acercaba lentamente. Ella estaba de cuclillas acicalando al niño cuando una mano fuerte se posó en su hombro. Fue como sentir mil alfileres en la piel que estimulaban pero a la vez herían. Lo miró y tenía una cara de imbécil que nunca le había conocido.

—Hola… —dijo con una sonrisa.

—Qué tal, Teddy —le respondió Valeria secamente, mirándolo a los ojos sin parpadear, con una fortaleza que le sorprendió a ella misma.

Teddy fue al grano, y le dijo que le debía una explicación. Valeria lo dejó que hablara. El gringo le comentó que consideraba que ella era una persona inteligente y sabría comprender, pero los interrumpieron oportunamente para decirles que debían movilizarse hacia el lugar de la recepción, que era en casa de Consuelo y su esposo.

De nuevo, Teddy posó su mirada sobre Valeria. Era tan poderosa que la inducía al error. Se tropezaba, se le caían las cosas, así que por voluntad propia Valeria se dirigió hacia él para que dijera lo que debía y terminar con ese jueguito de intimidación. Se alejaron del grupo y conversaron.

Teddy argumentó que había enviado señales de humo y ella no las había entendido, que estaba advertida de que su proceder no era el de una persona normal, y que no iba a cambiar porque era lo que había elegido. Lo prometido a futuro sí era cierto, y después de ella no hubo nadie. No le había dicho nada porque estaba metido en una misión top secret, y también porque su forma de vida le haría daño y eso era lo que él menos habría deseado. Le confesó que había preferido desaparecer a hacerla infeliz por un capricho suyo.

Luego continuó diciéndole que ni sus hijos ni sus padres sabían mucho sobre su labor. Solo estaban al tanto de que era un miembro más del Ejército de los Estados Unidos. Ni siquiera podía vanagloriarse de sus logros en el extranjero. En conclusión: ella no podía ser la excepción, ya que la seguridad de su misión estaba por encima de cualquier interés personal.

—Tú puedes decirme lo que te apetezca. Si es que deseas que te escuche, te escucharé, igual no te voy a creer. Pero esfuérzate, de pronto podemos hacer la siguiente versión de soldado americano o algo por el estilo —le dijo casi sin poder contener la furia.

—Ten más respeto con mi profesión. Yo estoy aquí trabajando por tu país, porque ustedes solos no pudieron, dándoles instrucciones y conceptos técnicos para que salgan de su cruda realidad—respondió Teddy, algo malhumorado.

—Okey, no irrespeto tu trabajo. Pero si vienes acá es porque quieres y te gusta lo que haces, ¿no me lo dijiste? Así que no lo pongas en esos términos, que yo no estoy hablando del conflicto, ni de la ayuda, ni de política. Te estoy hablando de tu engaño, y de dejarme esperando y pensando mil cosas, como que estabas muerto… Es que ponte a pensar en todos estos años que han pasado. No debería oírte.

—Te estoy pidiendo excusas y dándote una explicación, pero no es fácil si no abres un poco la mente. Es más, yo no iba a venir a la celebración, pero me pareció un buen gesto darte la cara y responder cualquier pregunta que tuvieras... Para mí fue muy fuerte cuando Brad me contó que tú pensabas que yo estaba muerto y que habías sufrido por mí. Créeme que ni yo me lo perdono. Por evitar hacerte daño, te lo hice el doble.

Valeria no tenía ni fuerzas ni argumentos para rebatirle, ni siquiera para recriminarle por todo el daño que le había hecho. De pronto sintió una extraña sensación, como si algo en su cerebro mudara sus pensamientos de un lado oscuro a la claridad. Quería abrazarlo, pero también darle un golpe. Y de nuevo pensó en lanzarse sobre él y comérselo a besos. No, no sabía qué estaba sucediendo. Se había sumido en una confusión que la desesperaba, atormentada por las contradicciones que se encontraban luchando a muerte en su cabeza. Y, como si su desespero fuera poco, apareció el recuerdo de Bob.

En el modo en el que se estaba desarrollando la conversación, con tanta confesión y arrepentimiento, pensó que ella iba a ser la privilegiada de conocer el secreto de sus misiones en pro de aceptarle sus disculpas. Pero no. Divagaba entre intentos de decir algo más y generalizaciones.

Mientras tanto, Valeria lo observaba: Teddy parecía más maduro. Estaba afeitado, conservaba su buena figura, lucía más blanco, hablaba un español perfecto y se podía jurar que se teñía el pelo de oscuro. Físicamente seguía siendo el más guapo de todos los gringos que había conocido. Usaba el mismo estilo de botas. Lo único que afeaba su aspecto eran sus uñas, curtidas de tierra. Sus labios, sus brazos, su voz, su seductora mirada la enfrentaba con la imagen de Bob. Por un momento, creyó encontrar cierta lucidez y prefirió desviar su mirada a Scott. Se quedaron en silencio un largo tiempo sentados, mirando el panorama y el ambiente de la reunión. Valeria observó una imagen que la alegró: algunas amigas, también con hijos de norteamericanos, se quedaban mirando con envidia a Rosa cuando estaba con Brad y Scott. "Sí, a Rosa definitivamente se le ha cumplido su sueño americano", se dijo Valeria complacida. Por su parte, Consuelo se paseaba por el lugar atendiendo a los invitados, orgullosa de cambiar su vida y el rumbo de su familia: esposo gringo, yerno gringo, nieto rubio y dos pensiones.

La voz de Teddy la sacó del ensimismamiento en el que se había sumido. Le dijo que debía irse. A ella le daba lo mismo. Le pidió el número de teléfono, pero no se lo dio. De todos modos, Brad se lo informaría. La despedida fue sin ningún contacto físico. Valeria pensó que su reacción sería otra, pero resultó de una profunda tristeza. Verlo era como tener frente a ella el fantasma de algo que pudo ser maravilloso pero que no lo fue. Cuando salía de la casa, Teddy se encontró con Jairo, quien casi se orina de la emoción cuando se saludaron. Cuando miró a Valeria, se le quitó la sonrisa de la cara y sin saludar le dijo que le iba a contar que él estaba en Colombia pero prefería hacerlo personalmente y esperar al bautizo para decirlo frente a frente, no pensó que él asistiría.

Jairo los conocía a todos porque además de escoltar en su helicóptero a tropas colombianas cuando les llevaban alimentos y provisiones a los soldados que estaban en zona roja y de apoyar combates desde el aire cuando la guerrilla atacaba poblaciones o campamentos militares, también colaboraba en las labores que los estadounidenses llevaban a cabo como escoltas o conformando equipos de trabajo conjunto en entrenamientos y reconocimientos. No se veían desde la última vez con Angélica.

—Y tú sigues con tus amigos gringuitos—le dijo sarcásticamente Valeria a Jairo, también con el ánimo de cambiar de tema.

—Sí, claro, más ahora, que estamos con muchos avances en lo que venimos desarrollando.

—Por tu tono ni te pregunto, porque será algo secreto, ¿no? Secreto, la palabra preferida.

—No te voy a negar eso. Precisamente se me cumplió un deseo que tenía. Ahora que él está en la base, voy a trabajar con Teddy. Será casi el cerebro de las operaciones que hacemos. Pero solo en estrategia, ya que lo demás corre por nuestra cuenta.

—Bueno, pues al menos Teddy te hará feliz a ti, porque a mí... me tiene muy triste, aunque no puedo negar que dichosa también. No me gustaba la idea de saberlo muerto.

—¿No van a arreglar las cosas? Porque lo que he visto es que él es serio, no está interesado en andar como un perro consiguiendo viejas, ni sale mucho de la base. Solo habla de sus hijos. Pero como que te dejó pensativa…

—No es lo que crees, Jairo, créeme —le contestó, casi atorada.

Tal vez fue peor oír a Jairo confirmando lo que no quería creerle a Teddy. No fue por otra mujer que no llamó. Lo único que tenía en contra era su silencio. Sintió alegría de saber que, y a pesar de todo, no era tan malo lo que había sucedido. Jamás pensó verlo de nuevo. Después de calmar su efervescencia emocional por las dudas y sentimientos contradictorios, se puso contenta del encuentro. Pero con una alegría que comenzó a controlar. Tenía mucho ganado con Bob y no era cuestión de ponerlo en riesgo por nada.

57

Los tres Norteamericanos secuestrados

Valeria estaba esperando a Bob en el aeropuerto y cuando se abrazaron le entró una llamada: era Teddy. Le respondió en voz baja que estaba ocupada, que la llamara más tarde, mientras Bob le decía que tranquila, que hablara, que tenían toda la noche para ellos.

Teddy comprendió que Valeria estaba con algún hombre, así que le dijo que no deseaba molestarla ni que por él tuviera problemas con su novio. Antes de despedirse, hizo una pregunta advirtiéndole que era la última.

—¿Tu novio es norteamericano?

—Que tengas una linda noche —rehusó Valeria la pregunta.

Tenía muy claro que no se iba a permitir actuar de una manera extraña con Bob por culpa de Teddy. Era una ironía: Bob era su actualidad, su principio de realidad, su tierra y también una vida regalada y sin problemas. Pensó que Teddy debió quedarse en Afganistán o cualquier otro país, y al menos no ir al bautizo. Era el momento de pagar por no hacerle caso a su mamá, se recriminaba repetidamente. Ella se lo advertía a cada instante, que se iba a arrepentir de no seguir sus consejos, y en efecto así se sentía: arrepentida. Pero ¿arrepentida de qué?, se cuestionaba interiormente Valeria sin encontrar una respuesta.

Fernanda y Mariana la llamaban y aconsejaban, estando de acuerdo en que la decisión no era difícil: él se fue, se hizo el muerto, no le avisó de su resurrección en Colombia, y su camino era al lado de Bob o cualquier otro que fuera capaz de hacerla vivir como una mujer de estrato seis. Esa era la verdad y no había nada más que pensar. En la siguiente llamada de Teddy, Valeria le comunicó la decisión radical de no verlo nunca más, instándole a que, bajo ningún concepto, volviera a llamarla.

Con su apuesta por Bob, Valeria continuó con una idea que le estaba rondando la cabeza en los últimos meses: montar un negocio propio que pudiera convertirse en su seguro de vida en caso de que Bob la abandonara. Quería su propia empresa y ya estaba haciendo las averiguaciones para montar un café en Zipaquirá con las cualidades de los Juan Valdez pero con postres típicos cundiboyacences. Y poco a poco fue sembrando aquel proyecto en Bob, que fue aportando algún dinero para iniciar el proyecto. Bob, a su vez, inició un período de mayor confianza con Valeria, lo que la animó a preguntar algo que la tenía intrigada desde hacía mucho tiempo.

—¿Por qué tienes casi siempre las uñas tan negras?

—Por los sembrados —le contestó Bob, sonriente.

—¿Siembras…?

—No, no sembramos nada raro para las drogas, si a eso te refieres.

—No me digas que minas… Porque eso sería horroroso. Es cierto que ellos nos hacen daño, pero aumentarían el dolor… podrían caer inocentes… al atacarlos con sus mismas armas…

—Jaja… No te hagas cuentos. Sembramos micrófonos, cámaras, receptores en árboles o arbustos para detectar sus rutas, para localizar los rehenes y de paso a los secuestradores.

—¿Te has internado en el corazón de la selva?

—No, mi labor es otra. Ellos utilizan helicópteros, yo únicamente tengo mi avión. Sammy da los reportes fotográficos al siguiente grupo de acción y ejecutan la misión. Así como hacían los tres secuestrados, nosotros nos encargamos del mismo trabajo: obtenemos información, ubicación, tamaño y demás datos sobre los sembradíos de plantas de coca. Luego, se entregan a las agencias colombianas y estadounidenses encargadas de la erradicación de cultivos ilícitos. Y así sigue el proceso. Pero también, a veces, encontramos otro tipo de información, rutas o campamentos… imágenes que ayudan a las cámaras satelitales.

—Creo que estaba entendiendo mal, pensé que la ayuda de ustedes era básica y netamente antinarcóticos, no sabía que también ayudaban con los secuestrados —le dijo Valeria.

—La guerrilla tiene a tres de los nuestros, y ustedes no han podido liberarlos. Solo estamos intentando hacer todo lo posible para rescatarlos.

Parte VII

58

Valeria: ¿Bob o Teddy?

Desde el encuentro con Teddy, la actitud de Valeria había cambiado. Interiormente se cuestionaba su vida a cada segundo y reflexionaba sin el velo ante sus ojos. Ya había pasado un año y medio desde el día en que conoció a Bob, y estaba muy cerca de alcanzar la treintena. Sol María, su madre, se encontraba casi al borde de un ataque de nervios, pensando en que su hija estaba dejando pasar todos los buses, empeñada en apostar por una relación con Bob a la que no vaticinaba ningún futuro. Para ella, lo único que contaba era que el gringo acababa de salir de un largo y tortuoso matrimonio, y no iba a meterse en otro compromiso, al menos de una manera tan rápida. Saber eso le molestaba porque estaba completamente segura de que su hija estaba perdiendo el tiempo con aquel extranjero, en su opinión ya demasiado maduro. En el polo opuesto familiar se hallaba Julio, su padre, que seguía con gran fidelidad el papel de Celestino, y la azuzaba para que quedara embarazada, lo que para él significaba la mejor garantía de cara al porvenir de Valeria.

Aunque su mente parecía una montaña rusa, a veces con subidas de moral y autoestima y otra con bajadas que rayaban casi en lo depresivo, Valeria lograba que en su relación diaria con Bob todo siguiera con la normalidad y rutinas acostumbradas, sin traicionar a su razón.

Una noche, Sammy llamó a Valeria y a Bob diciendo que tenía mesa en una nueva cervecería en la zona T y que la estaba pasando de maravilla, que se apresuraran para acompañarlo. Pese a que Bob se encontraba algo cansado, aceptaron la invitación.

Llegaron a un bar europeo a celebrar el día de San Patricio. El lugar estaba a reventar de extranjeros. Valeria se sentía como mosco en leche, llevaba una blusa rosa y todos vestían de verde, tomaban cerveza verde y algunos lucían sombreros de duende verdes que habían ganado en rifas que efectuaba el bar.

Bob, en una de sus idas al baño para eliminar la tercera jarra de cerveza, regresó e invitó a Sammy y a sus acompañantes a que fueran al fondo, ya que allá estaba todo el grupo de compañeros. Tomó de la mano a Valeria, le dedicó una sonrisa y le dio un beso. "¿Se te pasó el cansancio?", le dijo Valeria, encantada con aquel detalle tan amoroso.

Abrazados como dos adolescentes, llegaron hasta el grupo de mesas en las que estaban sentados todos los compañeros de la base y sus parejas. Y allí estaba Teddy. Valeria no supo cómo mantuvo el control ni sufrió un soponcio cardiaco. Teddy no habló, se quedó inerte como una estatua, pero le mantenía una mirada fija y penetrante que resultaba perturbadora.

No se saludaron porque para Valeria él no estaba allí, no existía, había muerto en alguna misión en Afganistán. Pero Bob, que había percibido aquella mirada insistente de su compatriota, comenzó a inquietarse. Era evidente que tanto Valeria como Teddy se conocían. Y quizá de aquella premisa la imaginación de Bob construyó varias historias, que, ciertas o no, en modo alguno le agradaban. Valeria reaccionó, y le pidió a Bob que la acompañara afuera.

Alejada temporalmente de la zona de peligro, Valeria puso en juego el mejor repertorio de sus armas de mujer, susurrándole a Bob que no podía esperar más para saltar encima de él y devorarlo a caricias, que se fueran para el hotel porque la colegiala estaba esperando. La idea de sexo y unos tragos en su cabeza actuaron de inmediato en la voluntad de Bob, al que abandonaron, de repente, todos los fantasmas que le habían rondado unos segundos antes. No volvieron a la mesa.

En el camino al hotel, agarrada a él y con su cabeza apoyada en su hombro, pensó confesarle todo. Pero no fue capaz, podía ser una mala decisión. Y la cabina de un taxi no parecía el mejor lugar para sincerarse. Así que confió en la suerte de que nada pasaría, de que Teddy mantendría su silencio porque ahora, sabiendo que estaban en el mismo grupo de trabajo, sería muy fácil facilitar conversaciones en torno a ella.

Bob se la pasaba hablando de sinceridad, de fidelidad, de valores y virtudes; y ella no podía salirle de buenas a primeras con que sí había estado con un gringo, y menos con un compañero de su equipo de trabajo y que además se lo había ocultado. Se sentiría como un tonto al saber que era el único que no tenía conocimiento de la verdad, y prefirió quedarse callada.

En los siguientes días, Bob no dejó de lanzarle indirectas, y actuaba como un hombre celoso, o al menos ella así lo creía. Le preguntaba a Valeria si él le gustaba por sí mismo o por ser gringo. El acoso fue en aumento, hasta convertirse en un tanto estresante. Así que Valeria tuvo que recurrir a un infiltrado: Jairo.

—¡Jairo! Hola, ¿Cómo estás? Es un poco incómodo para mí, pero necesito un favor tuyo.

—Qué casualidad, yo precisamente estaba pensando en ti y creo saber cuál es el favor.

59

Misiones aéreas secretas

Jairo le comentó a Valeria que Teddy estaba buscándole las vueltas a Bob. Le preguntaba mucho por ella y le había dicho que en la cervecería la había mirado porque le recordaba a una novia que tuvo en el pasado y a la que aún echaba bastante de menos. Esas conversaciones habían intranquilizado mucho a Bob, que sospechaba que entre Valeria y Teddy habría existido algún vínculo. Pero Jairo le recomendó a Valeria que evitara cualquier confesión, y que no cayera en la trampa que podía ponerle Bob al asegurarle que fuera cual fuera su relación con Teddy él sabría comprenderlo. Nadie en el grupo estaba dispuesto a abrir la boca, a ser indiscreto, y todos actuaban como una sola persona al negarle a Bob cualquier relación de Valeria con Teddy. Tampoco Teddy se encontraba en la mejor posición para forzar demasiado aquel asunto, ya que entendía que con una misión del riesgo de la que tenían entre manos, cualquier distracción podría resultarles fatal.

Bob viajaba ahora con más frecuencia a Tolemaida, y de ahí partía hacia cualquier otro lugar. Había incrementando sus horas de vuelo y regresaba exhausto a la habitación del hotel, por lo que el disfraz de colegiala pasó un cierto tiempo colgado en un gancho, en el armario. Algunas veces, debía quedarse en otra ciudad, así que comenzó a llevar un morral de viaje con las cosas de aseo y la ropa interior para cambiarse.

En esa época, para poder quedarse con Bob, a Valeria le tocó cambiar de rutina: cenaban temprano y a las ocho de la noche ya estaban durmiendo. Si querían sexo, lo hacían antes de esa hora. No lo despertaba ni para ir al baño, porque debía descansar para las largas horas pilotando sobre espesos mares verdes de vegetación que le agotaban la vista, y sin poder ir al baño, comer, o moverse, siempre atento ante cualquier situación que podía ser esencial para su supervivencia o el éxito de la misión. Necesitaba la máxima concentración, y para eso era preciso descansar lo mejor posible.

60

Valeria espía a Bob

Aparte de cambiar de horario, con Bob también se modificaron algunos hábitos de consumo, puesto que en esa época el dólar se había devaluado mucho y, consecuentemente, también las invitaciones, los regalos y el dinero para los gastos de Valeria. Lo único que se mantuvo fue la visita mensual al restaurante favorito. Pero en todo lo demás, hubo restricciones. En alguna ocasión, Bob sugirió hacer un pedido de pollo asado a domicilio para cenarlo en el hotel mientras veían una película pirata comprada en algún semáforo o en el San Andresito del norte.

Pero pronto volvió el tiempo de los despilfarros, y Bob regresaba a su ritmo frenético de compras. De cada tarde en los centros comerciales, aparecía en el hotel cargado de paquetes. Todo le resultaba de nuevo muy barato, incluso le recriminó a Valeria que tardara tanto en decidirse a probar con aquel negocio de cafés que tenía en mente desde tiempo atrás. Él se había ofrecido como socio capitalista, sobre todo cuando comprobó el monto de la inversión prevista en los cálculos de ella. Y Valeria, quizá porque le revoloteaban los viejos temores de un abandono, comenzó a poner en práctica un plan: cambiar tanta salida, tanto regalo, por las consignaciones en su cuenta de ahorros para poner en marcha su proyecto. Ya no frecuentaban con la misma frecuencia de antaño los locales de rumba, los restaurantes lujosos ni las tiendas de lencería francesa. Aquellos excesos se sustituyeron por noches de un sexo enloquecedor, siempre innovando posturas e inventando juegos y pequeñas perversiones que cada vez enloquecían más a Bob. Para Valeria, la seguridad no estaba en quedarse embarazada, sino en engordar otra cosa: su cuenta en el banco. No todos los números sexuales le gustaban, pero los tomaba como un trabajo que tendría su recompensa, como la manera de poder restregarle a su madre que ella no había sido la tonta ingenua que ella esperaba que al final resultaría abandonada.

Bob no había vuelto a hablar de su ex-esposa. Pero una mañana, cuando entró al baño a ducharse, Valeria revisó su celular. Le tenía clave al teléfono, así que probó con la de su tarjeta de crédito. Era la misma. Encontró mensajes de ella, donde le decía que ahora que lo tenía lejos quería encender los juegos pirotécnicos. No alcanzó a mirar si él le había respondido, porque en aquella ocasión se había dado más prisa que de costumbre en bañarse.

Valeria no sabía qué hacía Bob los quince días que estaba en su casa de los Estados Unidos. Chateaban, él la llamaba y enviaba fotos haciendo mercado, caminando por los jardines de la casa o navegando y pescando con sus vecinos. Le decía que entre las actividades más frecuentes estaba arreglar su bote, ya que el Katrina lo había dañado mucho. Y mientras leía aquellos cortos mensajes, se lo imaginaba con un fósforo prendiéndole a su ex los juegos artificiales.

Aquellos mensajes con la mujer que se suponía ya estaba separada de él, le confirmaron a Valeria lo adecuado de su nueva estrategia. Por ello, le hacían cierta gracia los comentarios de su padre, empecinado en embarazar a su hija a toda costa. "Si mi padre supiera", se decía Valeria.

61

Operación Jaque

Mientras Bob espiaba los asentamientos guerrilleros en la selva, Valeria hacía lo propio en su correo electrónico. Los mensajes, sin ser nada explícitos, daban a entender que entre él y su ex-esposa existía aún una buena relación. Casi podría decirse, de no ser porque Valeria disponía del dato de que estaban separados, que aquella pareja mantenía una serena convivencia.

Unas semanas después, cuando la cuenta bancaria de Valeria ya había alcanzado la cifra de veinte millones de pesos ahorrados, Bob le contó que tenía una excelente oferta en Irak. Quizá se tendrían que separar por algún tiempo, pero le hizo prometer a Valeria, que, de ser así, no pondría impedimentos a la hora de organizarse para continuar con la relación que disfrutaban, incluidas aquellas sesiones de aceite de naranja y sexo anal, la última novedad incorporada por Valeria.

Bob se comprometió a conseguirle la visa para Estados Unidos y le propuso encontrarse cada vez que tuviera un descanso, tal vez en Colombia o quizá en otro lugar. Por sus ingresos para conseguir el dinero necesario para poner a caminar el proyecto del café no debía preocuparse. Él le iba a dejar una buena cantidad y se encargaría de ir girándole el equivalente a unos dos mil dólares mensuales.

Era más de lo que le había ofrecido Teddy. Le dio el dinero para presentar los documentos a la Embajada, llevó una carpeta con múltiples razones por las cuales no se quedaría en Estados Unidos, y se la negaron. Debía esperar seis meses más para probar suerte en la Embajada, pero Bob, en una llamada de urgencia, la tranquilizó, disculpándose porque quién habría tenido que facilitarle los trámites no lo había hecho. Pero todo estaba solucionado. Se lo prometía.

Dos semanas después, la visa ya estaba lista y en su banco el dinero apalabrado. Y entonces Valeria supo que su destino ya dependía solo de ella. Bob la llamó, se alegró de que todo fuera según lo previsto y le pidió que lo perdonara por no haberse puesto en contacto con ella, se encontraba en medio de una importante misión.

—Gracias por todo, Bob. Espero que tu misión sea un éxito y que muy pronto nos veamos y me cuentes lo que puedas.

—Así lo espero. Pero Valeria, si la misión nos sale bien, no hará falta que yo te la cuente, porque la podrás conocer en los noticieros de todo el mundo.

62

Luna de miel de despedida

Llegó el día de la despedida. Después de regresar de aquella misión secreta que toda Colombia celebró alborozada por la liberación de Ingrid Betancourt, los contratistas norteamericanos y once secuestrados más, Valeria y Bob habían pasado unos días prácticamente encerrados en la habitación del hotel. Alquilaron algunas películas porno e hicieron sus propias versiones.

Bob estaba agotado, exhausto por tanto sexo. Pero al tiempo se encontraba como si estuviera flotando en otro mundo. Y Valeria, revisando los extractos de su cuenta de ahorros.

En el aeropuerto, Bob le prometió que muy pronto le escribiría. Era posible que, por las características del lugar en el que iba a trabajar, hubiera momentos de un silencio total, pero no debía preocuparse, porque él se cuidaría teniendo en cuenta que estaba a cargo de una colegiala que lo necesitaba tanto. Valeria se quedó callada, no sabía si ese beso y abrazo antes del adiós sería en realidad un hasta pronto o una despedida definitiva. Antes de que la abandonara el último roce de la mano ruda y fuerte de Bob, notó que en el bolsillo de su saco introducía, como en un buzón, un sobre bastante abultado.

Sentada en el taxi que la llevaba al hotel para recoger sus cosas, Valeria abrió aquel sobre blanco, que tenía escrito: "Para mi colegiala, con todo mi amor". El sobre estaba repleto de billetes de cien dólares. En ese momento, sonó su celular: era Teddy, que deseaba despedirse también, así como confesarle lo importante que había sido para él y que si alguna vez… No escuchó más. Terminó la llamada, sin prestar atención a lo que aquel gringo le había dicho. Ella estaba enfrascada en la tarea de continuar contando aquel fajo de billetes: eran veinte mil dólares. Entre dos billetes, encontró una nota: "Para que nunca te quedes sin aceite de naranja".

Volvió a sonar el celular de Valeria, pero ella ni siquiera dirigió la mirada al aparato. Por eso, aunque lo presumía, no supo que Teddy le estaba insistiendo. Comenzó a llover, y los vidrios del taxi se opacaron por la condensación. Pero a ella, absorta en los números del proyecto del café, no parecía importarle, no tenía cabeza para otra cosa. "¿Y si organizara una franquicia y en vez de postres típicos me especializara en sándwiches vegetales, en comida rápida de bajas calorías?", se preguntó Valeria.

63

Amor en Panamá

La primera semana Valeria no se conectó al chat ni abrió el correo. No quería enfrentarse a un buzón sin correos de Bob o solo palabras bonitas sobre la falta que le hacía y lo mucho que la extrañaba, junto con la confirmación de que muy pronto la haría la consignación prometida para su negocio; bueno, para el de ambos, como siempre insistía el gringo.

En ese tiempo, había atendido una llamada de Erick, que parecía encontrarse en apuros: sus locales no marchaban bien. Valeria le contó su proyecto y recibió algunos consejos de su amigo, que se ofreció a ayudarla en lo que creyera conveniente. La idea de un lugar de comida rápida pero sana le parecía una excelente opción. "Mira, Valeria: mis bares están pasándose de moda, así que podríamos hacer algo juntos", le dijo Erick.

Al séptimo día, Bob la llamó. Estaba preocupado por su ausencia en la red. Valeria se justificó diciéndole que se encontraba totalmente dedicada a sus asuntos, ya que tenía más tiempo y había realizado algunas modificaciones importantes en el proyecto. Prometieron ambos estar pendientes de conectarse para mantener viva esa relación, sin la cual, según él confesó, no concebía su vida.

Valeria ya estaba entrenada en esos avatares, curtida, y tenía la suficiente experiencia para manejar aquella situación sin que nada de lo que pudiera ocurrir la afectara. Aunque permanecía en la estación neutra de la melancolía, decidió abrirse a la posibilidad de conocer a otras personas que la hicieran sobrellevar la soledad, que le impidieran sentirse como una viuda. Bob estaba lejos, y con no frecuentar los mismos sitios a los que acudía con él, era suficiente precaución. De todos modos, eso ocurriría cuando tuviera el deseo de tener un hombre a su lado, alguien al que no le permitiría ni la más mínima fantasía.

Bob la llamaba dos veces a la semana y enviaba un saludo diario en el correo. Terminaría el curso del Hércules que duraba dos meses y luego tendría dos semanas libres antes de viajar a Irak. Lo siguiente fue un mensaje que contenía un tiquete electrónico de avión para volar a Panamá. Era un hecho, se verían de nuevo. Y aquello le agradó a Valeria. El hechizo continuaba siendo efectivo y aquel pene inquieto de Bob, su Amo de otros tiempos, se había convertido en su esclavo.

Cuando supo lo del viaje, se dijo a sí misma que debía sentirse tranquila. Aquella cita significaba que Bob no podía vivir sin el sexo de Valeria. Y esa era una situación que le debía continuar proporcionando buenos réditos. Pensaba que había que apurar al máximo esa relación, porque en su interior estaba cada vez más convencida de que Bob encontraría una sustituta en algún lugar del mundo.

En Ciudad de Panamá se alojaron en un hotel de lujo y planearon su estancia como si se tratara de una auténtica luna de miel. Los pocos momentos en los que se alejaban del sexo, salían a hacer algunas compras, aprovechando los buenos precios que ofrecían todos los almacenes.

Después de dos días, se trasladaron a un aeropuerto local, porque las sorpresas no habían terminado: viajaron a una isla de unos amigos suyos en la zona de Bocas del Toro, que se llamaba el Jardín del Edén. Fue como estar en el paraíso, y hasta por algún momento ella dejó de pensar en su proyecto. Resultaron tres jornadas maravillosas, de una relajación total: se tostaban al sol, tiraban y dormían. Y después, una nueva despedida, otro sobre y el compromiso de volverse a ver en un par de meses, como muy tarde.

64

Sexo virtual

En su trayecto a Irak, Bob la llamó en todas sus escalas: Portugal, España, Grecia y, finalmente, Irak. Viajó en su Hércules. La misión, si no se presentaban inconvenientes, duraría dos meses.

Valeria lo tomó como si Bob se hubiera confinado en un monasterio, porque sus conversaciones parecían estar controladas por una censura. Él la advirtió que tenían que moderarse, "Por si acaso", le dijo. Así que aquellas frases cargadas de perversión y siempre subidas de tono que se prodigaban en las noches de sexo desenfrenado, no se podían repetir. Valeria también tuvo la sensación de estar hablando con él como lo hacían en las películas del cine negro americano las esposas que iban a visitar a sus parejas a las prisiones, siempre vigiladas por los carceleros de turno. Y tampoco tenía la libertad de enseñarle, como había hecho en otras oportunidades, partes de su cuerpo, su sexo sin sombras, como el de una niña que se masturbaba con toda la ingenuidad de las primeras veces.

Había fantasías sexuales que Valeria deseaba hacerle rememorar para que no perdiera el deseo de volver a verla —y así recibir de nuevo un sobre repleto de dólares—. Le murmuraba que quería verlo vestido con ese overol beige y sus insignias, sin nada más, y bajarle la cremallera lentamente, sentir el crecimiento de su miembro y lamérselo hasta que resultara tan escurridizo que nada le impidiera encontrar otros lugares que penetrar. En cierto punto álgido de su relato, le recordó lo del monitoreo y le dijo que si prometía quedarse callada y ser buena niña, sin hablar de sexo, le enviaría un regalo. Unos días después le envió un video haciendo un striptease con el overol en su habitación, tocándose el pene erguido hasta que explotó. Aunque sí la excitó, también le pareció extremadamente tierno. Aquella manera de entender el sexo ya no le parecía tan molesta, e incluso se detuvo a pensar si la única y secreta experiencia que había tenido en esos días sin él con un joven estudiante bogotano de apenas veinte años, que solo recurría a la posición del misionero, le había resultado tan complaciente como sus juegos de colegiala. Valeria le correspondió a Bob con otro desnudo integral, utilizando varios juguetes de los que habían usado en sus delirantes noches de placer. Aunque las comparaciones resultaban odiosas, ella se sentía como Marilyn Monroe cuando visitó a los soldados en Corea que llevaban largo tiempo sin ver a una mujer ni tener sexo.

Se encontraban en el chat cada veinticuatro horas. Valeria, cuando anochecía, y él, cuando amanecía en dos extremos del mundo. Él llegaba a la pantalla del computador luego de casi ocho horas diarias de vuelo nocturno, y después de comer alguna cosa de modo apresurado para cumplirle la cita. Bob le contó a Valeria que no podía salir a trotar porque el ambiente era muy polvoriento. Aun estando lejos del desierto, el calor era insoportable a toda hora y que el agua se ponía extremadamente caliente al sacarla de la nevera. No había forma de refrescarse.

Valeria empezó a acumular un cierto sentimiento de culpa. A veces, se sentía mal, como una desagradecida. Quizá no estaba valorando lo suficiente el esfuerzo que significaba para Bob ganarse el dinero, el peligro que corría mientras que ella solo pensaba en ir aumentando su cuenta bancaria.

Los dos meses se pasaron volando. Y Valeria aguardó con verdadera expectación el nuevo destino elegido por Bob para reencontrarse, después de haberle prometido que le enviaría el tiquete electrónico por medio de un correo, como en la anterior ocasión, la del viaje a Panamá. "Pero no me puedes adelantar algo, darme una pista", le había escrito Valeria a Bob. "Solo puedo decir que será un lugar muy romántico y que no conoces", le contestó el gringo.

65

Despedida en la Habana

Desde pequeña, viajar había sido uno de los sueños de Valeria, casi igual de deseado que el matrimonio. Y Bob se lo estaba ayudando a cumplir. Si no se casaba, al menos tenía su premio de consolación y conocería muchos y bonitos lugares, siempre rodeada de lujos que nunca había vivido. La nueva sorpresa era La Habana como destino de una semana de vacaciones.

En la capital cubana pasaron más tiempo entonados que sobrios. Después del desayuno salían a caminar por la ciudad y cumplir el cronograma diario que había preparado Bob para conocer todos los bares, restaurantes y demás sitios de interés. En cada uno de aquellos lugares tomaban un coctel típico de la tierra. Bob era fiel al mojito, mientras que ella en cada parada probaba uno diferente: cuba libre, cubanito, balsero, piña colada, caballito, arena blanca, arena dorada, mulata y todos los daiquiris, en especial los que se preparaban en Floridita y que el escritor Ernest Hemingway había catapultado a la fama cuando vivió y murió en Cuba. En ese local, Valeria se hizo amiga de los camareros, ya que pidió el coctel más contundente de la casa: el daiquiri de Ernest, sin que surtiera en ella un efecto mayor al que le habría proporcionado tomarse un jugo de frutas.

En La Habana, Valeria se sintió como en casa, y para Bob resultó una aventura, ya que los norteamericanos no eran bien vistos en aquella ciudad. Pero una noche, de regreso de Floridita, esa buena onda de Valeria con La Habana cambió radicalmente: un taxista le dijo que tuviera cuidado, que los policías estaban molestando mucho con las jineteras. Sin duda, aquel conductor la había confundido con una puta que acaba de arrimarse a un turista camino a su hotel.

Partieron para Varadero para pasar los dos últimos días. Allí, Bob le dijo a Valeria que deseaba disfrutar de una auténtica luna de miel. Pero para ella, esos dos días resultaron empalagosos, pues Bob le solicitó, permanentemente, nuevas escenificaciones en la cama y posturas inverosímiles. Además, no pararon de comer y beber. La diferencia con los anteriores viajes fue que empezó a presentarla, sin venir a cuento, como su esposa. Para Valeria significó un fracaso, ya que, pese a que los primeros días en La Habana se había sentido muy a gusto, la estancia en Varadero echó a perder todo. "¿Cómo sería Bob si nos casáramos?; ¿cómo resultaría la convivencia con él después de unos cuantos años?", se preguntaba Valeria la última noche después de su enésima interpretación del papel de colegiala ingenua, que ya la tenía harta.

En el aeropuerto, se repitió la misma escena de despedida, aunque en esta ocasión Valeria tuvo que fingir por primera vez el sufrimiento que le producía tener que separarse de Bob. Ya no le inquietaba tanto la incertidumbre de aquella relación, ni temía a ese cronómetro de la vida que corría sin pausa. Él partía para un destino secreto, que ni siquiera le podía desvelar a ella.

Algo más cambió después de Cuba. Bob le insinuaba en los chats que estaba pensando la idea de tener un bebé con ella. Valeria recordaba a su padre, la insistencia en que se quedara embarazada como garantía para el futuro. Por un lado, a Valeria le agradaba que Bob hiciera planes en los que ella era la protagonista; pero por el otro, creía que una decisión de ese tipo podría retrasar sus proyectos empresariales.

En las siguientes semanas la situación para Bob fue muy parecida a cuando se hallaba en Irak, salvo que en su nueva misión tenía prohibido utilizar los computadores con uniforme. Tampoco podía descargar o subir información, y se habían de conformar con lo que hablaban, sin que pudiese conectar la cámara por razones de seguridad. "En un par de días no podré llamarte, pero no te preocupes y piensa mucho en mí", le dijo casi a media voz a Valeria. Ella le pidió que se cuidara, y también le comentó que ya casi todo estaba listo para cerrar un acuerdo con Erick y arrendarle el local donde antes estaba Contrapuerta para montar allí su primer café-restaurante Bob's.

—¿Bob's? —se extrañó el gringo.

—Sí, me gusta mucho ese nombre; y como tú eres socio... —le respondió Valeria.

—Bob's...

66

Adiós al "sueño Americano"

Valeria se puso en la tarea de organizar lo necesario para el negocio, pero pasó justamente lo que siempre había temido: Bob no se volvió a conectar.

Pasaron una, dos, tres semanas y nada. "¿Muerto?", se preguntó Valeria. De inmediato se quitó de la cabeza esa fatal posibilidad. Y se convenció de que no estaba ante una tragedia, como no lo había sido la ausencia de Teddy en su momento.

Valeria no podía ocultar cierta tristeza, y también rabia porque había terminado igual que casi todas aquellas mujeres reclutadas por el Tío Sam: engañada y abandonada. Al menos, y a diferencia de la mayoría, ella tenía el consuelo del dinero que Bob le había proporcionado para desarrollar su proyecto, para el inicio de su independencia. Pero también se sentía relajada y con la seguridad de que jamás tendría que repetir aquellos absurdos números sexuales cada vez que se encontraba con él. La madre de Valeria se mantuvo callada al conocer la noticia de la huída de Bob, aunque ese silencio estaba repleto de reproches y de "Ya te dije, ya te dije"; su padre, sarcásticamente, afirmó que si le hubiera puesto atención al menos tendría al bebé.

Sammy le dijo a Valeria que no sabía nada de Bob. Ella pensó que actuaba con complicidad para no descubrir a su amigo. Sabía de sobra que entre ellos se guardaban secretos. Era su modo de demostrarse lealtad.

Valeria se hizo fuerte. Tenía la amistad de Erick, que cada día que pasaba se encontraba en una peor situación económica a causa del fracaso de sus bares, y también la de Sammy, que insistía en no saber nada de Bob. Llegó a pensar que tal vez nunca se separaría, que la historia de su divorcio había sido un mero cuento en el que creyó como una tonta. Contaba con una buena cantidad en su cuenta bancaria, y también tuvo la fortuna de que Erick le ofreciera el arriendo de Contrapuerta como un modo de salir de la crisis en la que se encontraba sumido. Bob's acaparaba toda la atención de Valeria. Y pese a algún acercamiento de Sammy, decidió que por un tiempo no deseaba tener ninguna relación con un hombre, por muy casual que se la pintaran.

Una noche, Valeria recibió una llamada desde un número desconocido: era Teddy. Quizá fuera por mera casualidad, pero aquello le sonó muy extraño. Llegó a pensar que Teddy se habría enterado del abandono de Bob y, creyendo que el campo estaba libre, intentaba poner nuevamente su bandera de las barras y las estrellas en su vagina.

Valeria se mostró muy fría, contestando casi con monosílabos. Teddy le propuso salir a comer a algún restaurante a la noche siguiente, pero ella rehusó. Aceptarle la invitación, según se dijo después, habría constituido una nueva pendejada, repetir la triste experiencia de un gringo al que ya solo recordaba por su reticencia a penetrarla como correspondía a un buen varón. Tampoco se veía capaz de ilusionarse con un par de regalitos o una noche en un hotel de lujo. Ni siquiera con un viaje a Cartagena o algún lugar similar. Ya no estaba en edad de recibir propinas.

—Creo que debes buscarte alguien más joven que yo, alguna chica que se deje deslumbrar con tus atenciones. Yo no necesito ya el dinero para pagar el taxi que me devuelva a casa.

67

Bob's

La noche de la inauguración de Bob's, Valeria se sentía la mujer más feliz del mundo. Erick, al ver el local repleto y la excelente acogida de ese concepto de restaurante de comida rápida y sana entre el público más joven, venció todos sus temores a un nuevo fracaso. Había aceptado ser el administrador, sin un salario fijo pero sí con unas buenas comisiones si el negocio funcionaba.

Sammy llegó al local con muchos de sus compañeros. A Valeria no le agradó ver a aquel grupo de gringos rodeado de jovencitas en busca del "Sueño Americano", y así se lo dijo a su amigo.

—Verás, Flaco: te agradezco el detalle, pero la presencia de esas niñas al lado de unos extranjeros de más edad no es un buen reclamo para tener una buena clientela, al menos la que yo quiero. Niñas y niños bien, sardinos de buena familia.

Durante los primeros días, Valeria y Erick acordaron que sería bueno poner unas personas que seleccionaran la entrada de los clientes. La idea funcionó muy bien, ya que todos los sitios con restricciones promueven el deseo de entrar en el selecto grupo al que es permitido el acceso. Y de aquel modo, además, evitaban la invasión de mujeres a la caza de los gringos, como había terminado por ocurrir en las cervecerías de estilo europeo, tan de moda en otros tiempos.

Pese al jarro de agua helada que recibió Sammy el día de la inauguración de Bob's, no dejó de acudir al restaurante en numerosas oportunidades. Valeria le daba un trato muy especial, y continuaron con su especial amistad. Él se ofreció alguna vez para convertirse nuevamente en el amante ocasional, pero ella seguía rechazando cualquier proposición. No deseaba desviar su atención del negocio, en las innovaciones que a diario discutía con Erick y que luego, al ponerlas en práctica, constituían un nuevo éxito.

A los tres meses de la inauguración de Bob's, Valeria abrió su segundo restaurante. Mantuvo el mismo nombre: le había dado suerte y pensaba que si aquella nueva aventura le funcionaba sería cuestión de pensar en la creación de un negocio de franquicias. Erick estaba entusiasmado y Sammy le pidió que le dejara invertir, lo que rechazó. Quería ser su propio jefe, su único socio. No le provocaba compartir su futuro.

Al igual que con el primer restaurante, el segundo constituyó también un éxito. Un grupo de inversionistas la contactó, interesado en formar una sociedad en la que ella tuviera la mayoría de las acciones pero que le permitiera abrir una cadena de restaurantes, no solo en Bogotá sino en otras ciudades de Colombia. Valeria meditó aquella oferta, y estudió con detenimiento las ventajas y los inconvenientes. La ampliación de capital escapaba a sus posibilidades, y no deseaba caer en las garras de los bancos y sus abusivos intereses.

Una noche le explicó a Sammy que su pretensión de asociarse con ella podía tener una posibilidad. La idea era formar una sociedad con él, en la que ella tendría una amplia mayoría. Esa inyección de dinero era suficiente para aceptar la propuesta del grupo de inversionistas.

Sammy no lo podía creer. Ante él se presentaba la opción de poner a trabajar una parte de su dinero ahorrado y quizá, si todo salía bien, poder abandonar las peligrosas misiones. Dijo que sí de inmediato cuando Valeria le informó que la cantidad que debía aportar no era mayor a los doscientos mil dólares, una cifra asequible para él.

A partir de entonces, el logotipo verde de los restaurantes Bob's se multiplicó por toda Colombia, y llegó a recibir ofertas de expansión para instalarse en otros países, como Perú, Chile o México. Valeria apareció en algunas revistas como un caso de éxito. Compró una casa para sus padres en las afueras de Zipaquirá, y les asignó una especie de mesada suficiente para que vivieran con todo desahogo. En cuanto a sus amigas de siempre, solo las veía en algunas ocasiones, se habían distanciado poco a poco. Ninguna de ellas deseaba rememorar su pasado, el tiempo en el que habían sido simples acompañantes.

Valeria frecuentó círculos que hasta entonces desconocía. Continuaba siendo atractiva para los hombres, pero se había prometido que nunca más se comprometería con un hombre, que nadie, salvo ella, sería el dueño de su vida. En alguna ocasión acudía al apartamento de Sammy, con el que tenía una complicidad de varios años a la hora de hacer el amor. Le gustaba ponerse encima de él y disfrutarlo como le apetecía en cada momento. Luego, cuando lograba el orgasmo, se vestía y se marchaba a su apartamento. Su conductor la esperaba en la puerta del edificio. Ya en su casa, se bañaba, tomaba un vaso de leche caliente y trabajaba un rato en el computador, revisando informes y planificando nuevas estrategias para el negocio. A Erick, pese a algunas insinuaciones, nunca le había permitido tener sexo con ella. Creía que, siendo su administrador, no era conveniente establecer una familiaridad que pudiera poner en peligro la relación jefe-empleado.

Sammy celebró su cumpleaños con Valeria. Primero fueron al apartamento del gringo, en el que hicieron el amor varias veces. Cuando en un momento, él entró al baño, ella se quedó boca abajo. Entonces vio algo que le llamó la atención. Sobre el tapete, al lado de la mesa de noche, estaba botado parte de un bleester. Lo recogió y leyó el nombre del medicamento, que ya había sospechado: Viagra. Se rió y lo volvió a dejar en el piso.

Después fueron a Pajares Salinas, el restaurante español que Valeria acostumbraba frecuentar últimamente, aquel en el que nunca habían conseguido mesa con sus amigos gringos y en el que ahora la llamaban doctora. Sammy comió con bastante apetito, y también se encargó, casi con exclusividad, de dar buena cuenta de un par de botellas de vino gran reserva.

Mientras tomaban un whisky, y después de soplar la velita del postre que el maître del restaurante les había llevado a la mesa y abrir su regalo, unas mancornas de oro, Sammy cambió el gesto de su rostro, hasta ese momento sonriente y algo achispado por el efecto del alcohol.

—Valeria, no sé cómo agradecerte todo lo que has hecho por mí.

Sammy bajó la mirada, que clavó en el mantel de la mesa. Luego, se atrevió a continuar, regresando la vista a los ojos de Valeria.

—Hace tiempo que sufro mucho por no haber sido leal contigo.

Valeria desvió un momento su atención de Sammy, haciendo una seña al maître.

—Sí, Valeria. No te mereces que…

—Sammy, no me debes nada. Tú y yo somos buenos amigos y siempre lo seremos.

—¡Bob no murió! —le disparó a bocajarro a Valeria.

Valeria no se inmutó. Se quedó callada y tomó las manos heladas de Sammy, que rodeó hasta entibiarlas.

—Él no se había separado, ni era cierto que su esposa fuera gorda. Es una mujer normal, ni bonita ni fea. Además, tenían dos hijos, una parejita encantadora. Ella supo que había viajado contigo a varios lugares por el extracto de su tarjeta de crédito. Lo amenazó con el divorcio, esta vez sí de verdad, y todo lo que eso significaba para Bob: la pérdida de la casa, del barco… Nos dijo que no podíamos descubrirle, tenía miedo de que te pudieras comunicar con su esposa y armar lío. Yo quise…

—No importa, Sammy.

—Pero…

—Te he dicho que no importa —lo interrumpió Valeria, añadiendo un gesto enérgico pero a la vez amable que daba por concluido cualquier intento de continuar con aquella conversación.

El maître se acercó hasta la mesa, sobre la que dejó una pequeña bandeja con la factura. Valeria sacó de la cartera su Visa Platino y pagó la cuenta.

—¿Te conté que hay unos inversionistas de Miami que están interesados en que abramos Bob's allá? —le dijo Valeria a Sammy mientras se levantaban de la mesa.